●本书获闽南师范大学教材建设立项资助

房占元

● 编著

にほんぶんがくがいろん

大学外语专业特色教材

日本/文学/概论

厦门大学出版社
XIAMEN UNIVERSITY PRESS

国家一级出版社
全国百佳图书出版单位

图书在版编目（CIP）数据

日本文学概论 / 房占元编著. -- 厦门 ：厦门大学
出版社，2025.1. --（大学外语专业特色教材）.
ISBN 978-7-5615-9558-9

Ⅰ. I313.09

中国国家版本馆 CIP 数据核字第 2024TK5939 号

责任编辑　苏颖萍

美术编辑　李嘉彬

技术编辑　许克华

出版发行　厦门大学出版社

社　　址　厦门市软件园二期望海路 39 号

邮政编码　361008

总　　机　0592-2181111　0592-2181406(传真)

营销中心　0592-2184458　0592-2181365

网　　址　http://www.xmupress.com

邮　　箱　xmup@xmupress.com

印　　刷　厦门市金凯龙包装科技有限公司

开本　787 mm×1 092 mm　1/16

印张　16

插页　5

字数　265 千字

版次　2025 年 1 月第 1 版

印次　2025 年 1 月第 1 次印刷

定价　66.00 元

厦门大学出版社
微信二维码

厦门大学出版社
微博二维码

獨神成坐而隱身也

上件五柱神者別天神

次成神名國之常立神　次豐雲野

神此二柱神亦獨神成坐而隱身也次成神

名宇比地迩神次妹須比智迩去神

次角杙神次妹活杙神次意富斗能地

神次妹大斗乃弁神次於母陀琉

神次妹阿夜訶志古泥神次伊

● 《古事记》

耶那岐神次妹伊耶那美神

上件自國之常立神以下伊邪那美神以

前并稱神世七代

於是天神諸命以詔伊邪那岐命伊邪那美

命二柱神修理固成是多陀用幣流之國賜

天沼矛而言依賜也故二柱神立天

浮橋而指下其沼矛以畫者塙許

● 《古事记》

《日本书纪》

《日本书纪》

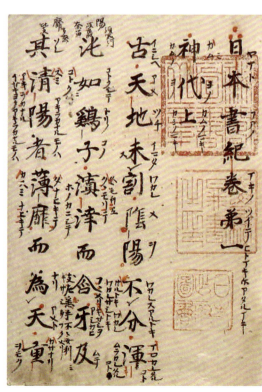

《日本书纪》

● 《古事记》

也兹大神初作須賀宮之時自其地雲立騰
尒作御歌其歌曰夜久毛多都伊豆毛夜幣
賀岐都麻碁微尒夜幣賀岐都久流曾能夜
幣賀岐表　於是嗟其足名鉄神告言汝者
仁我宮之首且顧名号稲田宮主須賀之八
耳神故其櫛名田比賣以久美度迩起而所
生神名謂八嶋士奴美神又娶
大山津見神之女名神大市比賣生子大年

● 《万叶集》

味酒之三毛侶乃山尒立月之見我欲君我馬之
音曽為

右三首

雷神小動刺雲雨零耶君將留

雷神小動雖不零吾將留妹留者

右二首

布細布枕動夜不痛思人後胐物

● 《源氏物语抄》

● 《古今和歌集》

か	お	え	う	い	あ
加	於	衣	宇	以	安
加	於	衣	宇	以	安
加	於	衣		伊	阿
可		江			阿
可					
可					

● 草假名表局部

平家物語巻第一
祇園精舎の鐘の聲諸行無常の響
あり娑羅雙樹の花の色盛者必衰の理
とあらはす奢れる人も久しからす春の
夜の夢れたし猛き者もついにはほろひぬ
偏に風の前の塵に同し遠く異朝を
とふらへは秦の趙高漢の王莽梁の周伊

● 《平家物语》

前　言

一、为何编写本教材

着手编写教材之前，我们考虑了编写"日本文学概论"教材的必要性。

首先，市面上缺少贯通古今日本文学的"日本文学概论"教材。未以"日本文学概论"命名的相关教材有张龙妹、曲莉著的《日本文学》，该著作的读者对象主要为有志于从事日本文学研究和日本文学教学的同行，与其说是教材，毋宁说是日本文学研究方向的入门指导书和参考书，理论性、专业性较强，近50万字的体量，对本科生来说，稍嫌过多。该著作分为上下两编，主要内容为古典文学中具有代表性的体裁发展史，近现代文学的思潮流派演进史。上编第一章为"日本文学概论"，谈及文学的起源、口传文学与记载文学、汉文学与假名文学、"国文学"与近现代文学、日本文学与外国文学，并对文学史按时代进行了概述，对我们编写新教材具有非常重要的参考价值。另一部名称接近"日本文学概论"的教材是刘利国编著的《概说日本文学史》，该教材是日本文学历史的概述，更适用于本科生的日本文学史课程，这部教材对我们编写新教材同样具有重要的参考价值。

其次，名为"日本文学概论"的教材仅有高洁、高丽霞编著的《日本文学概论：近现代篇》，该教材按照年代设置了"明治文学概述""大正文学概述"等概论章节，每章节下设置重点思潮流派、重点作家作品的概述，节选作品篇幅短小、文字简洁，未涉及文学的基本规律。

再次，还有两部优秀的著作，一部为谭晶华主编的《日本文学研究多元视点理论深化》，属于日本文学多领域前沿研究的荟萃；另一部为陈多友主编的

《日本生态文学前沿理论研究》，施力于生态文学领域前沿研究的系统化。两部著作均将目标读者设定为日本文学研究方面的专家、学者，以及有志于文学研究者和感兴趣者，并不适合本科生使用。

据我们掌握的资料，目前国内与"日本文学概论"相关的教材或著作仅有以上几部而已，仍处于相对空白状态。有鉴于此，教学实践呼唤《日本文学概论》的问世。《普通高等学校日语专业教学指南》（以下简称《指南》）将"日本文学概论"设定为日本语专业的核心课程，规定该专业的语言学、文学、国别与区域研究、国际商务、翻译等各个方向都必须开设此课程，其核心课程地位决定其对人才培养负有重要责任。

文学作为上层建筑，潜移默化地影响着读者的世界观、人生观和价值观，是我们不得不时刻注重占领的思想阵地。党的二十大报告指出："我们必须坚定历史自信、文化自信，坚持古为今用、推陈出新，把马克思主义思想精髓同中华优秀传统文化精华贯通起来、同人民群众日用而不觉的共同价值观念融通起来。"因此一本合格的"日本文学概论"教材，需要突出对日本文学意识形态的描述，对其世界观、人生观和价值观予以分析，符合马克思主义的，予以阐发，不符合的予以批判，使读者在学习日本文学知识的同时，增强对中华民族文化的自信。

《指南》同时将党的二十大精神具体化到专业教学指导精神中去，指出：培养学生的日语运用能力、翻译能力、文学赏析能力和自主学习能力，形成学生的跨学科知识结构，熟悉中日两国语言文化相关知识，培养学生的中国情怀和国际视野，培养学生的人文与科学素养。这种高要求之下，以文学史教材、文学选读教材、文学理论专著的任意选取来暂代"日本文学概论"教材的做法已然不符合形势发展的要求。以其他课程的教材暂代的做法令教学内容自由随机，缺乏一致性、系统性，削弱了对《指南》的应答。

最后，每位担当文学课程的教师的教学实践，也需要做一个总结提高。编者作为众多文学教师中的一分子，拟对自己十几年的教学实践做一个总结提高，抛砖引玉，期待优秀教材的问世。教师作为教学过程中最活跃的引导要素，对教学内容的选择，直接影响甚至决定着学生知识结构的建构。教师根据教学实际，适当选取教学内容，并使之合理化、体系化、合目的化，不仅能为学生知识结构的建构做好铺垫，也能为学生意识形态的培养做好规范。因此，在知识的传授与意识形态的传道上，教师需要对自己的业务能力做一个总结提高。我们对国内外的"日本文学概论"教学实践进行了调查和总结，发现国内外的"日本文学概论"教学基本差不多，多为从诸多教材中选取适合教学目的的内容，按照自己的理论体系进行课程建构，均侧重于对日本文学现象中蕴含的文学基本特质和基本规律的概说。这给我们的教材编写提供了有益的参照。

二、如何编写本教材

编写本教材之初，我们定下最高指导思想，即党的二十大精神。本教材以马克思主义文艺美学为理论指导，以《指南》为业务指导，并依据本科日语专业教学实际，对教材难易度进行适当调节。

我们首先面对的问题是确定"日本文学概论"教材的独特性，即如何与文学课程中其他教材区别开来。

《指南》将日本文学课程分为专业核心课程——"日本文学概论"，核心课程即各个方向都必须开设的课程，总计 32 课时，共 2 学分，第 4 或第 5 学期开课，每周 2 课时；文学方向必修课程——"日本文学史"，文学方向选修课程——"日本古典文学作品选读""日本近现代文学作品选读""中日比较文学""日本影视动漫文学""日本文学专题讨论""日本作家与流派研究""文学理论与批评"等，其中文学方向的（上述必修、选修）课程每门都是 32 课时，共 2 学分，每周 2 课时，第 5 或第 6 学期开课。《指南》将"日本文学概论"与"日本文学史"、"日本古典文学作品选读"和"文学理论与批评"等课程并列起来，意味着该课程与其他文学方向课程的内容是不同的。

不同的课程需要用不同的教材，各门课程的教材也各有侧重。如"日本文学史"教材一般涉及的文学领域比较全面，将思潮、流派、作家、作品等文学内容按时间先后顺序罗列起来；"日本古典文学作品选读"和"日本近现代文学作品选读"教材一般侧重于各思潮、流派中的代表作家、代表作品，按一定教学目的选择、罗列，并对所选篇章加以解读，因此所涉及思潮、流派、作家、作品等文学内容数量较少；"文学理论与批评"一般侧重于系统介绍各种文学理论并指导文学批评实践；而"中日比较文学""日本影视动漫文学""日本文学专题讨论""日本作家与流派研究"等课程则是理论与实践的进一步深入拓展。

那么"日本文学概论"教材应该如何确定其独特性呢？首先，"日本文学概论"相对于"日本文学史"，应该避免面面俱到地罗列文学的历史内容，舍弃次要方面，着眼于勾勒文学体裁的基本轨迹。其次，相对于"文学理论与批评"，文学概论的重点在于对文学现象的基础性、一般性的轨迹勾勒、情况概述。再次，"日本古典文学作品选读""日本近现代文学作品选读"往往是对各思潮、流派中的代表作家、代表作品的具体阅读感受和解读分析，数量少，不全面，分散割裂感较强，相比较下，文学概论所涉及的各思潮、流派、作家、作品，比文学史少，但要比文学选读多，文学概论教材需要将主要的思潮、流派、作家、作品这些呈点状分布的文学内容勾勒成线。至于"中日比较文学""日本影视动漫文学""日本文学专题讨论""日本作家与流派研究"等课程，是更加综合性的课程，不仅包括对作品的感性阅读，还包括更加深入、更富有拓展性的理论探讨与批评。日本文学概论课程与这些课程相较，突出的是基础性的概述，可能会对其有所涉及，但不如其内容详尽，诸如比较视野、文学新载体与传播、作家与流派的特色等等，文学概论会依据必要性对其进行简要介绍而不会展开。

编者通过中国知网等网络渠道调查了国内与日本的"日本文学概论"课程的教学情况，发现该课程内容的组织基本因师而异，每所大学的"日本文学概论"课程的谋篇布局都各有思路。比较国内该课程教学相同点，发现都是在共 32 课时、每周 2 学时的框架内完成教学的。教学重点涉及的内容大致包括和歌、物语、日记文学、说话文学、俳谐、戏剧、小说、诗歌、随笔等。通常都依文学体裁类别划分教学内容，打破了文学史的时间排列方式。

综上，一言以蔽之，我们认为"日本文学概论"课程的教材，应该选取日本文学主要体裁勾勒其轨迹，所涉及文学内容比"文学史"精，范围比"作品选读"广，比其他各种文学课程则简单、基础。

三、文学体裁基本轨迹

文学体裁通常按照四分法分为诗歌、小说、散文、戏剧。在日本文学领域，诗歌包括汉诗、和歌、连歌、俳谐、俳句等；小说包括物语、说话、御伽草子、假名草子、浮世草子、戏作文学等；散文包括日记、随笔、纪行文、评论等；戏剧包括能、狂言、净琉璃、歌舞伎、新剧等等综合艺术，主要指与之相应的剧本。

我们欣赏某种体裁的文学作品时，首先接触文学文本，而文学文本由三个层面构成，即浅层的文学语言组织，这是文学文本的最直接和基本的存在方式；中层的文学形象系统，这是文学语言组织所显现的感性生活画面；深层的文学意蕴世界，这是文学语言组织及其显现的感性画面所可能展现的深层体验空间。

文学语言组织的浅层，便是文字层面的语体，即语言的体式。"每一种体裁都有自己的语言体式，构成规定性，从而与其他体裁既相交通又相区别，以免混淆。"[①]文学的语体，首先具有规范性，是规范语体。其次，文学的语体还需要具有自由性，是规范语体基础之上的自由创造的语体。"规范语体只是体现了一定体裁的体格，而只有自由语体才真正体现了作家的艺术品格，也即创作个性。"[②]

在日本文学领域，语体包括语音层面的节奏、音律，语法层面的词法、句法、篇章法，修辞层面的比喻、借代、对偶、反复等辞格，文字层面的汉文体、平假名体、和汉混交体等中日两种文字的具体运用形式，口承记载对立层面的口语体、文章体、口语文章混交体，等等。

本教材以马克思主义文艺美学为指导，从语体变迁、文学理念角度对日本文学的主要体裁进行轨迹勾勒。

从语体变迁角度讲，一般认为，口语与内心思想感情紧密相关，但是以文字记录下来的语言，随着时间的流逝逐渐变成文言文，与新时代人们内心的思想感情拉开了距离，不再便于表达内心，所以新时代追求口语体文学的

---

① 童庆炳. 文学概论 [M]. 北京大学出版社，2007:311.
② 童庆炳. 文学概论 [M]. 北京大学出版社，2007:312.

出现。整个日本文学的发展过程，便是口语变成文言文，再追求新的口语，新的口语又变成文言文，再继续追求新的口语体的循环过程。因此，日本文学的语体呈现出汉文体、万叶假名体、平假名体、和汉混交体等文学语体形式的变迁。

日本文学的母胎本来是以口语体传承的，由于没有自创文字，其记载文学之初便以中国的文言体表记，以日本的和音诵读，口语体和文言体的冲突自始便交织难解，形成了复杂的表达格局。与之相应，其文字记载中汉字及由汉字派生出的假名之间的纠缠也贯穿了日本文学的历史。换言之，在日本文学领域，语言的本初状态是口语，口语与人的思想感情距离很近。没有文字的时代，日本人似乎并未觉察到表达思想感情的困难。但是随着中国文字的借用与书面语言的规范化，他们发现，没有一定的文化修养根本无法使用汉字，而借用了汉字的书面语也与口语保持着较远的距离。汉字所蕴含的丰富语义和文化内涵，与被作为单纯的表音、表义的工具之间存在着一定的断裂。

如果没有书面语言的规范化与定型，文学体裁便无法真正称为体裁，但是随着书面语的规范化，书面语言与口语渐行渐远，也与思想感情渐行渐远，越来越不便于表达思想感情。因为语言发展的规律便是，口语体从被确立为文学语体并得到定型之际，便开始慢慢变成规范化的文言体。定型后的文言体越来越不便于表达内心世界，作家们便再一次追求口语体，使用新语体，但是新语体又会逐渐规范化而变成文言体，于是对口语体的追求从不曾停歇。"从文学的角度来看，从口里发出的语言更能够传达内心的想法，所以时代追求口语体文学的出现。"[①]"对口语体的追求"[②]可以说是历代日本作家们的内在追求。

本教材对语体变迁的勾勒从上代文学延续至近现代的自然主义时期。明治政府规范了文字表记，自然主义文学确立了言文一致体的文学制度，令纠缠和阻碍文学表达的语体问题不再成为焦点，也令更具个性化的语音、语法、修辞层面的语体成为作家表达自我内心世界的有力工具。换言之，自然主义文学之后的语体变迁，从量上说复杂多变难以勾勒，但是从质上说却未脱出言文一致体的范畴，基本可以在本教材中忽略。

---

① 古桥信孝著，徐凤、付秀梅译. 日本文学史 [M]. 南京大学出版社，2015:339.
② 古桥信孝著，徐凤、付秀梅译. 日本文学史 [M]. 南京大学出版社，2015:11.

从文学理念角度讲，与语体这种表面的表记形式紧密相关的便是各个时代的文学理念。追求口语体，源自作家的理念认识。而这理念认识，却并非抽象的或者固化的，它具有社会性、时代性。杰出作家的内心始终是紧跟时代精神的，作家的理念也是始终难以挣脱其所从属的阶级的。

各个时代的作家群体的理念认识赋予体裁、语体所盛装的文学内容以相应特色，如上代时期因为个性屈从于集团性，日本作家的内心更多的是集团精神，主要表现为"真诚"与"哀"，其作品较少呈现个人的内容。

中古时期，由于摄关政治的私人关系性质，作家与读者们追求风雅和进行个人内心世界的书写，主要表现为"物哀"。

中世时期，作家与读者们身处乱世，理想与现实的矛盾令其作品中充满了无常观，欲舍弃却又放不下俗世，经常追问的是自我的救赎，"物哀"的文学理念也深受佛教、道教思想影响，进化为"幽玄"。

近世时期，幕府以儒教思想实行统治，身份等级制度固化，政府对创作进行干涉，作家缺少创作自由，读者也多满足于色情、滑稽、戏作的内容，"幽玄"的文学理念进化为"侘寂"。

近现代时期，受到西方思想冲击，资产阶级或无产阶级的自我意识萌发，作家和读者更多倾向于关注自然、社会、个人三者间的关系，更加追求个人在世界中的自我尊重和解放。

本教材中文学理念角度的勾勒贯彻始终，从古典时期的"真诚""物哀""幽玄""侘寂"，到接受西方写实主义、浪漫主义、自然主义等思潮的影响，再到马克思主义、现代主义。

四、如何使用本教材

根据《指南》的要求，"日本文学概论"课程需要安排 16 周，共计 32 学时的教学内容。教材的读者群大多数为零起点日语专业的学生，他们大多也是初次接触日语版的日本文学，考虑到这些因素，本教材在勾勒文学体裁轨迹时，精心选取作家与作品的经典片段，以感性、直观的内容增强趣味性与审美性，从而激发学生的阅读兴趣与动力。

编写《日本文学概论》教材时，考虑到主要服务对象为日语专业的本科生，而大多数本科生的日语知识水平不高、日本文学知识储备不足和自学为主的学习特征，我们采取了汉语为主、日语为辅的编写策略。

使用本教材教学时，建议教师先要求学生提前预习，提前获取相关知识内容的大概。课堂教学中，建议教师全日语授课，这样有利于学生巩固和提高对所预习内容的理解，并增强学习日本文学的信心和兴趣。关于课后作业，建议至少包括如下两个方面：一是提前预习本教材，二是让学生课外阅读本教材所涉及的作家作品的日语原文和译文。

关于本教材的使用，编者建议学生课外多花时间预习和复习教材全部内容，课上教师提纲挈领进行讲解和练习。时间安排建议如表1、表2所示，可根据教学实际进行内容选择和课时调整：

表 1　课堂理论教学课时安排建议（32 课时）

编标题	教学内容	课时	
第一编　上代文学概论	第一章　记纪文学	1.5	3
	第二章　万叶和歌	1	
	第三章　汉文学	0.5	
第二编　中古文学概论	第四章　和歌	1	3
	第五章　日记文学、随笔	1	
	第六章　物语文学	1	
第三编　中世文学概论	第七章　和歌、连歌	0.6	3
	第八章　物语文学	0.7	
	第九章　隐者文学	0.7	
	第十章　戏剧	0.6	
	第十一章　五山汉文学	0.4	
第四编　近世文学概论	第十二章　俳谐	1	3
	第十三章　戏剧	0.6	
	第十四章　小说	1	
	第十五章　国学	0.4	
第五编　近代小说概论	第十六章　改良与写实	2	10
	第十七章　浪漫主义小说	2	
	第十八章　自然主义小说	2	
	第十九章　反自然主义文学	2	
	第二十章　两大文豪的小说	2	
第六编　现代小说概论	第二十一章　无产阶级文学	1	7
	第二十二章　现代艺术派小说	1	
	第二十三章　文艺的短暂复兴与战时小说	1	
	第二十四章　战后文坛重建	2	
	第二十五章　民主主义小说	1	
	第二十六章　现代主义小说	1	
第七编　近现代诗歌、戏剧、散文概论	第二十七章　近现代诗歌	0.6	2
	第二十八章　近现代戏剧	0.6	
	第二十九章　近现代散文	0.8	
复习与评价	所学内容总复习与评价		1

表2 课外学生自学课时安排建议（56课时）

编标题	教学内容	课时	
前言	语体变迁、文学理念变迁，与日本文学体裁轨迹综述	1	1
第一编 上代文学概论	第一章 记纪文学	2	5
	第二章 万叶和歌	2	
	第三章 汉文学	1	
第二编 中古文学概论	第四章 和歌	2	6
	第五章 日记文学、随笔	2	
	第六章 物语文学	2	
第三编 中世文学概论	第七章 和歌、连歌	2	8
	第八章 物语文学	2	
	第九章 隐者文学	2	
	第十章 戏剧	1	
	第十一章 五山汉文学	1	
第四编 近世文学概论	第十二章 俳谐	2	7
	第十三章 戏剧	2	
	第十四章 小说	2	
	第十五章 国学	1	
第五编 近代小说概论	第十六章 改良与写实	2	11
	第十七章 浪漫主义小说	2	
	第十八章 自然主义小说	2	
	第十九章 反自然主义文学	2	
	第二十章 两大文豪的小说	3	
第六编 现代小说概论	第二十一章 无产阶级文学	2	12
	第二十二章 现代艺术派小说	2	
	第二十三章 文艺的短暂复兴与战时小说	2	
	第二十四章 战后文坛重建	2	
	第二十五章 民主主义小说	2	
	第二十六章 现代主义小说	2	
第七编 近现代诗歌、戏剧、散文概论	第二十七章 近现代诗歌	2	6
	第二十八章 近现代戏剧	2	
	第二十九章 近现代散文	2	

五、关于意识形态

由于文学属于意识形态领域，且其意识形态具有潜移默化性，所以在学习日本文学概论时，我们应该时刻保持意识形态的警惕性。我们需要坚定"四个自信"，对日本文学"既不能刻舟求剑、封闭僵化，也不能照抄照搬、食洋不化"，既不能保守知识固步不前，也不能对其消化不良。

中日之间曾有过不愉快，但是友好是历史的主流，我们要"讲信修睦、亲仁善邻"，不能因不良情绪而影响对对方优良传统文化的学习。中国人自古"天人合一、自强不息"，我们"必须坚持胸怀天下"和"为人类谋进步、为世界谋大同"的伟大理想，"为解决人类面临的共同问题作出贡献，以海纳百川的宽阔胸襟借鉴吸收人类一切优秀文明成果，推动建设更加美好的世界"。我们应该"坚持古为今用、推陈出新"，坚持中学为体，洋为中用，创新不断，凡是有利于人民对美好生活向往的、凡是有利于国家繁荣发展的都应该以敞开的心态予以扬弃。

在学习日本文学概论时，"我们坚定站在历史正确的一边、站在人类文明进步的一边"，旨在"促进人与自然和谐共生，推动构建人类命运共同体，创造人类文明新形态"。我们只有"坚持运用辩证唯物主义和历史唯物主义，才能正确回答时代和实践提出的重大问题"。我们要主动运用马克思主义文艺美学观点对日本文学进行鉴赏和评论。在学习实践中，我们要"解放思想、实事求是、与时俱进、求真务实，一切从实际出发"来进行分析、鉴赏、批评、总结等操作。"我们要以科学的态度对待科学、以真理的精神追求真理"，以审美的态度追求审美，以文艺的态度追求文艺。我们要既能注意到日本文学的意识形态性，也能注意到其审美特性和人类意识的共通性。

在学习日本文学概论时，我们除了追求获取日本语言文学学科的知识之外，还追求立德树人，"育人的根本在于立德"。即使意识形态对立，甚至尖锐对抗，我们也不能逃避面对，而应该正面予以批判，肯定其合理的一面，否定其反动性的一面，这样做能锤炼我们的品德修养，提高我们的人文内涵，从而实现"青年强，则国家强"的教育目标。

目　录

第一编

上代文学概论

（太古——　）

上代文学一般指太古到 794 年平安迁都以前的文学。但是上代文学有记载的历史从《古事记》(712) 问世的 712 年到平安迁都的 794 年，不到 90 年时间。已经出现的主要文学体裁包括讲述系列的神话、传说、说话、昔话、日记；歌唱系列的汉诗文、和歌、祝词、宣命、歌论。由于日本文学的发展并不是新的替代旧的，而是新的补充到旧有的序列里，上代出现的文学体裁，持续存在于日本文学之中。

日本原始社会氏族之间充满了征战，5 世纪至 6 世纪大和朝廷统一了日本。学习中国的大化改新在充满刀光剑影中进行、律令制国家在同室操戈中建立。奈良时代，『在以正仓院宝物为代表的华丽的唐风文化这一现象的背后，该时代也是接连不断的叛乱、谋反、政情不安和混迷的时代』。『记纪』史观首先是维护统治者的史观，其诞生首先肩负理顺内部权力关系的政治任务。而其后汉诗、和歌的创作和编撰，也是为了响应国家文化建设的历史要求，一切都处于草创阶段，因此具有强烈的原始性、朴素性，并因为神话世界观而充满对神的真诚性。

第一章 · 记纪文学

日本记载文学中最古老的书籍是《古事记》，其次是《日本书纪》（720）和《风土记》（733）等。接触这些作品，首先感知的是其语体，其次是语体所承载的丰富的内容。这些书籍在诞生之初，便肩负着政治任务，因为它们是为了宣示天皇的正统性而诞生的。换言之，这些记载文学，问世之初，便具有了为天皇统治服务的政治意识。《古事记》《日本书纪》及其后的古典文学乃至近现代文学，思想根底里流淌的均为"真诚"的文学理念。"真诚"在日本文学思想中具有稳定性。

第一节　记纪文学的语体

关于作品形式的最外层，上代文学有口语体与文章体两种形式。口语体是与生活用语非常接近的有文采的直接有声体式，文章体则是以文字记录的间接有声体式。文章体书写形式也是多种多样的，有《古事记》代表的训假名体，《日本书纪》代表的汉文体，记纪歌谣代表的音假名体，《万叶集》（759后）代表的音训假名混用体（即万叶假名体）等。

一、口语体

人们谈论上代文学时，基本围绕记载形式的文学作品展开。记载文学始于 712 年，以《古事记》的诞生为标志。在记载文学产生之前，神话、传说等由特殊的群体和特定的氏族以口承文学的方式保留下来。这些特殊群体指"语部（かたりべ）"，在上代他们以讲述远古以来的史实、传说为职业。特定的氏族有物部、中臣、大伴、苏我等氏族。

口承文学一直存在于日本民间大众之中，作为文学的动力源泉，不断为记载文学提供着素材和营养。每个时代获得文字记载的口承文学只是其中的一部分，上代文学获得记载的内容主要存在于《古事记》《日本书纪》《万叶集》《风土记》等代表作品中，包含祝词、宣命、神话、传说等等体裁。

二、文章体

1. 训假名体与汉文体

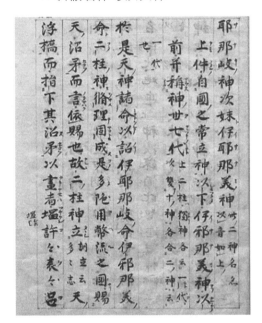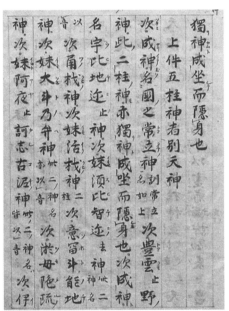

图 1.1《古事记》^①，训假名体

如图 1.1 所载，对中国读者来说，《古事记》中的叙事性文字基本是地道的文言文，其语义理解起来并无多大障碍。这部分内容是训假名体。借用汉字词的训，但以和音读出，这一组和音所构成的日语单词的词义与汉语字词的含义相同。这种表记方式是下文提到的万叶假名的一种。

《古事记》中所载神的名字，为一汉字对应一和音的音假名体。借用汉字的字音表示和语的发音，一串汉字发音构成一个和语单词。这种表记方式也是下文提到的万叶假名的一种。

---

① 太安万侣. 古事记·卷上. 红叶山文库. 写本，庆长 19 年：第 7 页、第 8 页。

中国人虽认得汉字却很难理解其含义，只因这组和音所表示的是日语单词。没有相应的日语古语和古代文化知识，是很难读懂该日语单词的含义的。

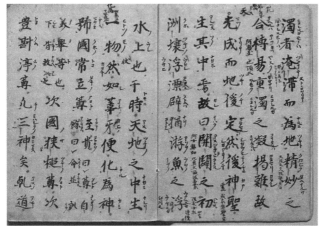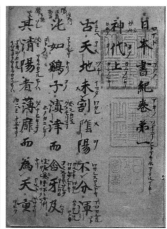

图 1.2《日本书纪》^①，汉文体

如图 1.2 所载，汉文内容是地道的汉语文言文，其旁边所标注假名是后世日本人加上去的翻译。《日本书纪》中，除了歌谣是一字一音的音假名体外，其余都是汉语文言文体。

2. 音假名体

《古事记》《日本书纪》中的歌谣用汉文和音记录，即汉字表音，以一字一音的方式将歌谣记录下来，这便是音假名体。如《古事记》中神话人物速须佐之男命所作和歌（见图 1.3），以一个汉字对应一个和语发音的方式表记，这种汉字属于万叶假名中的音假名。

该歌意为"云气蒸蒸兮，出云八重，为妻营居兮，造垣八重，看那高垣兮，八重！"（编者译）。

读作"やくもたつ　いづもやへがき　つまごみに　やへがきつくる　そのやへがきを"。

转换为现代日语表记则为"八出雲立つ出雲八重垣妻ごみに八重垣作るその八重垣を"。

此歌背景是，速须佐之男命消灭了八岐大蛇以后，在

图 1.3《古事记》^②

① 舍人亲王. 日本书纪. 红叶山文库. 写本, 庆长: 第 3 页、第 4 页。
② 太安万侣. 古事记·卷上. 红叶山文库. 写本, 庆长 19 年. 第 29 页。

出云国内寻找建造宫殿的地方，当他最后决定在须贺建造宫殿时，周围升起了层层祥云。

2. 歌谣的音数律

上述作品（见图 1.3）为日本第一首歌谣，已经具备了和歌 57577 的音数律格式，这里的数字表示的是一句话中的音节个数，5 为五个音节，7 为七个音节。这种五音句与七音句的组合规律，便是音数律。

《古今和歌集》（905 后）假名序中将此歌作为三十一文字和歌的源头，将 57577 的音数律格式固定为和歌的规范。一种文学样式的独立，离开其固定文体则无从谈起，音数律格式的固定令和歌这种文学体裁得以成立。

速须佐之男命所作和歌，除了具备了短歌的音数律特征，也已经具有后世和歌的五七调的音数律特点；具有歌谣的重叠表达特点；使用了枕词；表现人的心情或行为时，描写了自然现象等其他事物。这些特点也是上代歌谣共通的特点。

根据《国语综合便览》[①]，歌谣的各种诗型的音数律大致如下：

片歌：初期歌谣，往往不能独立，而是用于唱和，由三句话构成。音数律为 577。

旋头歌：二人唱和问答，由两首唱和关系的片歌构成，共六句，音数律为 577·577。

短歌：速须佐之男命所作和歌就是短歌，共五句，音数律为 57·57·7。

佛足石歌：短歌附加一句七音句，共六句，音数律为 57·57·77。

长歌：五音句七音句二句一连，重复三次以上，最后添加一句七音句。音数律为 57·57·57……57·7。

四句体歌：初期歌谣的格式，音数律为 5·7·5·7 或 7·5·7·5。

---

① 广幸亮三等. 国语综合便览 [M]. 中央图书. 1980:18.

第二节　记纪文学的政治性

1. 编撰的政治目的

《古事记》《日本书纪》诞生的时代，正是日本从奴隶社会的领主氏姓土地私有制度向公田公民的封建土地国有制转换时期。由奴隶制贵族苏我氏为代表的旧势力占有着大量的土地与人民，与日本中央政权发生严重冲突。苏我氏专横跋扈，引起朝野不满，645 年中大兄皇子诛杀执政的苏我入鹿。646 年新政府颁布《大化改新之诏》，日本走上中央集权的道路，废除土地私有制，实行土地国有制。新旧势力角力之时，新势力从政治宣传上有必要突出天皇的权威性，《古事记》《日本书纪》《风土记》等史书、方志的编撰便是其从思想文化上巩固中央政权的重要手段之一。

712 年敕修的《古事记》成为日本进入记载文学时代的标志。日本皇室或民间传承的神话、传说、说话、歌谣等首先被择优收入政府主持编撰的《古事记》《日本书纪》《风土记》等书籍中。记纪文学对日本人所处世界的描述，规范着日本人的世界观，影响深远。

2.《古事记》的政治隐喻

《古事记》中的世界，首先是最上层的天照大御神统治的"高天原"，太阳所在的世界，凌驾于其他世界之上，这是一种空间的政治隐喻。

其次，是处于中层的生命世界。有茫茫大海，即"海原"世界；"海原"对岸，是"常世国"，是只有神才可以到达的乌托邦；最重要的是居于中心的"苇原中国"，日本人休养生息的国土。"苇原中国"的主体是八大岛和诸多小岛，以出云地方为中心。天皇一系便发迹自出云。

再次，是处于世界最底层的死亡世界，"黄泉国"与"根之坚洲国"便在这一层。"根之坚洲国"委托大国主神对"苇原中国"进行国土整备，同样是空间的政治隐喻，令大国主神天然不具备最高正统性。"高天原"依其高高在上的权威性而夺走统治权，天孙降临"苇原中国"。这种空间高低的隐喻，述说着不可辩驳的正统性。而这正统性延续到天孙的后代，并代代传承下来。

中国皇帝费尽周折达成君权神授而不断改朝换代，日本天皇干脆通过创世和建国神话不动声色地宣称自己就是神，轻松实现了独霸皇位的目标。

《古事记》称世界有八百万天神，而其中最尊贵的神有三柱，天照大御神、月读命、速须佐之男命，这三尊神分别是太阳神、月神和暴风神。神代的斗争主要是太阳神与暴风神的对决。第一次对决是围绕"高天原"的争夺，暴风神曾一度占据优势，最终却被众神驱逐。第二次对决是围绕"苇原中国"的争夺，太阳神一方以碾压态势打败暴风神一方，取得了对"苇原中国"的永久统治权。其后，人代的斗争，都是太阳神后裔与其他神后裔的对决，太阳神一方总是能够获胜。这种既占据道德高位，又具有军事实力的常胜，有效地突出了天皇的正统性和权威性。

《古事记》中的天下，是内部的故事，并未出现外部世界，如中国、印度，尽管对其影响深远，却不见踪影。至于新罗、百济，是被视为日本国土，包含在天下内部的。可以说，《古事记》的政治任务就是理顺内部关系，为其侵略朝鲜定下了基调。

政治隐喻以全局的主干故事间的逻辑实现，仅凭局部的故事很难看到政治逻辑，更多的是生动有趣的，不是晓之以理而是动之以情的故事，这故事背后潜藏着政治逻辑。

3.《日本书纪》的政治隐喻

《日本书纪》中关于神代的内容与《古事记》基本相同，其空间隐喻也是一样的，故事背后隐藏的同样是动之以情的政治逻辑。但是《日本书纪》在正文主体后附加了一系列别传，增强了其记述的客观性。

《日本书纪》套用"阴阳论"框架，书中所描述的世界诞生于阴阳和合，并直接使用了阴阳字样，如称伊耶那岐命、伊耶那美命为阳神、阴神。但是《古事记》中，"阴阳论"只出现于序言里。

《日本书纪》既没有如《古事记》一般强调"天"的优越性，也没有记述高御产巢日神等特权性天神的诞生。伊耶那岐命、伊耶那美命两神自愿孕育、确立了国土，伊耶那美命亦未死去。"天之岩屋"篇中，天照大御神的统治权并未涉及地上。火琼琼杵尊（即《古事记》中的天孙番能迩迩艺命）下凡也与天照大御神无关，派其下凡的是高皇产灵尊。火琼琼杵尊下凡和神武天皇即

位均不是以先天的正统性为前提，而是战争的结果。

历代"天皇纪"中，着墨最多的是天武天皇时代，"将视野扩展到为律令国家打下基础的'现在'。而且从推古王朝开始，书中屡次记述了日本与新罗、百济、高丽等朝鲜半岛诸国及中国王朝的交流。《日本书纪》的世界观中也包括了外部的世界"①。与《古事记》面向内部不同，《日本书纪》面向外部，其书名冠以"日本"，并以国际性的汉语体记录，说明其读者设定为外部的他国人士。

尽管《日本书纪》的记述与《古事记》存在诸多矛盾，却同样指向了天皇的权威性，围绕着这个权威，日本人将诸神话统一为唯一神话，并以国际通用文字，以科学严谨的态度，包装着天皇正统的神话，推向世界，希望世界人接受他们的世界。

此外，属于地方志的各地的《风土记》（733）搜集整理的当地的神话传说，均有与皇家搭上关系的倾向，从侧面佐证着天皇制的正统性。《古语拾遗》（807后），同样记录了上代所流传的神话传说，其中包含着《古事记》及《日本书记》所未记载的诸多内容，如"高皇产灵神、神产灵神与斋（忌）部氏、中臣氏的族谱关系，蚕织的起源传说，日神出现之际所发古语的解释，以八咫镜、草薙剑为天玺的古事，斋（忌）部氏曾率石凝姥神后裔天目一筒神重造镜剑以作天皇护身之用的祖先旧事，甚至有关御岁神的祭祀记事等"②，该书再一次地强调了天皇正统意识。

3. 记纪世界观的影响力

出云系天皇的正统性，成为日本固有世界观、价值观，成为日本吸收外来文化却保持主体性的依据。整个平安时期，日本宫中坚持举办《日本书纪》讲书活动，将本来用汉语书写的神话，用和语讲述出来。

中世神话随着社会的发展发生了新的变化，一方面是记纪神话的变化，如记纪神话中本是女神男装的天照大御神，性别模糊化；另一方面的变化是记纪神话中加入了密教要素。

近世神话再次发生变化，出版业的兴盛促使《古事记》和《日本书纪》的

---

① 苅部直、片冈龙. 日本思想史入门 [C]，外语教学与研究出版社，2013:55.

② 张龙妹等. 日本古典文学大辞典 [M]. 人民文学出版社，2005:345.

神话故事得以广泛传播。这也是本居宣长代表的国学兴盛的背景。本居宣长"通过在《古事记》中找到的'和语'，探索古代人们的心理情况和该情况的事实依据。即是说，宣长试图通过'言辞'这一普遍要素将古代律令国家的神话改变为包含自身在内的民族神话而使其获得新生"。

本居宣长认为"此《记》未曾稍加插言，所记均为古之传闻，其意、其事、其言亦相称，皆为上代之实。"①该见解代表了古代日本人的普遍看法，神话的作用已经不仅仅宣示天皇一系的正统性，更关涉到日本的立国信念。本居宣长及其门人致力于用《古事记》的神话解释自然科学世界观。

服部中庸试图依照《古事记》的神话来解释太阳、地球和月球等现实世界中的三大天体的形成。从神话到科学，看似突兀的演进，其实，记纪神话在成立之初，何尝不是古人所认为的"科学的"呢。

近代神话不再用于解释世界起源，而担负起"国民"自我认同的作用。津田左右吉指出《古事记》与《日本书纪》是"为了宣扬天皇统治国家的正统性而人为创作出来的政治作品"②。津田左右吉设想通过"原神话"寻求国民思想的渊源。他认为神话是"日本人"拥有的事物，并主张将其民主化，"试图用'我们日本人'的神话来取代以天皇为中心的古代律令国家的神话。从这一点看，此观点仍然没有跳出《古事记》《日本书纪》成书以来一直延续着的限制"③。

明治维新后，军国主义强迫学者屈从于神话的"真实性"，以维护在西方科学精神冲击下岌岌可危的天皇万世一系的"大肇国主义"的国家观念。不畏强权的著名学者津田左右吉花费20年时间，进行严密考证，对《古事记》神代卷的信史价值提出质疑。其见解虽未跳脱《古事记》的窠臼，却无疑是普通的科学常识，但在当时却引起了包括学术界、政治界和军事界在内日本国内的震惊。

"一九四零年，日本东京地方法院以'冒渎皇室尊严罪'，查禁了上述学术著作，并于一九四二年判处津田左右吉拘役三个月，刑满释放后被'禁止执

---

① 严绍璗．中日古代文学关系史稿 [M]．湖南文艺出版社，1986:6．
② 苅部直、片冈龙．日本思想史入门 [C]．外语教学与研究出版社，2013:10．
③ 苅部直、片冈龙．日本思想史入门 [C]．外语教学与研究出版社，2013:10．

笔'"①。二战结束至今仅仅将近80年的短暂时光，或许可以说，"天皇也是人"的诏书宣传，并不能对传承了一千几百年的神话乃至神道思想造成多大的冲击。

一个民族的神话往往塑造着、制约着该民族的世界观，日本神话对日本民族性格塑造的功能从未遭到根本性挑战，整个日本文学的潜流，便是记纪神话为源头的世界观。

第三节 记纪文学的脱政治性

记纪文学肩负着宣扬天皇正统性的政治任务，但是这种政治动机却是通过脱政治性的内容来实现的，不是通过干巴巴地"晓之以理"，而是活泼泼地"动之以情"，让读者在不知不觉中接受了隐藏于脱政治性内容之后的政治性内容。换言之，从局部来看，更难察觉其中的政治逻辑，而情感逻辑则更为显著。

由于记纪文学所载神话传说大致差不多，这里仅选取《古事记》来看记纪文学的脱政治性。

首先是故事的脱政治性。《古事记》虽然肩负政治任务，但并没有把其政治目的赤裸裸地展现出来，而是隐藏在整体的故事逻辑之中，局部都是以充满抒情的、浪漫的故事来填充的。如迩迩艺命的婚姻，讲述迩迩艺命在笠沙岬遇到了美貌的木花之佐久夜毗卖，便向她求婚。其父亲大山津见神答应了求婚，并把长相丑陋的石长比卖一同嫁给了迩迩艺命。迩迩艺命把石长比卖退了回去。大山津见神对迩迩艺命说：石长比卖可以护佑你寿如磐石，木花之佐久夜毗卖可以保佑你盛如繁花。如今只留其一，你及后代的寿命从此只会如繁花一样短暂。美不长久，丑又令人嫌弃，这个故事恐怕较容易引发读者的两难情绪吧。

再如迩迩艺命的儿子山幸彦与海神之女丰玉毗卖的婚姻，与仙鹤的报恩、雪女的故事一样，都讲究契约精神，女神约定不许偷看或者不许泄密，违约便会导致关系破裂。丰玉毗卖生产时，山幸彦偷看到了她的巨鳄原形，丰玉

---

① 严绍璗. 中日古代文学关系史稿 [M]. 湖南文艺出版社，1986:7.

毗卖感到非常羞耻怨恨，这是与仙鹤和雪女同样的感情，生下鹈茸草茸不合命后便回到了海神之国。玉依毗卖便来替姐姐抚养婴儿。这位婴儿长大后娶玉依毗卖为妻，生下了神武天皇。除了契约精神，还有恋母情结意味浓厚的乱伦婚，非常符合人类童年时的精神状态。

乱伦婚中还有轻太子与轻大郎女的故事。轻太子与同母妹轻大郎女违反乱伦禁忌，谈起了恋爱。轻太子被流放到伊豫温泉，轻大郎女不堪思念之苦，追随而来，最后两人双双自杀。《古事记》对二人的悲恋，不但没有批判，反而倾注了极大的同情，在整个故事中穿插 12 首歌谣以渲染悲剧氛围。

除此之外，还有大国主神遭受兄弟陷害的故事，三轮山神令美女怀孕的传说故事，雄略天皇的好色故事等，都很难让读者直接读出其中的政治意味来，更多的反而是充满趣味的成长故事或恋爱故事。

其次是歌谣的脱政治性。如日本第一首和歌，速须佐之男命消灭了八岐大蛇以后，在出云国内建造宫殿，须贺升起了层层祥云，他便咏歌道"云气蒸蒸兮，出云八重，为妻营居兮，造垣八重，看那高垣兮，八重！"。

再如日本武尊倭建命的望乡歌，"大和于诸国中最出色，层层叠叠青山环绕，居中的大和景色最好"。从这两首和歌中可以感受到歌者真实而朴素的喜悦之情，却读不出其中的政治意味，哪怕只是普通的人生志向也不见分毫，这是和歌抒情性的代表。

再如轻太子、轻大郎女故事中的和歌，12 首中有 9 首为两人互诉禁忌之恋的喜悦和轻太子被捕流放后两人分离思念之作，即便是歌咏遭遇流放的命运，也不见政治斗争的影子，只是因爱恋无法实现而生的悲哀。

另有 3 首为相关配角所咏唱，内容是穴穗王子与轻太子的臣下大前小前宿称谈判，交出轻太子，消弭战争。大前小前宿称劝穴穗王子退兵的言辞是：不要吵到邻居，兄弟吵架不好。虽然政治用意最为集中，却是充满人情味的和歌。

第二章 · 万叶和歌

　　和歌从歌谣中独立出来，作为对抗汉诗的一种文学体裁而存在。日本人把和歌看作与汉诗相当的文学形式，试图创造出和歌与汉诗之间的对等关系。《古事记》、《日本书纪》（720）等古籍中载有大量歌谣，《万叶集》（759后）则是专门的和歌集。阅读《万叶集》，首先感知的是其语体。

第一节 《万叶集》的语体

　　因为日本没有自创文字，上代文学作品只能借用国际通用的汉字表记，除了直接使用汉语文言文表记的情况，还有万叶假名表记。万叶假名，是一种借用汉文音、训，表示日语音韵的表音文字。如"安（あ）""加（か）""阿米（あめ）""久尔（くに）"等借音的称之为音假名，"三（み）""女（め）""八間跡（やまと）"等借训的称之为训假名。音假名为汉文和音，训假名为汉文和训，音训两类假名经常综合运用。

　　万叶假名的字形与汉字一致，与后世出现的平假名、片假名相对，也称之为真假名。万叶假名的数量非常庞大，识记都很复杂困难，出于简化需要，后世从一字一音的万叶假名创造出了平假名、片假名。

　　万叶假名使用汉字表音时，不再如《古事记》《日本书纪》那样严格的一字一音，有一字两音或多音的情况，还有同时巧用字训的情况。使用汉字表义时，其训读也会有所不同。

一、文字层面的特点

1. 音假名体为主的和歌

例如《万叶集》的卷 11 第 2 512 到 2 515 首和歌如图 1.4：

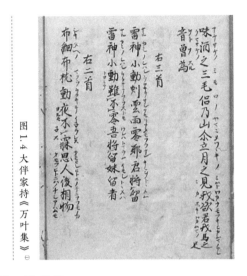

图 1.4 大伴家持《万叶集》①

第 2 512 首为音假名体为主的和歌，其读音为"うまさけの　みもろの　やまに　たつつきの　みがほしきみが　うまのおとぞする"，转换为现代日语表记则为：

味酒のみもろの山に立つ月の見が欲し君が馬の音ぞする

该和歌音假名体为主，训假名体为辅。歌意为：

旨酒之神山，明月升起，君王欲前来观赏，清越的马蹄声响起。

2. 训假名体为主的和歌

第 2 514 首为训假名体为主的和歌，其读音为"なるかみの　すこしとよみて　ふらずとも　わはとどまらむ　いもしとどめば"，转换为现代日语表记则为：

鳴る神の　少し響みて　降らずとも　我は留まらむ　妹し留めば

该首和歌训假名体为主，音假名体为辅。歌意为：

雷声轻响，即便无雨，我也打算留下来，情妹妹她也希望我留下来。

《万叶集》中，有的汉字表意，如第 2 514 首和歌的汉字基本表义，唯有"者"表"は"音。根据逻辑需要，训读时在实义词后面添加"の""て""む""し"等助词。有的汉字表音，如第 2 512 首和歌中的"三毛侣乃"表"みもろの"音、"尔"表"に"音、"我"表"が"音、"曾"表"ぞ"音。

3. 假借字体的和歌

以上用法是基本固定的常用用法，此外还有一种假借字（当て字）的用法，如《万叶集》卷 12 第 2 991 首，表记的汉字为：

垂乳根之　母我養蚕乃　眉隠　馬聲蜂音石花蜘蟵荒鹿　異母二不相而

以上引文读音为"たらちねの　ははがかふこの　まよごもり　いぶせく

---

① 大伴家持. 万叶集. 写本，江户初. 林罗山手校本第 11、12 卷：第 18 页。

もあるか　いもにあはずして"，转换为现代日语表记则为：

たらちねの母が飼ふ蚕の繭隠りいぶせくもあるか妹に逢はずして

该首和歌歌意为：

妈妈养的蚕的茧里隐藏着爱恋的悲苦吧，难得与妹妹相会。

该首和歌为万叶假名的混合运用，表面借用字音，内里借用字训，音用得形象，而训用得有张力。具体说来，这首歌里除了"母""蚕"表义，其他汉字均表音。"馬聲蜂音石花蜘蟵荒鹿異母"这几个汉字，表音的同时，有意残留了汉字的意义，形成一种暗示，"馬聲"咦咦，所以发"い"音；"蜂音"嗡嗡，所以发"ぶ"音；"石花"，本指海岸甲壳类生物龟手，借其"せ"音；"蜘蟵"本为蜘蛛，借其"くも"音，句中起转折语法作用，同时暗指蛛丝之思念义；"荒鹿"本指鹿，借其"あるか"音，起疑问语法作用。

蚕、马、蜂、龟手、蜘蛛、鹿等动物齐聚歌内，营造出一种热闹的内心煎熬乱象。"異母"发"いも"音，意为"妹"，即妻子，未触犯同母所生男女恋爱结婚的乱伦禁忌，明明未犯禁忌却被女孩妈妈百般阻挠，不能不产生郁闷煎熬之情。这种假借字巧妙地利用了汉字本来的音义和万叶假名的音义间的对应与差异，产生了一种有趣的言外之意。

二、形式层面的特点

1. 和歌的编排

现存《万叶集》共20卷，收录了4 500余首和歌，有长歌、短歌、旋头歌、连歌、佛足石歌等五种和歌，另外收入了汉诗文及汉文序文、汉文书简若干。歌体基本分为杂歌、相闻、挽歌、譬喻歌、东歌、防人歌等。杂歌和相闻歌部分的和歌基本按照四季顺序编排，但是全集编排并没有统一的原则，具有私人撰者的随意性。

《万叶集》中的和歌基本有歌前的歌题、歌序或歌后的左注，这是记纪歌谣中所没有的。如第1卷第20首和歌（《万叶集》01/0 020①）：

---

① 万葉集ナビmanyoshu-japan.com. 本教材中所选用的万叶和歌，均出于此《万叶集》赏析网站，下文将在所引用文字前或后夹注"（《万叶集》卷数/番号）"表示，如"（《万叶集》05/0 816）"表示《万叶集》第5卷第816首和歌。和歌下的译文均为编者所译。

天皇遊猟蒲生野時額田王作歌

茜草指　武良前野逝　標野行　野守者不見哉　君之袖布流

紀曰　天皇七年丁卯夏五月五日縦猟於蒲生野　于時大海人皇弟諸王内臣及群臣　皆悉従焉

以上引文中，第一行为歌题，第三、四行为左注，两者均以汉文记述，中国读者中粗通文言文者不需翻译即可读懂。第二行为和歌正文，虽然使用的是汉字，却是万叶假名用法，将其转换为现代日语表记，则为：

あかねさす紫野行き標野行き野守は見ずや君が袖振る①

歌意为：

在紫草繁茂的原野上，在立着皇家园林闲人免进牌子的原野上，人们来来往往，奔忙于狩猎，你（大海人皇子，额田王的前夫）朝着我（额田王，天智天皇的妻子）频频挥动衣袖，表示着爱意，难道就不怕被看守原野的卫兵（天智天皇）看到吗？

再如第 5 卷第 816 首和歌（《万叶集》05/0 816）：

梅花歌卅二首并序

天平二年正月十三日　萃于帥老之宅　申宴會也　于時初春令月　氣淑風和梅披鏡前之粉　蘭薫珮後之香　加以　曙嶺移雲　松掛羅而傾盖　夕岫結霧鳥封縠而迷林　庭舞新蝶　空歸故鴈　於是盖天坐地　促膝飛觴　忘言一室之裏　開衿煙霞之外　淡然自放　快然自足　若非翰苑何以攄情　詩紀落梅之篇古今夫何異矣　宜賦園梅聊成短詠

烏梅能波奈　伊麻佐家留期等　知利須義受　和我覇能曾能尔　阿利己世奴加毛　少貳小野大夫

以上引文中，第一行为歌题，第二至五行为歌序，均以汉文记述，不需翻译。第六、七行为正文，万叶假名用法，转换为现代日语表记为：

梅の花今咲けるごと散り過ぎず我が家の園にありこせぬかも　少貳小野大夫

试问梅花可愿否，现在我家花园中，为我开放，为我凋零？　少貳小野大夫

《万叶集》中歌题、歌序、左注的出现及其撰写形式，是源于汉诗的，其和歌的编排也受到中国《诗经》《乐府》等诗歌集的影响。可以从《怀风藻》《万叶集》窥到从中国诗歌到日本汉诗再到万叶和歌的接续变迁。此外，需要提醒读者注意的是和歌后面注上了作者的名字"少贰小野大夫"，与之相应，物语、日记、随笔等散文中则不会注明作者。在后文中我们会提到，注明作者强调作品的私人性，不注作者则突出作品的共有性。

使用音假名进行表记的和歌，随着时间的推移渐渐增多，并且出现了东歌、防人歌等表记方言的和歌。到了编撰者大伴家持时期，歌人则有意识地使用音假名体，以突出与汉诗的不同。

---

① 《万叶集》赏析网站万葉集ナビ manyoshu-japan.com.

2. 和歌的音数律

和歌由歌谣发展而来，与歌谣的音数律基本相同。《万叶集》中的和歌主要为五七调，在第二句或第四句处断句（句切）。和歌之所以固定为五调和七调的组合形式，其实与音乐有很大关系。和歌脱身于歌谣，本身是音乐性很强的文学形态，它们利用和语发音的特点，构成五七音节诗句错落排比的诗型，具有表现欢快或深情的抒情格调。参考《国语综合便览》[①]整理如下：

短歌：速须佐之男命所作和歌就是短歌，共五句，音数律为 57・57・7。

长歌：五音句七音句二句一连，重复三次以上，最后添加一句七音句。音数律为 57・57・57…57・7。

旋头歌：二人唱和问答，由两首唱和关系的片歌构成，共六句，音数律为 577・577。

佛足石歌：短歌附加一句七音句，共六句，音数律为 57・57・77。

连歌：两人共作，一人咏出前句 575，另一人咏出后句 77，从而构成完整诗句。其音数律为 575・77。

3. 和歌的修辞

《万叶集》中常见的修辞技巧有枕词（枕詞）、反复（反復）、对偶（对句）等。

如柿本人麻吕的和歌：

もののふの八十宇治川の綱代木にいさよふ波の行く方知らずも（《万叶集》03/0 264）
冬季宇治川上木桩处瘀滞的水波会流向何方呢，无从得知。

该歌中，"もののふの"是"八十"的枕词。枕词通常五音，意义不明确，是与后续被修饰词结合在一起才具有意义的套话，一般枕词与被修饰词关系固定。如枕词"あしひきの"往往修饰"山・峰・尾上"，枕词"ぬばたまの"往往修饰"黒・闇・夜"。枕词具有调整音调和增加抒情意味的作用。该歌中"もののふの八十"是"宇治"的序词。序词与枕词均起引出中心语句的作用；枕词通常限定为五音节，而序词没有音节数目限制；枕词与被修饰语关系固定，而序词与被修饰语关系松散。

再如无名氏的和歌：

……山見れば 高く貴し 川見れば さやけく清し 水門なす 海もゆたけし 見わたす 島も名高し……（《万叶集》13/3 234）

---

① 广幸亮三等. 国语综合便览 [M]. 中央图书. 1980:18, 23, 27.

……看山山高贵，看河河澄澈，成湾海也浩瀚，望远岛也驰名……

该歌使用了反复和对偶的技巧。

第二节 《万叶集》特色

记载口承文学的文献，主要是《古事记》《日本书纪》《风土记》等，此外，祭祀活动时咒语祝词收入《延喜式》（927），宣命收入《续日本纪》（797）。这些文献都作为公共事业而编撰成书，侧重于神话传说和历史以及上代歌谣。作为其补充，私撰和歌集《万叶集》则择优收录了上自天皇下至黎民百姓的歌谣，内容多为集体创作，或者多为个人代表集体创作。

一、《万叶集》的集团特色

据马克思主义观点，以劳动为前提的日本原始人的精神活动是日本文艺的起源。原始时代文学与文艺混为一体，表现为原始文艺。原始人的生活的最主要内容是生产劳动，其集团劳动实践是其精神活动的主要内容，这直接影响着日本原始文艺的内容。文艺之中的歌谣，源于生产劳动、祭祀活动或游戏交往之中，劳动基础之上的日本古人的精神活动是其直接起因。在没有文字的时代均为口承，引入汉字后，也并非全部得到记载，更多还是以口承形式存续。口承文学的主要特征便是集团创作。得到记载的歌谣，仍然保持着其集团特色。

《万叶集》中的歌谣最初是从对生活的悲喜的本能感动发生开始的，比如劳动的配合、信仰的需求、性欲的冲动和战斗的呼号，内容多为殡葬、祭祀，以及渔狩、战斗、求婚、喜宴等，与古人的实际生活密切结合，纯粹是一种原始情绪的朴素的表现。

随着社会的进步，尽管出现了贵族和平民的区分，但是贵族和平民共享相同的生活方式、思考方式和情感。他们惊叹于人力所不及的自然伟力、困惑于日常经历的梦幻体验，并通过理性总结将一切解释为神的显现或灵魂不死。面对大自然带来的恐惧，人们通过向共同的神或祖先祈祷而获取内心的平和。这种祈祷往往集说（語る）、唱（歌う）、跳（舞う）于一体，而这便是文学的最初形态。集团性便是口承文学的最显著特征。

如第 16 卷的二首和歌，就描绘了当时人们模仿山民猎鹿、渔夫捕蟹的表演动作和歌舞：

> 雄鹿来立，呦呦叹息，我将赴死。（《万叶集》16/3 885）
>
> 传大王言，欲食苇蟹。何以食我？非也非我耶。（《万叶集》16/3 886）

《万叶集》中有许多和歌署有作者姓名，虽表明是个人创作，却也因为其本身便是为集团所作，或者与集团情感相通，而被当作集团共作而得到传唱。

如巫女歌人额田王，其公务便是代表集团表达共同情感，所作自然要归于公众。她的有些和歌，其实极富个人情感特色，如上文所引第 1 卷第 20 首和歌，天智天皇纵猎于蒲生野，皇弟大海人皇子等群臣同行参加狩猎，其后的酒宴之上，天皇命额田王作歌，她便将三人的情感纠葛，坦率而真诚、大胆而含蓄地吟咏出来。

额田王之后，从柿本人麻吕到山上忆良，再到大伴家持，和歌呈现出从皇神意识、家国意识向个人意识转化的轨迹。

柿本人麻吕首先是宫廷诗人，奉命为集体、为天皇创作。工作之余，才可以为自己创作一些和歌。柿本人麻吕确立了羁旅歌的基本风格，即通过歌咏旅行见闻和自我情绪等，来表现祈愿旅行歌人平安归来的创作目的，也就是把和歌作为美呈现出来。他的羁旅歌成了和歌的典范，一个突出特点便是使用枕词，"枕词有意识地把日语固有的神歌谣的语体方法化了，也就是说羁旅歌的语体美化了歌咏文学的语体"①。与文言体汉诗相应，柿本人麻吕确立了口语体的和歌。当然这种和歌是经过美化的口语体，不同于普通的口语体。作为文官的山上忆良并非宫廷诗人，但是他有意识地主动创作和歌并进献给天皇。

大伴家持作为《万叶集》的编者，成功地在和歌世界中确立了纯粹的脱身于集团的"个人"。《万叶集》第 17 卷以后的四卷收录的都是大伴家持的和歌和日记，这意味着这些作品是个人隐私性的存在。与此对应，这些和歌几乎都使用表音假名进行记录和表达，让人预想到之后的平假名体文学。大伴家持意识到只有通过诗歌才能驱逐不祥之事，他也是第一个意识到孤独是自我

---

① 古桥信孝著，徐凤、付秀梅译. 日本文学史 [M]. 南京大学出版社，2015:33.

内心问题的诗人。这种描写隐私性的和歌具有重要意义，从集团中独立出来的个人对文学的独立至关重要。

总之，日本口承文学产生于集团生活，由于还处于阶级或职业尚未分化独立的时期，人们普遍缺乏个人意识，尽管有一两位富有个性的歌人，却改变不了集团性的特征。

二、《万叶集》的审美意识

与《古事记》《日本书纪》《风土记》等由政府出面编辑整理的记载文学不同，《万叶集》由大伴家持私人编撰，内容具有脱政治性和强烈的抒情性。和歌中恋歌数量最多，具有诗言情的特点。《万叶集》中看不到与政治相关的言志之歌，更无赞颂中央最高统治者或宣传政治理念的言辞。

而其实《万叶集》编撰时所据的《古歌集》《柿本人麻吕集》《高桥虫麻吕歌集》等私人歌集，及平安时代续出的私人歌集，都是隐含着贵族知识分子群体的文化主体意识的。在国际政治中，强调自己的民族文化的主体性，也是一种政治任务。可以说，作为纯文学作品的《万叶集》具有脱政治性与肩负政治任务的双重特性。

《万叶集》的审美意识还具有日本原始艺术萌芽和觉醒的特征。审美意识的萌芽表现为对神的"真诚"，即对人的本质力量还缺乏足够的认识，以依附于神为特色。审美意识的觉醒则表现为"哀"，由于主动切分自我与神的界限，自我意识得到较多发展，能够强调自我的感觉。

如额田王写给天智天皇的情歌：

君待つとわが恋ひをれ（ば）わが屋戸の簾動かし秋の風吹く（《万叶集》04/0 488）

待君至，恋欲浓，谁掀竹帘起，怅然是秋风。

上代文学主要是对神或天皇表示最朴素、最真诚的信赖和感动，包含着"诚（まこと）"和"哀（あはれ）"文学理念的萌芽。"ま"是"真"，"こと"是"言"或"事"，即对前述信赖和感动的对象说真话、说实事，而其中已经包含着朴素、率真的美意识，《万叶集》中"情"字都训读为"心（こころ）"。额田王的这首和歌以真实基础之上的个人的"心"的感动作为根本。情即是心，反映着以"心"为先的意识，"真诚"不仅意味着外部自然界的真实，也意味着主观内心的"真诚"。

再如柿本人麻吕悼念亡妻的和歌：

秋山の黄葉を茂み迷ひぬる妹を求めむ山道知らずも（《万叶集》02/0 208）

秋山黄叶茂，寻妹迷其道

又如山上忆良的《思子之歌》：

瓜食めば子ども思ほゆ栗食めばましてしぬはゆいづくより来りしものそまなかひにもとなかかりて安眠し寝さぬ（《万叶集》05/0 802）

吃瓜时，会想起孩子。吃栗子时，更觉得怀念。所谓孩子这种东西，到底从哪里来的呢？在你眼前胡乱地时隐时现，让人无法安眠。

歌人对亡妻的思念，对子息的思念，包含真诚和哀，哀重于真诚，呈现着重心由真诚到哀的转变。

最后如大伴家持的和歌：

うらうらに照れる春日にひばりあがり心悲しも独りし思へば（《万叶集》19/4 292）

和煦春光照，云雀上云端，独悲以独吊。

大伴家持的和歌，完成了万叶和歌由直观感动到反省感动的转变。真诚与哀共存，哀成为和歌的重心。"哀（あはれ）"是日本人在感动时自然而然发出的声音，相当于"啊哟"，本是一个感叹词，渐渐演变为表示复杂感情的名词，包含"开心""有趣""期盼""悲哀"等多方面的意思，写作"哀"字则倾向强调其悲哀感情的特定内容。这里的"诚"与"哀"，在和歌里实现了客观的神与主观的自我的合一，但是强调的是自我的哀，即主观精神方面。而于主观精神的潜流当然是客观的神，即集团的神话。

总之，《万叶集》的文学理念，甚至说整个上代文学的理念，都是真诚与哀。这种文学理念的产生，与其文化的发生发展密不可分。日本文化从新石器时代的绳纹文化到公元前 4 世纪的弥生文化、再到公元 3 世纪的古坟文化，以巫术和祭祀的形式起源，形成日本原初文化的雏形，支配着日本民族信仰和日常生活。换言之，上代文学潜流里，神道为核心的文化精神持续发挥着决定作用。

佛教尽管对文化具有更为强大的塑造力，但是佛教自公元 6 世纪进入日本，却只为贵族专享，只为王朝贵族的统治服务，局限在小圈子里，与全集团范围的神道并未发生重大冲突。佛教与神道二者以巫术仪式为结合点，共同维护着天皇中心的国家意识。

随着个人的反省与自觉的深化，"哀"的内涵逐渐延伸，显露出向"物哀（もののあはれ）"转化的倾向。

第三章 · 汉文学

　　远远落后于中国的上代文学，如果不依傍高度发展的中华文化，很难想象其能够成立并且迅速成长。上代人首先模仿汉文学进行创作，其次将汉文学要素融入和文学之中，令上代文学的中华特色非常浓厚。

一、诗言情的汉文学

　　长时段来看，中日文学之间存在着相互影响与促进的交流机制，中日两国民族之间的频繁接触，为文学交流提供了充分的前提条件。当然中日民族间的接触是多方面的，文学不是唯一的内容，也不是最终目的。中日民族文学的相互交流，并不是孤立发生的，伴随着两国政治经济等多方面的交流。日本积极向中国文化靠拢，主动跨越语言的障碍，灵活运用汉语语言文字这种国际通用工具，有助于提升日本文学的水平，也有利于与中国的相互交流。

　　公元 4 世纪，汉籍经由朝鲜半岛传入日本，这成了日本古代文化发展的重要契机。当然，关于汉籍初传有种种传说，如有徐福赴日初传、神功皇后从新罗带回、王仁上贡献书等三种说法。

　　6 世纪开始儒学典籍大量传入日本，日本人学习汉诗文、讲演汉籍和诵读佛典。圣德太子积极学习儒学文化和制度，以儒学理念指导政治改革，儒家文化在大化革新中发挥了重大作用。当然，这一时期儒学和佛学主要由宫廷贵族享受，用于提高皇室的文化修养，宣传政治理念，以及作为道德准则、行为规范，尚未普及到平民社会。

　　随着与隋唐文化交流的深入，日本留唐学者日增，为日本带回汉文学的新鲜经验和汉诗文成熟的表现形式。日本宫廷经常举行文学沙龙，君臣唱和，促进了日本汉诗文的兴隆。在这种氛围下，日本人用地道的中国汉字和汉文修辞、语法创作的汉诗集《怀风藻》（751）问世。《怀风藻》中的代表作为大津皇子的作品《五言临终一绝》[①]，如下：

五言　临终　一绝

金乌临西舍，鼓声催短命。

泉路无宾主，此夕离家向。

大津皇子在政治斗争中落败，即将被政敌处死，咏出该诗作为遗言。尽管身处政治旋涡中，却只字不提政治，反映了日本汉诗的脱政治特色。由此可见，日本汉诗不过是参照汉诗形式创作而已，并未接受"诗言志"的理念，而倾向于用以表达思想情感，即"诗言情"。

《怀风藻》成书于日本汉诗文发展的初级阶段，律令制国家推行"文章经国"思想，认为文章能够治国安邦，文人政治便成了政治的中心。汉文集、汉诗集得到分外重视，诞生了《怀风藻》这部日本作家创作的汉诗集。该集荟萃了日本最古老汉诗的精髓，是日本文学与中国文学交流的滥觞，在上代文学中大放光彩。"在《怀风藻》中，日本汉诗以五言体居绝对多数，这是与中国魏晋文坛盛行五言体诗相关的。自唐以来，七言体方始发达。"[②]发展到后来则从形式到内容均走向日本化。在吸收中国文学文化的过程中，日本人逐渐开拓了独自的汉文学世界。

平安时期，日本人在吸纳汉诗文方面开始按照自己的审美情趣加以选择，最典型的例子是《文华秀丽集》（818）、《经国集》（827）、《凌云集》（814）。这三大汉诗集与《怀风藻》重视观念的诗风相比，更为重视情义。日本人从奈良朝开始接受中国六朝、初唐诗文的影响，至平安时代中叶以后，白居易的诗文席卷日本文坛，作为日本人心目中中国文学典范的《白氏文集》，已经逐渐取代前朝流行的文学。白居易的诗歌和散文精神不仅对日本文学，而且对日本文化都产生了深刻的影响。

《怀风藻》作为汉文学代表作，天然具有异于《古事记》《万叶集》的中国特色，其文学观念为"伦理教化"。《怀风藻》等汉诗文作为学习与竞争的对

①　转引自张龙妹、曲莉. 日本文学 [M]. 高等教育出版社，2012:69.

②　严绍璗. 中日古代文学关系史稿 [M]. 湖南文艺出版社，1986:123.

象而产生着深刻的影响，日本古代文学正是在对汉诗文的学习与竞争中迅速成长起来的，越来越强调审美理念或伦理教化，同时对神的敬畏却被深深地埋入了文学的根底。

二、和文学中的汉文学要素

很难想像日本上代记载文学在离开中国文学影响的情况下，能够独立自主地形成。从律令制到汉字再到汉字所记载的文学文化，中国影响深深地刻入了日本的上代典籍之中。

日本最早的敕撰史书《日本书纪》，便是模仿中国史书的编年体，直接以汉文来记录的，并且活用了中国史料和汉文典籍以及汉传佛典。《日本书纪》——《古事记》也是如此——当中的神话体系浮现着中国神话的影子。原始神话与早期居民所处的自然环境息息相关，居住于多山地区的民族便形成高山型神话，居住于海边的民族则形成海洋型神话。日本生活在海岛上，按理应该是海洋型神话体系，却表现为高山型神话体系，即记纪神话以高天原为天神活动的中心舞台，日本人祭祀的高天原遗迹，其实便是高山。这说明日本人在整理本民族神话时，明显受到汉字所承载的高山型神话即昆仑神话的影响。

记纪神话中天神生活于天上，天神与国神混合生活于地上，凶神生活于地下，这种三界划分观念，也明显受到中国佛教思想的影响。

日本最早的和歌集《万叶集》，文学形式上受到《文选》和《文心雕龙》的影响，内容上受到六朝诗歌的影响。万叶歌圣柿本人麻吕，其独创远超其他歌人，如枕词的创新多达140多种，对句技巧复杂多样、流畅自然、整饬壮大，甚至超越了技巧源出的中国诗人。柿本人麻吕的成功，得益于对中国文学技巧的消化与吸收。

从个人创作方面来看，如其代表歌人《万叶集》的编者大伴家持的和歌，注重情景交融，为了表达感情而对景物有所选择，已经与他的前辈们情景混沌不分有了距离，表明了中国文学在大伴家持身上施加的影响。

日本的和歌评论同样受到中国诗学的影响，在《万叶集》中便有歌论的萌芽，如歌题、歌序、左注等。日本第一部论述和歌理论的专著为藤原浜成所著的《歌经标式》（772），是献给天皇的书籍，带有公家特点，主张以中国思想为依据，将和歌提升到与汉诗平等的地位。

《歌经标式》全文用汉文体写成，由序言、正文及跋文组成。中心内容是韵律论，主张有的情况和歌可借用汉诗的韵律，但是在很多情况下并不适合。正文大致分为"歌病"说、"歌体"说，为后世歌学歌论树立了典范。"讲述和歌时，先解释概念，陈述自己的观点，再列举出其得失，使文学批评更具有公平性、科学性"①。可以说，这是一部借鉴了中国诗学的集大成之作，该书用汉诗的艺术形式，对和歌作出规范，并针对和歌盲目套作进行了匡正。

从上述日本人吸收汉文学进行和文学创作的轨迹中，可以发现日本人主体性的发挥。他们一直致力于借助汉文学的滋养促成和文学的成熟。其歌集从《万叶集》到《古今和歌集》，可以看到显著进步，其内因作用必须予以肯定。从日本上代的几部重要文献中可以看出非常浓重的中国痕迹。

---

① 张龙妹等. 日本古典文学大辞典 [M]. 人民文学出版社，2005:172.

课后练习

一、简答题

1. 请简述日本上代记纪文学的特点。

2. 请选取《万叶集》中的和歌分析其形式特点和内容特色。

3. 请简述汉文学对日本文学的意义。

二、思考题

1. 中日文化交流中，中日两国的自我定位和态度，与中日文化之间的差异有何关联?

2. 日本上代文学中日本主体性的体现都有哪些?

第二编 中古文学概论

（794— ）

中古，主要作为日本文学史时代区分术语使用，指平安时代。中古文学，即平安文学，一般指从平安迁都（794年）到源赖朝在镰仓开设幕府（1192年）的约400年间的日本文学。

围绕土地制度的斗争与调整，令平安的政治形态历经了律令制、摄关政治、院政及公武政治，与此相应，文学也历经了汉文学的全盛期、和歌的兴盛期、女性假名文学的开花期、历史物语与说话文学的展开期等。女性作者的自由创作，赋予中古文学以纤细、精致的女性特色。可以说，中古文学的最大特色便是『物哀』。

第四章 · 和歌

《古今和歌集》标志着和歌取得了与汉诗对等的地位。众所周知，汉诗文艺水平非常之高，为了与之抗衡，和歌需要从文学理念和文学技巧两方面进行大幅度提升。《古今和歌集》的进步体现在语体的变化和歌集的特色上。

第一节 和歌的语体

一、文字层面的特点

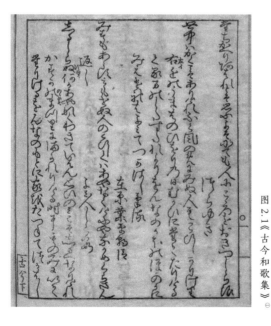

图 2.1《古今和歌集》①

《万叶集》是以万叶假名表记的。大伴家持借用汉字发音表记的音假名写作和歌，这种音假名简化后便变成了类似平假名的形体，自然导向"平假名体"的书写形式。

关于假名，需要在这里做一下介绍。平假名诞生于平安初期（9世纪左右），从万叶假名简化而来，即从汉字的草书简化而来，舍弃了汉字的训而

① 纪贯之等. 古今和歌集下. 刊本. 旧藏者昌平坂学问所. 天保 15 年：第 3 页。

留下了汉字的音，成为一种新的文字。从平安初期到中期，主要由女性使用，她们主要用于书写日记、书信等私人文书或和歌。

与平假名相对，片假名取楷体汉字的一部分而成，同样是取汉字之音而舍弃汉字之训的新文字。片假名最早出现于平安初期的训点本（即给汉文加上训读符号或文字的文献），主要为僧人学习汉文佛经时使用，与训点符号"ヲコト点"并用，与万叶假名、平假名处于浑然未分的状态。后在万叶假名、平假名退潮后成为专用假名。到 11 世纪左右，其异体字体得到广泛使用。12 世纪时，出现统一字体的趋势，到近世时已经形成现在的片假名形态。片假名最初发音的符号性格很强，缺乏美的要素，这一点与平假名截然不同。

随着时代的发展，假名字形变化显著。9 世纪初，出现了汉字片假名并用的片假名汉字杂用文体（片仮名交り文）；平安中叶片假名字体简化，出现了单纯片假名表记的文章。最初主要用于记录和歌，后来用于说教性的谈话录或者说话文学。偶有汉字、平假名、片假名并用的文体记录的文章。

9 世纪末时，现行平假名字体都已经成立。10 世纪《古今和歌集》问世时，平假名字体已经完成，该歌集为假名文学的兴盛开启了序幕，作为私家语体的"平假名体"能够堂堂正正地用于公家场合，并且其本身已经具备了用于公众场合的资格。10 世纪末，《和汉朗咏集》（1013 左右）将汉诗与和歌并列收录起来，到此时，汉字与平假名开始并用。平安中期，假名文学发达。到 10 世纪末期为止，假名中单纯的字体较多，注音字母（道理同于中国古代音韵学中表示声母、韵母的符号）数量也非常少。

但是 11 世纪以后，复杂的字体增多，注音字母的种类也变多。一般认为是追求书法的变化导致此种情况。平假名的字体从平安时代以来基本保持原样。使用范围主要是女性和儿童。镰仓时期以后，法华经、论语等著作中，也有以平假名书写的和译本，主要面向女性和儿童读者。从一开始基本便以平假名书写，很少混杂汉字，但是中世以后，混杂汉字的作品逐渐增多。

进入 20 世纪，1900 年，明治政府颁布了现代假名使用规范（现代かなづかい），困扰了日本 1 000 多年的语体问题终于得到了一定程度的解决。

总之，平安时代诞生了平假名，为女性假名文学的繁荣奠定了技术基础。

而《古今和歌集》以平假名创作，表明官方对平假名的和风权威性予以认可，这对确立日本文学的主体性意义重大。

二、形式层面的特点

1. 音数律

《古今和歌集》中的所收和歌基本为短歌，和歌的音数律，与《万叶集》的五七调、第2句、第4句断句不同，多为七五调，第3句断句。五七调显得沉重，七五调则较为轻快，给和歌带来明暗不同的感觉。音数律作如下比较：

《万叶集》 57·577；5757·7

《古今和歌集》 575·77

2. 修辞

《古今和歌集》的用语是歌语，歌语只用于和歌，而不用于普通的对话或散文。歌语已经相当类型化、规范化。歌语主要有双关语（掛词）、枕词（枕词）、歌枕（歌枕）、缘语（缘语）、比喻（比喻）等用法。《古今和歌集》充分运用了上述咏歌技巧，构成了以75音数律为基调的轻快优雅的节奏。

如菅原道真的和歌：

このたびは幣も取りあへず手向山紅葉の錦神のまにまに（《古今和歌集·羁旅·四二零》[1]）

这次旅行，连供奉给神明的御币都没能准备好，因此，这本为神明圣心恩赐的手向山的如锦缎般美丽的红叶，原封不动地借花献佛，请神明当作御币收下吧。

这首和歌的主要技巧便是双关语，即由相同或相近歌语发音引发对其他事物意象的联想，一般如"松虫（まつ）"双关"待つ（まつ）"。该歌中"このたび"是"この度（这次）"和"この旅（这次旅行）"的双关语。"手向山"本是旅行者供奉御币的场所，这里双关"手向ける（供奉）"。

如在原业平的和歌：

ちはやぶる神代も聞かず竜田川韓紅に水くくるとは（《古今和歌集·秋下·二九四》）
即便在不可思议的神代也不曾听闻这等事：龙田川的水被枫叶染成了一江深红。

这首和歌的主要技巧是枕词。枕词通常为五音，意义不明确，是与后续

---

[1] super日本语大辞典古语辞典 ver.1.10，Copyright (C) 1998 Gakken. 本教材中所引《古今和歌集》名歌均出于此，后文将对所引名歌夹注类似"（《古今和歌集·羁旅·四二零》）"的字样表示。和歌下译文均为编者所译。

被修饰词结合在一起才具有意义的套话，一般枕词与被修饰词关系固定。如枕词"あしひきの"往往修饰"山・峰・尾上"，枕词"ぬばたまの"往往修饰"黒・闇・夜"。枕词具有调整音调和增加抒情意味的作用。该歌中"ちはやぶる"是"神代"的枕词。

此外，该歌还使用了歌枕。歌枕则是歌人巧用在和歌中的有名的场所、景物、歌题，或者枕词。歌枕都是固定化的意象，能够刺激联想、发挥富有个性的抒情性、增加余韵。而"竜田川"则是歌枕。如由"吉野"联想到樱花或雪，"龙田川"联想到红叶，"飞鸟川"联想到世事无常，"花橘"联想到追怀往昔。这里的歌枕是"竜田川"。

如小野小町的和歌：

花の色は移りにけりないたづらにわが身世にふるながめせし間に（《古今和歌集・春下・一一三》）

樱花色泽已褪啊，虚度光阴、耽于忧虑之身，遭受着长雨的浇淋。

该歌主要使用了缘语技巧。缘语是和歌常用的修辞手法，在一首和歌中，与主题密切相关，且各个词语间意义相关联的词语，一并用于歌中。如"梓弓春立ちしより年月の射るがごとくも思ほゆるかな"（不由地想到，年月如梓弓张开射出的箭矢，春天便过去了）这首和歌中，主题是年月的流逝很快，与其密切相关的词语是"梓弓""春""张""射"，这些词语一并用于歌中，增添了一种智巧趣味。"年月如射箭"是比喻，"梓弓"作为枕词，导出"春""张""射"。而"春"与"张"在日语里发音相同，属于双关语。与"梓弓春"相关联的便是"射"。这个例句便是综合运用比喻、枕词、双关等技法将相关词语串起来的，令相关联的词语彼此呼应成趣。在该和歌中"降る"是"長雨"的缘语。

此外小野小町的和歌还使用了双关和比喻的技法。身世"にふるながめ"中的"ふる"是"降る（下雨）"和"経る（时光流逝）"的双关语；"身世にふるながめ"中的"ながめ"是"長雨"和"眺め"的双关语。歌首的"花の色"既是指长雨之中樱花的色泽，也是指作者的花容月貌。樱花色衰隐喻红颜易老，樱花淋雨隐喻红颜遭受时光的蚀刻。在比喻修辞中，可以看到自然与人浑然一体的明显痕迹。

从上述和歌可以窥见《古今和歌集》对和歌技巧的重视，巧妙的话语、机智的构思，通过双关语等技术手段表现出来。但是其优雅高贵的女性气质，令这些和歌的个性并不是特别鲜明。但是，正是这些智巧的表达技巧和高贵的意象，成为令《古今和歌集》达到了与汉诗文并立的水平的标志之一。

3. 和歌的编排

《古今和歌集》全20卷，歌数1 100首，在正式场合吟咏的作品较多，带有"公"的性格。所选和歌大部分为短歌，分为春、夏、秋、冬、贺、离别、羁旅、物名、恋、哀伤、杂等各部，其中以四季歌和恋歌为中心。《古今和歌集》的编排在一定程度上受到了《万叶集》《文华秀丽集》《新撰万叶集》等诗歌集的影响。《古今和歌集》对和歌按季节推移、恋爱进展之顺序排列的，作品间呼应对照。

春夏秋冬四季的分部中，以自然景物表明季节的变换，春部有梅、樱、莺等勾勒春花烂漫的景象；夏部有橘、藤花、卯花、杜鹃鸟等描绘多思、怀忧等种种细腻感情；秋部有萩、石竹、菊、红叶、秋虫、雁、鹿等反映出悲秋之愁；冬部有雪中盼春的寂寞。

恋部按恋爱萌动到分手的全过程排列，体量达5卷之多。一见钟情，悲叹不得相见的单相思；告白获得积极回应，偷偷相会、依依难舍的热恋；激情消退，相看生厌，将对方抛弃的失恋，如此等等，都得到了细致入微的刻画。

第二节 《古今和歌集》的特色

《古今和歌集》的主要特色可分两点阐述。其一，在汉诗与和歌相互的兴衰历程中有鲜明体现，它是和歌发挥主体性进而取得与汉诗对等地位的有力见证；其二，特色还表现在其所承载的"物哀"理念方面，凭借此理念，《古今和歌集》在重构意象、曲折表意、体会情趣、抒发情感等方面彰显出独特的智巧特质。

一、和歌的主体性

从宇多天皇、醍醐天皇至村上天皇的和歌复兴时期（858—967）内，日本仍为律令制、土地国有制，庄园制持续破坏着土地国有制。时代先驱在学习中国文化的同时，赋予和歌更多的智巧性，从思想性和艺术性上提升其文艺水平，以能与汉诗文抗衡。他们培养起日本自有的文化，终于确立了可以代表日本的文学。

同时，由于和歌属于私人领域的文学，基本脱离政治而重视抒情，这种私人关系令君臣之间获得了一种平等交流的机会，如《万叶集》中所载天智天皇与额田王之间的和歌赠答，只吟咏了纯粹的男女恋人关系。中古和歌中多是此类无关君臣上下的纯粹的人际关系。以脱政治的私人和歌来对抗"诗言志"的汉诗文具有截然不同的民族特色，确实容易确立日本自己的文化主体意识，并且能够得以实现和强化。

1. 汉诗与和歌的消长

平安时代初期为律令制时期，由于汉诗文在公开正式场合盛行，和歌在公众场合得不到重视，退隐到私人生活中去。

在以嵯峨天皇为中心的汉文学全盛期（737—858）内，律令制下的君臣都自由吸收汉文学营养，进行汉诗文创作，以君臣唱和来塑造律令制下的理想政治。《凌云集》《文华秀丽集》《经国集》三部敕撰汉诗集的编撰基于中国的文章经国思想，通过君王咏诗、臣下相和的形式表现君臣同心协力治国的状态，以期国泰民安。

敕撰三集的代表诗人为嵯峨天皇、小野岑守、小野篁、菅原清公等人。与《怀风藻》相较，该三集收录了君臣唱和之作。这些唱和之作体现了以嵯峨天皇为首的当时宫廷文艺的兴旺景象和理想化的君臣关系，寄托了统治者对律令制国家的美好愿望。

864年日本政府正式废止遣唐使后，其汉文学开始本土化。9世纪中叶以后，汉诗文开始衰落。9世纪末期，出现了以汉诗文形式表现日本人感情的私撰汉诗集，如菅原道真的《菅家文草》（900）、《菅家后集》（903）等。这一时期产生的日本诗学带有融合了中国文学之后的日本民族文学的自觉意识。不少诗人将儒释道思想与神道教思想融会贯通，既崇尚儒家伦理，又表现轮回思想和神灵不灭观念。

9世纪中叶，藤原氏开始摄政关白，与此相应，作为男人学问的汉诗文走向衰落，不分性别且具有社交性质的和歌逐渐兴盛，涌现了在原业平、小野

小町等杰出的歌人。

9世纪末之前，假名一直作为后宫女官的女性用字而存在。为了与这些女官交往，男性贵族们除了汉语汉字，也开始使用假名，以假名为载体的文艺表达兴盛起来。假名文字得到普及，和风逐渐增强，和歌逐渐进入公共领域。

贵族的文学沙龙常进行歌合竞技，即与会者分为左右两方，以给定的歌题吟咏和歌，然后评定优劣。歌合竞技最早出现于9世纪末，具有宴乐活动性质，到镰仓时期其文艺精神达到顶峰，活动也变成了纯粹的和歌竞赛。

摄关政治、文艺沙龙、歌合竞技和假名文字的流行等有利条件，终于促成了10世纪初日本第一部敕撰和歌集《古今和歌集》的问世。该歌集与《万叶集》的风格大不相同，对日本后世文学产生了巨大的影响。《万叶集》的特点是有"真诚、男子汉气概"，《古今和歌集》的特点则是有"优雅、高贵的女性气质"和纤细、智巧。《古今和歌集》之后各代和歌集，绝大多数具有"优雅、高贵的女性气质"。歌人们潜心学习六朝诗风，文艺表现提高到与汉诗同等的水平，《古今和歌集》的出现标志着和歌取得了与汉诗对等的地位。

《古今和歌集》不是直接吟咏对象，而是吟咏寄托于对象的心情，把对象放进概念中构思，方法较为曲折，构思崭新，技巧复杂，构筑的是观念美的世界。随后，《后撰和歌集》（951）和《拾遗和歌集》（1007）相继登场，与《古今和歌集》并称为"三代集"，均为敕撰和歌集。《古今和歌集》纤细、智巧的歌风经过《后撰和歌集》到《拾遗和歌集》时代也并未改变，得到了很好的继承。"三代集"不按照事物的原原本本来吟咏，而是将其装入时代共同的审美框架中，通过理性和既存世界观念重构意象。这种操作将精神与自然混一的状态变换为精神与自然疏离的状态。

1086年第四部敕撰和歌集《后拾遗和歌集》问世，所选和歌有的回归传统，有的追求新歌风，显示出清新旨趣。其后《金叶和歌集》（1127）、《词花和歌集》（1151）、《千载和歌集》（1187）等敕撰和歌集陆续问世，从《古今和歌集》到《千载和歌集》已有七代，连同中世的《新古今和歌集》统称为"八代集"。此时期的代表歌人为藤原俊成和西行法师。歌论或歌学书大量问世，《千载和歌集》充满无常观、悲哀感，中世文学理念——"幽玄"在该集中已见雏形。《古今和歌集》之后的和歌集继续佐证着和歌与汉诗的对等地位。

中古后期，进入院政时代，汉诗文出现了短暂复兴。后三条天皇（1068—1072 年在位）即位后，极力抑制摄关家的藤原势力。其子白河天皇退位作上皇，开始院政。上皇身边集中了大批优秀的官僚文人，他们在摄关政治下被排挤到边缘，抑郁不得志，而上皇的院政赋予他们施展抱负的空间。

这一时期的汉诗文作品收录在《本朝无题诗》《本朝续文萃》《朝野群裁》等汉诗文集中。代表诗人有大江匡房、源经信、藤原忠通等人。此时期，吸收庶民风俗、反映不安世相、礼赞佛陀的汉诗文和为初学者编写的启蒙书占据主流。

尽管从事汉诗文创作的人数和所创作的作品都不再占优势，但是汉文学作为雅文学的代表，从上代开始便一直牢牢占据日本文学的顶层。文章经国理想，虽然很难实现，但是对官僚文人来讲，却是深埋心底的愿望，这种愿望通过君臣唱和表现出来：天皇通过吟咏汉诗表示爱民之心，臣下唱和汉诗，表示忠诚之心，君臣一体，共创盛世。

2. 和歌登上王座的主要原因

日本人为了突出自己的文化主体性，必然要找出和培养能够代表日本特色的文学样式，而和歌因为其特点而被发现和培养，从而登上了文学的王座。

一是因为音节的特点。日语音节组织单纯，缺乏调值，不适用于依靠声调和押韵来构成韵律，只能依靠音数（即诗行的音的数量）来构成韵律。"以诗行音数的长短参差构成一种具有民族风情的韵律——'音数律'。'音数律'表现了日本民族抒情的节奏和格调，但是，它是没有押韵的。日本的'歌'是一种有律无韵的诗。"[1]音数律比起平仄和押韵来，是非常自由的形式。上代和歌是自由音数的，三音、四音、五音、六音、七音都有，只是慢慢固定在五音和七音上。

中国的诗歌也是同样的，经历了多种音后固定在五音和七音上，这与五音阶或七音阶有着相通之处，是由人类共同的音乐感觉确定的一种最舒服的音数结构。

二是因为日语句子的特点。日本语的语序是修饰词、修饰句放在名词前

---

① 严绍璗. 中日古代文学关系史稿 [M]. 湖南文艺出版社，1986:59.

边，动词（包括动词的否定语）放在句子后方。因为在句子中名词指示人、事、物，具有局部性，而动词将前面这些局部要素联系起来，具有整体性，因此日本语的句子是从部分开始发展到整体的。

日语具有较强的即时性、场景性，由于经济原则而经常出现省略，如主语的省略、谓语的省略，或者后半句的省略等等，这造就了日语的含蓄性。

日语含蓄委婉，不适于歌颂雄壮、崇高的风景、人和事的诗歌。但是在31音的短诗中韵律不足的缺点无伤大雅，能够得到统一性，可以从局部伸展到整体，因而短形诗歌成为日本诗歌的代表。

三是因为日本人的思维特点。日本人偏好看得见的视觉要素（如造型艺术），其造型艺术要比音乐艺术更发达。日本人喜欢从小处把握世界，如将自然的局部缩小为盆景造型。其文章内容结构与其非哲学性的世界观相适应，也是由局部发展到整体。日本人强调具体局部的特殊性，不追求整体结构的类型、规则、秩序性。换言之，日本人不注重抽象理论的普遍性和事物的整体性。

这与其从局部伸展到整体的日语语言互为表里。日本人用这种语言创造了世界上独具特色的短诗形式：和歌与俳句，而俳句可谓是世界上最短小的成熟的诗句形式。日本人通过短小的诗歌来表达对现实世界的认知和感动，或者通过短小的诗歌来认知世界、改造世界，联络感情，表达爱情，直至用和歌精神代替了哲学。

二、《古今和歌集》的物哀特色

中古文学理念的"物哀"观念在《古今和歌集》中，已经多有表现，如抒发内心对自然风物和男女恋情的感动，表达恋爱之中的孤独与幽怨。其实"物哀"不仅仅涉及这些情感，还包含了如优美、愉悦、惊奇、悲哀、无常等等喜怒哀乐的各种细腻感觉。"物哀"更多是中古歌人们的本能知觉，蕴含着打动人心、震撼灵魂的力量。

如前文所引小野小町的和歌"樱花色泽已褪啊，虚度光阴、耽于忧虑之身，遭受着长雨的浇淋"，久而不停的春雨冲淡了樱花的颜色，本该是生机盎然的季节，樱花的褪色却令人不得不联想到红颜易老、烟花易冷，恋情无法长久，女人身如流水浮萍，无法左右自己的命运。

小野小町在如樱花般将逝未逝的青春边缘，反复回味着等待恋人的欣喜期待，和恋人终于不至的空虚落寞。她眺望的不仅是色衰的樱花，也是注定被忘却的短暂的青春与爱情，绵绵春雨冲刷的是樱花，也是青春与生机。该歌以游戏的修辞技巧，将永恒与短暂的对照，人生的无常、孤独与纤细的物哀巧妙地注入其中。

再如在原业平的和歌："即便在不可思议的神代也不曾听闻这等事：龙田川的水被枫叶染成了一江深红。"《古今和歌集》中秋歌的数量远高于其他三季，只因秋季的自然最能令人深感物哀。记纪神话以来的神我混一的情感体验，激发着歌人们对自然之秋的共鸣同感，以及对时间流逝、生命律动的敏锐体悟。

自然这一描写对象，从万叶时代的客观叙景、素朴表达，到古今时代的重构意象、曲折表达、体味情趣、抒发情感，自然越发激起歌人们细腻的愉悦、惊叹、悲哀、感伤与无常感。这些情感都是物哀，物哀蕴含着超自然的能够深深打动人心的力量。龙田川的水被枫叶染成了一江深红，这种如一江织锦的优美，已经达到美的极致，能够撼动读者的灵魂。

又如菅原道真的和歌："这次旅行，连供奉给神明的御币都没能准备好，因此，这本为神明圣心恩赐的手向山的如锦缎般美丽的红叶，原封不动地借花来献佛，请神明当作御币收下吧。"这同样是吟咏红叶的和歌，与上文在原业平的和歌对照起来读，更能使人体会到秋天枫叶的极致之美。这世界上最好的贡品便是枫叶了，何必再准备不值一提的御币呢？歌颂自然的同时，洋溢着歌人的理论性的机智，又不失真诚与潇洒。

《古今和歌集》的和歌脱离了广阔的天地，局限在贵族沙龙的小圈子里，缺点是偏重智巧而缺乏个性，甚至有拒绝抒情的倾向。抒情诗本应表达自身情感，却因为摄关家的繁荣，社会倾向于抑制个性表达，个人感情因而闭塞。纯粹的叙景之歌也失去了踪影，不管景色多美，绝无直接吟咏景色之作。只有经过智巧操作的意象才能成为歌咏对象，作者往往疏远自然而自闭于孤独的精神之中。换言之，《古今和歌集》中的歌人们一方面沉湎于贵族的洗练高雅之美，一方面凝视着与他人无法沟通感情的鸿沟。这种细腻的情感，是粗放的男子汉所不能展现的。

第五章 · 日记文学、随笔

平安时代女性日记文学和随笔的语体均为平假名体。日记按照日期逐日记事或感想；随笔则派生自日记，却不受日记的记述日期、天气等形式的约束。女性日记大多讲述作者自己的身世经历，却以第三人称旁观者的形式加以客观叙述，带有私小说的性质。随笔形式多样、短小活泼，清少纳言的《枕草子》（1000 左右），为后世的随笔定下了规范。清少纳言将人生的悲哀隔断在美世界之外，审视美好事物时调动直觉，表达事物时优美中带着一点滑稽的要素。

第一节　日记文学的私小说性

日记，与古代律令制的成立发展关系密切，首先是朝廷的公开记录，原则上逐日而记，由此派生出官员的个人日记。公私日记都以变体汉文书写，不具备文学性，这里不再赘述。日记文学是指以日记形式书写的，具有文学性的，充满内省或者感动的，具有时代性的东西。以汉文书写的日记文学，代表作有僧人圆仁的《入唐求法巡礼行记》，这里从略。本文重点介绍假名书写的日记文学，代表作如下：

1.《土佐日记》

最早以假名书写的日记文学，是男性官员纪贯之的《土佐日记》（935）。纪贯之是《古今和歌集》的编者之一，他或许认为男人身份不适合使用假名写作来表达细腻的情感，便假托妻子的口吻来诉说个人深刻的人生苦恼。《土佐日记》虽以现实体验、记录性事实为依据，却并不是在现实中成立的，反倒是在深入现实的深奥之处，描写终极人生，创造出独特的世界后才成立的。这与摆脱观念性的、规范性的汉文表达，发挥了假名散文的特长不无关系。

2.《蜻蛉日记》

藤原道纲母所创作的《蜻蛉日记》（974）是最早的女性以假名书写的日记文学。该作品描写了藤原道纲母的生活苦恼和爱情悲剧，颇具小说表现人生某个截面的特点，可谓是真正的私小说。地方豪族出身的藤原道纲母，20岁左右与右大臣之子藤原兼家结婚，其甜蜜可以比得上灰姑娘获得了王子的爱情。婚后一年生下了藤原道纲后，丈夫却有了新情人，难以言表的苦恼煎熬着她的身心。不满、迷惘、痛苦，甚至绝望的心情成了她20年日记的基调。养育儿子的快乐、儿子的乖巧懂事、儿子事业的成功……藤原道纲母的存在为母亲的灰暗世界带来了一丝亮色，儿子成了藤原道纲母能够继续在世间承受痛苦的精神支柱。

藤原道纲母是女流文学的先驱，紫式部的《源氏物语》便是吸收了其精华并发展了其主题的作品。其他的日记代表作，如《和泉式部日记》（1007后）是以女性特有的细腻描写的以恋爱为主题的作品，再如《紫式部日记》（1010左右），以透彻的观察力把握人生的记录文学，显示了作者深刻的精神构造。这些日记文学按现代小说视角来审视，都具有私小说的要素。

3.《更级日记》

中古后期日记文学仍有佳作出现，代表作品如菅原孝标女的《更级日记》（1060左右，又名《更科日记》）是平安末期日记文学的佼佼者。作者是地方长官菅原孝标之女，日记成书于1060年左右，共1卷，起笔于作者13岁随父归京途中，搁笔于丈夫死后的51岁，是作者近四十年之久的人生回忆录。作者向往《源氏物语》中的人物和宫廷贵族的生活，但是她直到32岁才进宫做女官，不久又辞官出宫结婚。生儿育女后，作者完全从《源氏物语》的世界中醒来而回归现实。51岁时丈夫病死，晚景凄凉。该作品成功地塑造了一个失去人生希望后沉溺于宗教的地方贵族妇女形象。

作者自少女时代对《源氏物语》迷恋，幻想着物语中的恋爱与婚姻，到成年后经历了现实磨难与有了宗教救赎意识，向虚构的非现实世界寻求救济的初衷贯穿了人生始终。文章平易流畅，作者的心理变化也描写得十分细腻、真切，是平安时代妇女日记中较为优秀的一部。"从平安的女性日记到中世的宫廷仕女日记，它们或多或少以第三人称作模拟客观叙述，这也是汉文日记的传统。"①平安时代女性的日记大多是讲述自己的身世经历，却以第三人称旁观者的形式加以客观叙述，带有私小说的性质，比物语更贴近现在的小说概念。物语表现的是世界的整体，而小说表现的是世界的一个截面。

4.其他日记

其后，如成寻阿阇梨母的和歌日记《成寻阿阇梨母集》（1071—1073），因儿子成寻阿阇梨渡宋求道，八十多岁的老母亲以和歌和散文形式表达了离别的感伤和今世就此诀别的悲苦。再如赞岐典侍的《赞岐典侍日记》（1109），记述了侍奉晚年直面死亡的堀河天皇的形姿和作为侍者的深切的不安与悲叹，回忆了与堀河天皇在一起的点点滴滴，流露出对天皇的倾慕之情。这些作品与《蜻蛉日记》《紫式部日记》《和泉式部日记》一样，是非常地道的日记文学，都具有非常显著的个性。

第二节 《枕草子》的趣味性

随笔是一种形式多样、短小活泼的可叙事、抒情或议论的散文文体。日本真正意义上的第一部随笔文学，是清少纳言的《枕草子》，为后世的随笔定下了规范。《枕草子》如今已然成为世界文学宝库的经典之作。

一、《枕草子》的罗列技巧

中古随笔一般指《枕草子》，《枕草子》共有300余段文字，长短不一，形式自由。内容可为类聚、随想、日记等三类。类聚段落涉及诸多种类事物，作者以敏锐的洞察力，将按审美标准属于同类的事物罗列到一起，有别于普通类聚工具书的机械罗列。当然这种罗列方式早在《古事记》中便已经出现。如描写神武天皇邂逅皇后伊须气余理姬时，依次列举了春鸹、稚鸟、巫鸟等几种鸟的名称。此外，祭祀典礼时祝文也会列举诸神的姓名、所经过场所的

---

① 张龙妹、曲莉. 日本文学 [M]. 高等教育出版社，2012:217.

地名等。《枕草子》继承了这一表达方式，有时会针对单一描写事项，将内心感受——罗列出来。

《枕草子》使用罗列事物的技巧，不断地描写内心浮现出来的美好事物，如获神启般地自满于才气和感受力。之所以如此自信，是因为关于美好事物的审美意识是共通的，宫廷里每个人都是自信满满和共享审美意识的，尽管关于某些事物彼此可能会有一些"我不那样认为"的见解，但是更多的是"我也这样认为"的心领神会。

物语、随笔的罗列技巧，在后世的文学中仍然得到采用，如《平家物语》，罗列了许多历史事件。这种罗列在读者看来会觉得累赘而毫无必要，但是却赋予了日本文学一种不同的逻辑，即《古事记》以来的罗列"见证者"以证明中心事件的神圣性。

二、《枕草子》的特色

1.《枕草子》的趣味

如前所述，《枕草子》充满自信地罗列事物，恐怕还是因为其审美意识是宫廷公认的。开头写道：

春はあけぼの。やうやう白くなりゆく山際、少し明かりて、紫だちたる雲の細くたなびきたる。①

春天是破晓时分最好，随着朝日初升，山棱渐渐发白、徐徐亮起，紫色浮云，细长横曳，颇有趣味。

接下来便是夏秋冬各个时节的最美时刻和最美画面的罗列，这种普遍的审美意识，正是具有宇宙共生性的"我"的体现。从这个角度讲，清少纳言不过是一位普通的宫女，她拥有的便是宫廷这个集团共有的审美意识。

《枕草子》中《猫大人与翁丸》②中写道：

宫中侍奉天皇的猫，拥有五位之头衔，被称为"命妇之君"，因生得乖巧，备受天皇宠爱。有一次，猫大人跑到廊外去躺着，负责照顾猫大人的马命妇便呼道："哎呀，那样真不端庄，快进来吧。"但它径自在阳光下闭眼打盹，纹丝不动。那马命妇便吓唬它道："翁丸呀，来啊来，来咬命妇之君吧！"怎料那笨狗翁丸竟全然当真，傻瓜一般直扑了过去。猫大人惊慌失措，躲进御帘中去了。天皇正在用早膳，见此情形，也大吃一惊。他把猫儿藏进衣服下，传令男子们上来，藏

---

① 稻贺敬二译. 现代语译枕草子. 现代语译学灯文库, 1982:22. 此处所引为古典原文。
② 稻贺敬二译. 现代语译枕草子. 现代语译学灯文库, 1982:38-44. 此处所据为稻贺所译现代日语。

人忠隆应命而至。天皇命令道："把这翁丸痛打一顿，流放到犬岛去，马上！"

[中略，大意：清少纳言听说翁丸被打死抛尸城外，与一众女官们惋惜之时，看到了一只遍身肿胀的狗颤抖着走过，中宫呼唤"翁丸！"，它却没有反应。清少纳言便把翁丸被打死的事情禀报了一遍，中宫显得十分伤心。那狗在柱子下面趴着，给东西也不吃。到了第二天，]

我就喃喃自语地说道："唉，昨天翁丸被痛打，说是死了的。真是可怜啊。会转生成什么呢？死掉的时候该多痛苦啊。"那蜷身趴着的狗，听到这些话浑身颤抖，泪水也滚落下来。我不由吃惊道："那么，你真是翁丸？昨夜敬畏天皇降罪，为避人耳目而忍耐着吧？"我一面痛感翁丸的可怜，一面觉得它的小心思很有意思。我把镜子放在身旁，慎重地又问了一遍道："那么，你真是翁丸呀？"狗伏在地面上，啾啾地撒娇似的回应着我。看到这情景，中宫完全放下心来，露出了微笑。

这一片段描写，将两只动物描写得非常具有人情味，天皇充当了一时糊涂的反面角色，翁丸的小心机和中宫定子的大爱心形成映照，幽默风趣之中，定子皇后的完美形象也跃然纸上。《枕草子》中，诸如此类的内容很多，全书都洋溢着一种欢乐、高雅、有趣味的气氛。

尽管上面的译文，为了表达方便，多处用到"我"，而《枕草子》原文，并没有使用人称主语，在"那么，你真是翁丸呀？"等清少纳言的话语前面，是"（清女）"字样。而其他人的话语前面，则是括号加相应的人名，如天皇的话语前是"（帝）"，定子的话语前是"（中宫）"。没有"你""我""他"的人称，反映出中古时期"我"的共生性。虽然作品中充满了作者自信的凝神静气娓娓道来的言论，却没有超出宫廷文化的框架，更多是共生性的"我"，即宫廷里所有的"我"所认可的言论。

2.《枕草子》的成书契机

《枕草子》之所以会有如此呈现，主要得益于作者和成书的契机。

首先，关于作者。清少纳言首先是一位歌人。她汉学修养深厚，和歌机敏别致，与和歌名流实方、公任、齐信、行成等多有交游，过着舒适快乐的才媛生活。清少纳言被贵族才俊们爱慕和追求着，得意之余内心却有其坚守："如果有人爱我的话，我一定要是那个人的最爱。"清少纳言是中古三十六歌仙之一，著有随笔《枕草子》和私家集《清少纳言集》。

其次，关于《枕草子》成书的契机。书名"枕"字来源于主仆对话。定子的兄长伊周献上高级宣纸，定子问众女官："作何为宜？"清少纳言答："作枕最佳。"定子便令其作"枕"，即一种和歌辞典、备忘录或宫中必携指南一类的作品。"草子（そうし）"即"册子（そうし）"。《枕草子》的成书，从君臣对话中能看出实际为代笔之作，即定子皇后并未将宣纸明确送给清少纳言，只是令其作"枕"。

清少纳言因才华而出仕定子，与定子成为精神上的密友。或许因为争宠，或许因为太过优秀，清少纳言时常因为各种琐事而被同僚在背后诋毁。伊周在与藤原道长夺权的斗争中失败而被流放，深受政治牵连，定子进入"冷宫"。清少纳言被大肆传言为藤原道长的内奸，人言可畏，不得不离开最需要她陪伴的定子。

《枕草子》诞生于定子不遇之时，关于不遇却只字未提，毕竟为献给定子而写，以安慰其失意孤寂的内心。《枕草子》字里行间充满着美好的回忆、幽默风趣的事件或者高雅别致的意象，更是将定子的才女形象永远保留在了美的世界里。

读者从《枕草子》中能体会到定子皇后阅读时的感动，用最优美的语言，创造出一个可以超越时空的美世界，来抚慰读者孤寂的心灵。虽然作品通篇都不曾描述现实的万般不如意，可是联系作者当时所处的恶劣环境，不能不更为深刻地感动于其对烦恼的掩饰。在最失意的时刻，定子皇后遭遇生产上的危难，清少纳言几乎爬遍各大名山，拜佛求神，不畏劳苦，只为求得女主人母子平安。然而天不遂人愿，定子皇后殒命，清少纳言流落民间，但是后人却将清少纳言当作安产之神供奉起来。

3.《枕草子》的文学理念

《枕草子》写实，具有突出的真诚色彩，清少纳言"赤裸裸"地展示自己的真事、真情和高贵精神。《枕草子》在贯彻"诚（まこと）"的文学理念基础之上，又形成了一种有别于"哀（あはれ）"的审美理念——"有意思（をかし）"。"有意思"为周作人对"をかし"的翻译，虽不是名词性术语，却也表现出了"をかし"所蕴含的丰富含义：审美时直觉妙悟，表现时独抒性灵，美世界优雅娴静、生机勃勃、妙趣横生，因而"有意思"。这种审美理念，有优美与滑稽两个极点，中古时期偏向优美一极，而中近世时期则移向滑稽一极。

清少纳言的人生经历并不能说是幸运的，但是她做到了将人生的悲哀隔断在审美世界之外，审视美好事物时调动直觉，表达事物时在优美中带着一点滑稽的要素。这与从人生悲哀这种朴素的哲学观念出发再调动审美直觉，描写的美好事物也是优美的、高雅的、充满妙趣的做法是截然不同的，没有淡淡的哀愁，唯有充满阳光的典雅之美。或许日本人本性偏爱"物哀"，清少纳言的"有意思"并没有得到很好的继承，即便后世出现了滑稽文学，也缺乏雍容典雅之感。

第六章 • 物语文学

　　物语（ものがたり），本是日本民间口头传承的关于始祖诸神事迹（もの）的讲述（かたり），平安时期作家将口承文学形态的物语文艺化，并灌入新时代的生活情感与思考。从物语这个词的含义也可以首先推知，物语文学也是以对神的真诚为潜流的。物语的基本要求为"まこと"，即真言、真事，《源氏物语》（1008 后）忠实地遵循了这一要求，以直面现实的态度敏锐地捕捉到人世的真相，精密的心理描写、优雅的文体，构筑了一个优美的王朝世界。

　　不仅如此，《源氏物语》还在"まこと"基础之上发展并完成了"もののあはれ"，即"物哀"。《源氏物语》问世之后，成为众多女性阅读和模仿的对象，其后的虚构物语多为《源氏物语》影响下的产物，再无出其右者，如《狭衣物语》（1046—1058）、《夜半寝觉》（1053—1058）、《滨松中纳言物语》（1055 左右）、《堤中纳言物语》（1232—1271）等，仍为恋爱物语，描写倾向于非现实情节，怪奇性、好色性、耽美性色彩趋浓。

第一节　物语的语体

1. 平假名体

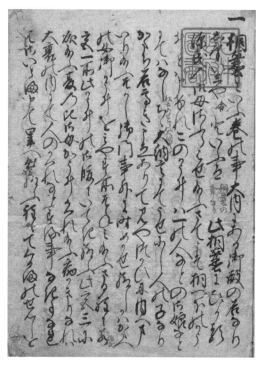

图 2.2《源氏物语抄》①　　　　　　　图 2.3《用妖怪绘草纸和怪谈轻松学》②

　　如图 2.2 所示，《源氏物语抄》以平假名体书写，很少用汉字。此外历史物语《荣花物语》《大镜》《今镜》也同样是平假名体书写。《荣花物语》《大镜》以表示过去传闻或咏叹的助动词"けり"（听说过去）书写句子。日记文学、随笔均用平假名体。

　　平假名体书写，习惯上每行假名或汉字都不间断地连绵书写，为追求书法之美，模仿中国草书的形式。而汉字则直接使用中国草书的写法。这种表记，不仅对外国的日语学习者来说如同天书，对现当代大多数日本人来说也是很难识别的。但是这种连绵体的手写表记方式，一直延续到江户时代，明治维新后才逐渐定型为现在字间间断的活字表记方式。

　　①　紫式部. 源氏物语抄. 写本，江户初，蜷川家藏：第 4 页.
　　②　斋藤均. 用妖怪绘草纸和怪谈轻松学 [M]. 门次出版社会社，2020:119.

如图 2.3 所示，与每一个现代假名相对应的变体假名有若干种写法，五十音图中不同的 48 个现代假名对应的变体假名总个数，超过 144 个。这种变体假名从平安时代一直使用到江户时代，明治时代规范化后，才简化为现在的 48 个，但是在书法中仍会使用。

平假名体在中古时期得到推广和应用，带来了中古文学的繁荣。除了汉诗文等公共正式场合，和歌、物语、日记、随笔等文学作品基本采用平假名书写。

2. 开篇格式

比较物语的开头，会发现其传承性：

今は昔、竹取の翁といふ者ありけり。（《竹取物语》[①]）

现在说起来是以前了，有一个砍竹子的老爷爷。

むかし、おとこ、うゐかうぶりして、平城の京、春日の里に知るよしして、狩に往にけり。（《伊势物语》）

从前，有一个男人，刚行完初冠礼，因在平城京（奈良）春日这个地方有领地的缘故，便去往那里狩猎。

いづれの御時にか、女御更衣あまた侍ひ給ひけるなかに、いとやむごとなき際にはあらぬが、すぐれて時めき給ふありけり。（《源氏物语》）

话说从前某一朝天皇时代，后宫妃嫔甚多，其中有一更衣，出身并不十分高贵，却蒙天皇特别宠爱。（丰子恺译[②]）

今は昔。释迦如来、未だ仏に成给はざりける时は、释迦菩萨と申して、兜率天の内院と云处にぞ住给ける。（《今昔物语集》）

现在说起来是以前了，释迦如来未成佛时称为菩萨，住在兜率天内院里。

如以上例子所示，《源氏物语》之前的物语文学，比如《落洼物语》《宇津保物语》《伊势物语》均以“昔（过去）”或“むかし”（过去）开篇，基本为表示传闻的语气（首句以传闻助动词“けり”结句），表示了故事的虚构性。换言之，“昔”和“けり”这一语言组合方式的开篇，是让物语得以成立的基本模式。但是《源氏物语》以“某一代天皇时”开篇，之后的物语文学也几乎不再以“过去”开篇。但是中古末期的《今昔物语集》的开篇方式却回归了“过去”。这跟物语文学的衰落有关，《今昔物语集》试图继承物语故事。

说话文学其实也属于一种物语形式，多结成短篇故事集，说话集往往冠

---

① 这里的《竹取物语》《伊势物语》《源氏物语》的引文均出自日本语料库コトバンク（https://kotobank.jp/），《今昔物语集》的引文出自日本学者博客アメバブログ（https://ameblo.jp/yk1952yk/entry-11130065773.html）。

② 紫式部著，丰子恺译. 源氏物语上. 人民文学出版社，1980:1.

以《……物语》《……物语集》《……记》《……抄》等题目，内容类似于中国的志人、志怪或者笔记小说、话本等。说话文学中《日本灵异记》产生于假名体之前，使用汉文体书写，而《今昔物语集》则用汉文训读体书写，类似于现在的汉字假名混合运用的表记方式。

3. 人物罗列技巧

《竹取物语》（901 前）中有五位王子向同一为仙女求婚的情节，而这种情节的安排，为叙述五种不同人物的独立故事提供了机会，正是因为五位求婚者的出现，物语得以叙述形形色色的人物。其后的《宇津保物语》中则安排了八位求婚者，这些求婚者的故事其实与故事主线几乎没有关联，求婚只是为刻画不同人物设定的接口。到了《源氏物语》，罗列人物的技巧则是将《伊势物语》和《竹取物语》结合起来，以男主角的诸多恋爱经历为接口，将形形色色的女性人物罗列起来。

这种罗列技巧，令故事情节缺乏小说的紧凑性、逻辑性，却有一种和式建筑空间平铺开去不断追加新空间的开放的感觉。因此可以说，物语描写了整个世界，而小说则描写了世界的一个截面。

第二节　传奇物语与歌物语

1. 传奇物语

物语之祖《竹取物语》讲述了竹筒中诞生的辉夜姬的求婚难题与升天奔月的故事。其中描写了两性关系，脱胎于神话，又区别于神话，显然已经在描写社会生活中的男女关系。作者未详，推测为男性作家。"这部小说是最早采用日本民族当时创造不久的文字——'假名'进行创作的，第一次在文学作品中使语言与文字相统一。由《竹取物语》所开创的这种文学体裁，成为以后几个世纪中日本古小说的一种基本形态，对后世文学产生了巨大的影响。"①

《宇津保物语》（976—983）为日本最早的长篇物语，于 10 世纪中叶到 11 世纪初之间成书，作者不详，推测为男性作家。作品为主人公在宇津保

---

① 严绍璗. 中日古代文学关系史稿 [M]. 湖南文艺出版社，1986:152.

（树洞）中接受古琴密技传授，中间穿插求婚、太子争位情节的音乐物语，具有较强的写实性与浪漫性，但尚缺乏同一性，失于素朴稚拙。

《落洼物语》（999左右）讲述的是继母虐待少女的故事，继母让其住在落洼（简陋的房间）之中，人们称呼少女为"落洼"。落洼被少将救出，向继母复仇。后来落洼与少将共享荣华。该物语可以说是日本版灰姑娘的故事，已经没有了《竹取物语》和《宇津保物语》的神秘色彩和想象力，却是完全奠基于平安贵族生活基础之上的，并非平民百姓的故事。

2. 歌物语

日本的物语文学都是从歌物语开始发展起来的。而歌物语的源头可以追溯到《万叶集》。将《万叶集》的歌序扩展为一段短篇散文故事，然后在散文中巧妙地插入韵文，使得文章优雅而充满韵味，富有抒情性。《伊势物语》（905前）便是由短篇故事汇聚而成，前后的描述都是为引出和歌服务。《源氏物语》与《伊势物语》的短篇序列组合是一致的，只是将散文与和歌颠倒了一下主次关系，和歌为散文服务。

因为和歌简短，描述瞬间灵感，若无相关文本佐助，很难深刻理解其诗情画意之高妙，于是和歌之后往往附加解说歌咏状况的歌物语和词书。这些附加解释部分会因歌咏者或编撰者而出现不同文字内容，并不是固定的形式。因此新和歌的出现往往会伴随新物语的出现。

《伊势物语》是日本最早的也是最具有代表性的歌物语，全书共125篇故事，每篇故事都以"むかし、おとこ……（过去，有个男人……）"开头。各篇之间并无紧密衔接关系，符合日本散文文学的重局部而不重整体的特征，是以与和歌吟咏相关的地方性、庶民性的民间传说为母胎而创作的物语。其主角原型是在原业平，与实际歌人相较，虚构成分较多。在原业平所吟咏的和歌即韵文部分是作品的中心，而作品的散文部分则是围绕这个中心展开的物语，将和歌的叙情性提高到极致，散文与韵文的有机结合使优雅而悲伤的故事征服了跨越时空的众多读者。

《大和物语》（954—967）、《平中物语》（950左右）同样属于歌物语。两者相较于《伊势物语》，前者少了强烈而纯粹的叙情性，多了世俗的趣味；后者少了浪漫奔放，多了卑微和小心。

以摄关政治的繁荣为背景的女性文学繁荣发展。女性无尽的烦恼，孕育了假名文学的明珠，构筑了风雅的世界。以《伊势物语》为代表，中古的风雅，更多表现在恋爱关系之中。恋爱中审视世界的敏锐而浪漫的触手，延伸到生活的方方面面，令生活的一切都充满了诗情画意。即便苦恼和忧愁，也因为风雅而变得可以玩味。

第三节 《源氏物语》

一、作者紫式部

《源氏物语》的作者是侍奉中宫彰子的女官紫式部，与她一起侍奉彰子的还有两位杰出的文学家，即和泉式部和赤染卫门。时值摄关政治巅峰时期，女流文学得到大力提倡，女性作家经常参加后宫文学沙龙，紫式部、和泉式部和赤染卫门，以及侍奉定子的清少纳言等人都是沙龙的中心人物。

紫式部本姓藤原，或为 973 年生人，因其在作品《源氏物语》中将女主角"紫上"刻画得深入人心而被同时代的人爱称为"紫"，"式部"则是其父兄的官职。紫式部的著作，除了《源氏物语》，还有《紫式部日记》和《紫式部集》。《后拾遗和歌集》（1086）及以后的敕撰和歌集收录了她创作的近 60 首和歌。

紫式部早年丧母，由身为一流文人的父亲藤原为时抚养长大。受其父熏陶，紫式部亲近汉籍、歌书、物语等，并且精通琴技。大约 999 年与年长自己二十多岁的藤原宣孝结婚，后因丈夫花心而备感苦恼。1001 年藤原宣孝去世，紫式部年轻守寡，她以创作《源氏物语》来编织第二现实以超脱现实的绝望，因文采斐然而名声广布。大概 1006 年被召入后宫侍奉中宫彰子（藤原道长的女儿）。

《源氏物语》诞生于藤原道长摄关政治的最盛期，作品中留下了与之相关的浓重印记，如光源氏身上有着藤原道长的影子。而藤原道长本人对《源氏物语》也给予了极大的关注，成为该作品的后援力量。从《紫式部日记》中关于藤原道长的叙事和描写，可以看出作者对藤原道长的爱慕之情。而藤原道长也被紫式部深深吸引，曾来夜访，却被紫式部拒绝了。在平安时代访妻婚制度下，男人夜访的对象不是妻子便是情人。《源氏物语》的"空蝉"卷里有欲迎终拒的情节，应是以作者的亲身经历来创作的。紫式部将摄关家的内部斗争都写进了作品之中，如光源氏的流放或者极尽荣华。

二、作品情节梗概

《源氏物语》成书于 11 世纪初，全书 54 贴。《源氏物语》虽以第一代男主角光源氏命名，其实书写的却是两代人的爱恨情仇。《源氏物语》可以分成三个部分：第一部分从"藤壶"到"藤里叶"描写理想中的光源氏和贵族们顺心如意的人生；第二部分从"若菜上"到"幻"描写光源氏面临人生黑暗的深渊而陷入苦恼的晚年；第三部分从"匂宫"到"梦浮桥"，描写下一代男主角熏大将或匂宫与女性间复杂的恋爱生活以及互相背弃的孤独群像。

第一部分　光源氏的生母桐壶早逝，他因恋母情结而与长相酷似生母的藤壶乱伦生子。光源氏虽有正妻葵姬，却仍与各种各样的女子交往，如身份高贵的寡妇六条御息所，出身卑微的夕颜，有夫之妇空蝉，家道没落的贵族末摘花，丧母的若紫，等等。对每一位女性的描写都是不同类型的故事，如"夕颜"卷是奇谈轶事，"末摘花"卷是滑稽故事。

光源氏幽会朱雀帝之尚侍胧月夜被捉住现行，而胧月夜之父恰是光源氏的政敌，为躲避灾祸，光源氏主动流放须磨、明石等地。不久其私生子继位为冷泉帝，光源氏摇身一变成了太上皇，极尽荣光。

第二部分　光源氏将过去相爱的女性各自安置在六条院中居住，与其同享富贵。光源氏为确保朝中地位而迎娶女三宫。

女三宫本是天皇之女，地位超然，与紫上一并成为正室。紫上为此苦恼不已，几次请求出家而未得光源氏允许，终于在忧郁中死去。女三宫与柏木私通，生下私生子——熏，女三宫负罪出家为尼。这跟藤壶与光源氏之间的乱伦何其相似，光源氏深感报应不爽，在万般烦恼中孤独终老，充满了悲哀和绝望。而柏木因乱伦之事被发现而苦恼挣扎，不久离世。这些登场人物的内心苦恼到底没有解除之法，每个人都将被牢牢绑缚在煎熬的内心世界之中。

第三部分　熏大将与光源氏外孙匂宫成为故事主角。熏大将因厌世而到宇治造访，遇见了宇治八宫的两个女儿，宇治八宫将女儿们托付于他。熏大将爱恋大君，但大君佛心颇重，便将妹妹中君推出来与熏大将相识。熏大将原以为把中君推让给匂宫，大君便可以嫁给自己，但是未能如愿，大君因病逝世。

熏大将求爱于中君的妹妹浮舟，但是匂宫闯入宇治山庄强占了浮舟的身子。面对熏大将与匂宫两人的求爱，浮舟左右为难，矛盾痛苦以至于投江自杀。浮舟被横川的僧人救起，从此削发为尼看破红尘，坚决拒绝了熏大将的求爱。第三部分书写的是人物内心的救赎。全书以浮舟获得僧人的救赎结尾，将佛教的拯救之路引入了作品。

三、作品与先行文本

1. 对《长恨歌》的受容

我们先来看与白诗《长恨歌》情节非常相似的第一卷"桐壶"的开篇：

いづれの御時にか、女御更衣あまた侍ひ給ひけるなかに、いとやむごとなき際にはあらぬが、すぐれて時めき給ふありけり。①

话说从前某一朝天皇时代，后宫妃嫔甚多，其中有一更衣，出身并不十分高贵，却蒙天皇特别宠爱。

因教材篇幅所限，原文引用至此，编者参考与谢野晶子的现代语译文②和丰子恺的汉语译文③整理第一卷第一节如下：

有几个出身高贵的妃子，一进宫就自命不凡，以为恩宠一定在我；如今看见这更衣走了红运，便诽谤她，妒忌她。和她同等地位的，或者出身比她低微的更衣，自知无法竞争，更是怨恨满腹。这更衣朝朝夜夜侍候主上，令别的妃子看了妒火中烧。大约是众怨积集所致吧，这更衣生起病来，心情郁结，常想回娘家休养。天皇越发舍不得她，越发怜爱她，竟不顾众口非难，一味专情，此等专宠，必将成为后世话柄。连朝中高官贵族，也都不以为然，大家侧目而视，相与议论道："这等专宠，真正教人吃惊！唐朝就为了有此等事，弄得天下大乱。"这消息渐渐传遍全国，民间怨声载道，认为此乃十分可忧之事，将来难免闯出杨贵妃那样的滔天大祸来呢。更衣处此境遇，痛苦不堪，全赖主上深恩加被，战战兢兢地在宫中度日。

[中略，大意：桐壶更衣深得天皇宠爱，并生下了小皇子光源氏。皇后猜忌光源氏会夺走东宫之位，宫女们则嫉恨有加。桐壶更衣时时处处遭到刁难，痛苦万状，常常生病，身体已经衰弱得厉害了，这年夏天终于得以乞假回娘家休养。]

形势所迫，天皇也不便一味挽留，只因身份关系，不能亲送出宫，心中便有难言之痛。更衣本来是个花容月貌的美人儿，但这时候已经芳容消减，心中百感交集，却无力申述，看看只剩得

---

① 张龙妹、曲莉. 日本文学 [M]. 高等教育出版社，2012:115.

② 紫式部著，与谢野晶子译. 源氏物语. 青空文库 https://www.aozora.gr.jp/cards/000052/files/5016_9758.html.

③ 紫式部著，丰子恺译. 源氏物语上. 人民文学出版社，1980:1-3.

奄奄一息了。睹此情状，天皇茫然失措，一面啼哭，一面历叙前情，重申盟誓。可是更衣已经不能答话，两眼失神，四肢瘫痪，只是昏昏沉沉地躺着。天皇狼狈之极，束手无策，只得匆匆出室，命左右准备辇车，但终觉舍不得她，再走进更衣室中来，又不准许她出宫了，对更衣说："我和你立下盟誓：大限到时，也得双双同行。想来你不会舍我而去吧！"那更衣也深感隆情，断断续续地吟道：

"面临大限悲长别，留恋残生叹命穷。早知今日……"

说到这里已经气息奄奄，想继续说下去，只觉困疲不堪，痛苦难当了。天皇意欲将她留住在此，守视病状。可是左右奏道："那边祈祷今日开始，高僧都已请到，定于今晚启忏……"他们催促天皇动身。无可奈何，只得准许更衣出宫回娘家去。

桐壶更衣出宫之后，天皇满怀悲恸，不能就睡，但觉长夜如年，忧心如捣。派往问病的使者迟迟不返，不断地唉声叹气。使者到达外家，只听见里面号啕大哭，家人哭诉道："夜半过后就去世了！"使者垂头丧气而归，据实奏闻。天皇一闻此言，心如刀割，神智恍惚，只是笼闭一室，枯坐凝思。

小皇子已遭母丧，天皇颇思留他在身边。可是丧服中的皇子留侍御前，古无前例，只得准许他出居外家。小皇子年幼无知，看见众宫女啼啼哭哭、父皇流泪不绝，童心中只觉得奇怪。寻常父母子女别离，已是悲哀之事，何况死别又加生离呢！（基于丰子恺译文）

这里所引"桐壶"卷这一节，显然是白诗《长恨歌》的化用，融入了唐明皇与杨贵妃之间真挚的爱情意象，以描述天皇与桐壶更衣之间的爱情关系，奠定了整部物语"物哀"的美学倾向。唐明皇与杨贵妃甜蜜又危险的爱情，对当时的汉文字圈内的各国来说，都是令人神往而又令人战栗的，是极大地刺激人们想象力的浪漫故事。尤其对宫廷女官来说，无尽的烦恼和对风雅浪漫的追求，自然而然触动她们，令她们与《长恨歌》产生心灵共鸣。

作中人物桐壶更衣对杨贵妃的命运欲迎还拒之间，却早早生心病而亡。这也为后续光源氏的恋母情节表现埋下了伏笔，与藤壶女御乱伦而生下冷泉帝，抢走与藤壶女御相貌相似的紫上为妻。而冷泉帝又为光源氏遭遇流放后又东山再起埋下了伏笔。可以说《长恨歌》的化用，对故事情节的影响是全面的。

除了《长恨歌》，《源氏物语》还大量引用了包括《白氏文集》在内的汉语诗歌和散文，提高了作品的高雅档次，成为日本物语创作的巅峰，也成为日本文学创作的巅峰。《源氏物语》以物哀为代表的审美意识是对平安贵族文化的高度抽象概括，是日本传统文化的典型象征。

2. 作品对传统的继承

《源氏物语》吸取了已有的日记文学、和歌、传奇物语、歌物语等已有文本的营养，是集大成之作。

首先，《源氏物语》继承了藤原道纲母的日记文学开创的主题，描写女性的恋爱和痛苦，追问女性对苦难的克服之路。

其次，《源氏物语》继承了《万叶集》《古今和歌集》高水平的和歌传统，为登场人物新创了大量和歌，表现人物的性格和推动情节发展；作品中也引用了大量的古典和歌，赋予作品以深度和广度。

再次，《源氏物语》继承了传奇物语、歌物语的一些典型母题，通过母题变异、重叠、交叉等手法，创作情节错综复杂的故事。如女主人公紫上的故事，便是灰姑娘型母题、掠夺婚型母题的变形。紫上这个灰姑娘，年幼丧母，与父同住，光源氏将其掠进自己的府第，作为妻子进行培养。后又设定她不能生育，做了新一代灰姑娘明石小姐的继母。

另外，《源氏物语》在语体上继承了歌物语的韵文魅力，成为后继物语创作的一个重要特征。此外《日本灵异记》中也有雄略天皇白日里与皇后表现亲密的故事，与《长恨歌》一样对《源氏物语》产生了影响。

四、作品的特色

关于《源氏物语》的特色，自江户时代本居宣长以来，学界一直公认的便是"物哀"，当然紫式部本人由于时代限制，根本不可能有系统性的物哀理论，她的物哀实践，更多是源于文化传统和来自作家的本能。《源氏物语》的描写重视根植于神道的"诚"，倾向写实，描写了皇宫之中生活的日常，描写了这种日常的自然和朴素的真实。《源氏物语》的描写也重视上代以来的"哀"，作品中使用最多的词依然是"哀"。但是紫式部得益于其高超的文学修养，得益于中古时代文学整体水平的大幅度提升，她在实践中将哀转化成了物哀。紫式部的物哀有三个特点：脱政治性、超道德性、非逻辑性。

首先是脱政治性的物哀。因为政治是功利的、非人性的，没有美感可言。紫式部在作品中明确表示"不敢侈谈天下大事"。《源氏物语》的背景是宫廷，但是紫式部有意回避有关政治斗争的描写，将政治本身的描写控制在尽可能小的限度。

其次是超越道德的物哀。因道德指向公众的"善"而忽略个人意愿，无法引起"美"的情绪与感受。且引起"美"的种种情绪与感受的，又往往违背道德伦理。《源氏物语》中登场人物的物哀之情，基本是在不道德的行为中产生的，他们明知所思所想会触犯道德，却又经受不住本能的诱惑，他们称之为"风流"；悖德之后，担心惩罚又惶惑不安。这种超越道德的两难处境反而非常容易引起美感。

最后是非逻辑的物哀。因为逻辑性的东西理智抽象，不能以具体的形象勾勒情绪以动人，不能使人感受到感性之真。这与日本人思维的艺术性、非抽象性密切相关。紫式部非常谦逊和低调，从来不显示自己比读者高明，不炫耀学识、不伸张自己的主张，《源氏物语》中看不到教训读者的地方。紫式部也很少讲大道理，很少说理。

《源氏物语》描写较为单纯的人性、人情的世界，以及风花雪月，草木虫鱼等。而且，这些事物之中凡不能引发物哀美感的东西，都剔除出去了，实在剔除不掉的则加以美化。例如，《源氏物语》着力描写两性关系时回避了世俗的肉体、色情的描写；描写生死别时却只对死亡之美加以渲染，而对老丑、病态只字不提，甚至"吃药"二字，也要雅化为"服御汤"；等等。

第四节　历史物语和说话文学

1. 历史物语

作为开拓物语新世界的尝试，历史物语登上舞台。历史物语主要是对《源氏物语》的物语论的继承与实践，比起真实本身，恰是虚构的世界更能表现人性的真实。

《荣花物语》（1038—1107）便是尝试将历史与虚构的物语相结合来描写人性的开创性作品，可惜不太成功，却也为描写历史以迫近真实的《大镜》的问世创造了契机。《荣花物语》是日本文学史上第一部历史物语，其素材为历史史实，采用假名书写方式，使用《源氏物语》中"虚构物语"的写作方法。

《荣花物语》和《大镜》描写的中心都是藤原道长的摄关政治。在院政的乱世怀念藤原道长的治世，虽然取材自历史，却多依据作者表现意图而歪曲或虚构事实，表达着对王朝贵族文化的赞美与憧憬。

《今镜》是《大镜》之后平安末期问世的历史物语，模仿《大镜》中数人座谈问答形式展开纪传体叙述。《今镜》关于公家贵族的朝仪典礼或风流韵事花费较多笔墨，却回避王朝文化所濒临的深重危机，并未深入现实的政治与社会的变动。

总之，物语文学从传奇物语、歌物语到虚构物语，再到历史物语，构造了一个产生自现实又区别于现实的诗意化生存空间。描写对象由神而人，当然这些人都不是民间百姓，而是天皇贵族，他们有着无尽的烦恼和忧愁，追逐着精神的自由和风雅，令烦忧变成可以玩味的艺术品，赞美着宫廷文化的高贵典雅和风流韵事的可悲可叹。物语文学中充满了古人的思想情感与追求，令作者与读者都在艺术领域获得了精神上的自由。

2. 说话文学

提到庶民文学，便会涉及日本文学的城乡二元性特征。与中国文学都市乡村均有优质文学诞生的情形相较，日本文学的一个显著特征是作家、作品、作品内容集中于都市。文学作品描写范围基本集中于城市，而乡村则难以得到描写。如《源氏物语》，所描写的地点集中于都城，对于地方小城与乡村基本未着笔墨。再如《枕草子》，只是书写都城尤其是宫内的事情。其实从全局来说，日本古典文学基本是都市文学。日本都市一直发挥着引领社会审美意识形态的作用，文学理念从都城向地方渗透，地方向都市文化靠拢。

庶民文学，主要为口承文学，更贴近文艺母胎，其获得文字记载的只是其中一小部分。口承文学，以其乡野性、文艺母胎原生态性，获得同样以乡野、原生态方式生存的庶民大众的拥趸，享有庶民文学的群体，创作者和欣赏者都数目庞大，传承与创新在他们之中一直焕发着勃勃生机。而庶民的口承文学中总会涌现出闯入雅文学领域的作品，于是便获得了雅文学知识分子的记录，从而流传下来。

说话文学多集成为佛教说话集，宣传因果报应、劝善惩恶是其显著特征。故事的主人公多为庶民百姓，故事情节也充满庶民性。

《日本灵异记》（823 前后）是日本最早的佛教说话集，该书以日语式汉文记录，栩栩如生地描绘出了当时庶民的生活，是后世的《今昔物语集》的源头。该作品成书于上代结束不久的中古前期，有观点将其列为上代文学。受唐代唐临《冥报记》的影响，著作意图非常明了，即以佛教因缘果报思想教导人心向善。所收神话、传说故事均为日本境内之物，强调佛教法喜体验不仅在中国和印度传播，也传到了日本，以中、印、日三国并列的叙述方式，将本国提升到与中印两大国平等的地位，表现了日本文化上的主体意识。随着佛教传入日本，产生了有佛教色彩的口承文学，宣扬因果报应等佛理，并以佛理吸收、包容日本古来的神话、传说。这种佛教与民间庶民神道信仰的融合，构成了民间佛教的传承，与官寺佛教有着鲜明的区别。

平安末期，社会动荡，人心不安，以庶民为对象的净土教广为流布，说话、法语盛行，《打闻集》便是此时期产生的具有说法备忘录性质的佛教说话集。由于地方武士地位的提升，庶民的地位也随之提升，为说话提供了新鲜而富有活力的素材。当时的说话依据内容大致可分为三类：王朝说话、佛教说话、世俗说话。王朝说话为对王朝文化的思慕、佛教说话为宣扬因缘果报、世俗说话为武士等历史人物的逸闻传说和庶民的恋爱谈以及妖怪谈等。

《今昔物语集》（1120）为日本最大的说话集，分为天竺（印度）、震旦（中国）和本朝（日本）三个部分，每部分都由佛法篇和世俗篇构成。说话的舞台从中央扩展到了边鄙，登场人物也从国王、贵族扩大到下层庶民的男女老幼，此外还有妖怪、动物等多种多样的角色。

平安末期的社会动荡影响到编者的价值观，将目光朝向了传统文学未曾关注的新领域，可以理解为是院政时期人们对新物语的欲求。《今昔物语集》具体地描写出了山林修行民间布教的僧侣、地方武士、强盗等人物的精神和行动，都肯定着庶民的意识形态，反映着向中世下克上社会的过渡。

课后练习 ❀

一、简答题

1. 请简述中古文学的特色。

2. 请选取《古今和歌集》中的和歌分析其形式特点和内容特色。

3. 请简述中古时期和汉文学的消长变化。

4. 请简述《枕草子》的形式特点和内容特色。

5. 请简述《源氏物语》的形式特点和内容特色。

二、思考题

1. 与《万叶集》相较，《古今和歌集》为什么会被广泛认为是日本文学特色的最早定调之作？

2. 《源氏物语》有什么资格被称为世界上第一部长篇小说？其对后世文学的影响如何评价？

3. 《枕草子》的文学地位如何评价？

第三编

中世文学概论

（1192— ）

1192 年源赖朝在镰仓开设幕府，到 1603 年德川家康在江户开设幕府，大约 400 年间的文学一般被称为中世文学。

武家开设幕府进行实质性的统治，但是并没有废除天皇制，天皇为中心的公家虽然丧失了政权，却牢牢把握着文化大权，武家为了与之抗衡也积极建设着武家文化中心，于是在长达 700 年的时间里，日本文化一直以两个文化中心保持着发展，公家和武家共同作用于文化。

中世前期约 140 年时间，作者主要是贵族、僧侣、隐者等，文学的佛教色彩鲜明，其底层潜流是无常观和幽玄的审美意识，从内容、思想、文体上都呈现出从公家的平安文学向武家的室町文学过渡的色彩。中世后期约 260 年时间，武家势力压倒公家势力，确立了由战国大名分国统治的封建制度，作者群体扩大，除了贵族、僧侣、隐者之外，武士、小市民也加入进来。后期文学底层潜流是无常观和幽玄的审美意识，宗教色彩淡化，开始追求与有心观相对的无心观，与幽玄意识相对的滑稽戏谑意识。从内容、思想、文体上都呈现出浓重的武家文学色彩。

第七章 • 和歌、连歌

　　和歌一直与汉诗文一起作为日本文学的上文学、雅文学，提供雅的标准和规范，受到公家政权的重视，因而得到长足的进展。然而，随着武家政权在夺取政治经济大权之后逐渐夺取文化大权，和歌终于丧失了公家势力的支持，转为公家阶层个人或小团体的传承后，便走向衰落了。接替和歌的，便是连歌。连歌文艺性渐增，形式也逐渐定型，从公家贵族扩散渗透到庶民之中。在庶民连歌师的指导之下，文艺沙龙连歌会盛行，甚至上皇或关白等贵族也经常参加。和歌衰落与连歌上升，体现了诗歌领域的下克上。

第一节　中世和歌的语体

　　中世和歌创作非常兴盛，先后撰出了十四部和歌集，其中最具有代表性的便是《新古今和歌集》。我们以该歌集来分析中世和歌的语体。

一、《新古今和歌集》的语体

　　《新古今和歌集》奉后鸟羽院之命撰进，撰者为源通具、藤原有家、藤原定家、藤原家隆、藤原雅经、寂莲。

　　1. 音数律

　　《新古今和歌集》以平假名体书写，所收和歌均为短歌，主要为七五调，较为轻快，给和歌带来明暗不同的感觉。第 1 句、第 3 句处断句（句切），根据《国语综合便览》[①]，音数律与前两大敕撰集相较为：

---

① 广幸亮三等 . 国语综合便览 [M]. 中央图书 . 1980:23.

《万叶集》　57·577；5757·7

《古今和歌集》　575·77

《新古今和歌集》　5·7577；575·77

2.修辞

《新古今和歌集》充分运用了"缘语（縁語）""双关语（掛詞）""本歌取（本歌取，即引用古歌本歌）""名词结句（体言止）""比喻（比喩）"等咏歌技巧，比喻多具象征性，构成了75音数律为基调的轻快优雅的节奏。朝着古典主义和象征诗化发展，微妙细腻地捕捉大自然的变化和色彩，歌中所提及两种事物往往需要通过想象才能感悟。

缘语、双关语、比喻等技巧在《古今和歌集》便已出现，这里不再赘述。"本歌取"是《新古今和歌集》中才出现的修辞，此前的《万叶集》《古今和歌集》都没有这一技巧。如藤原定家的和歌：

大空は梅のにほひにかすみつつ曇りも果てぬ春の夜の月①（《新古今和歌集·春上·四〇》）
苍天之上，梅花香气持续熏染着，并未被阴云完全遮盖的春夜之月。

其引用的本歌为《新古今和歌集》中的大江千里的和歌：

照りもせず曇りも果てぬ春の夜の朧月夜にしくものぞなき（《新古今和歌集·春上·五五》）
并非皎洁的照耀的，也并非阴云遮盖的春夜的朦胧的月亮，是最有情趣的事物。

大江千里所歌咏的梅花香气晕染的朦胧月色，具有一种如幻如梦的美感。大江千里的和歌其实也是引经据典的，他翻译和活用了白诗"不明不暗胧胧月"一句。

藤原定家的这种技巧，原本为院政时期藤原清辅的《奥义抄》中所禁用的一种做法，称之为"盗用古歌"。藤原定家在《近代秀歌》《咏歌之大概》中将这种方法确立为基本修辞的一种。称之为"本歌取"，即"引用古歌本歌"，在《新古今和歌集》中较为常见。

再如藤原俊成的和歌：

昔思ふ草の庵の夜の雨に涙な添へそ山ほととぎす（《新古今和歌集·夏·二〇一》）
徒思忆往昔，出仕宫中之盛事，草庵夜零雨，畏听杜鹃添悲声。

该歌化用了白诗"兰省花时锦帐下，庐山雨夜草庵中"两句，藤原俊成设

---

①　Super日本語大辞典古語辞典．Ver.1.10Copyright（C）1998 Gakken.《新古今和歌集》中的名歌出自这里。后文对引文将夹注类似"（《新古今和歌集·夏·二〇一》）"的字样表示。和歌下译文均为编者所译。

想自己居住在草庵之中，因怀旧而落泪。该歌使用了名词结句修辞技巧，即在和歌或俳谐的最后一句的末尾以名词结句。名词结句修辞技巧增加了咏叹之余情，《新古今和歌集》中名词结句的和歌很多。

3.《新古今和歌集》的编排

《新古今和歌集》共收录约 2 000 首和歌。藤原良经做假名序，藤原亲经做真名序，按照春、夏、秋、冬、贺、哀伤、恋、杂、神、佛等类别排列内容，收录有古代歌人如柿本人麻吕、纪贯之、和泉式部的和歌，但是重点收录撰者时代或稍早的歌人的和歌，如西行、慈圆、良经、定家、家隆、寂莲、俊成之女等人的和歌。

与此前的敕撰和歌集不同，上皇亲自参与了撰集作业。该歌集在镰仓初期成立，经历了很长的成立过程，通常分为四期。一是选歌时代，1201 年到 1203 年；二是御点时代，上皇进行了评点精选；三是部类时代，1204 年到 1205 年，内容按部类进行编排；四是增删修订时代。该歌集由后鸟羽上皇亲自定稿，每一首歌的位置都有细心的安排，自然显得整饬而优美。全程花费 30 多年时间才完成编撰作业。

第二节　中世和歌的特色

一、敕撰和歌集兴盛

镰仓幕府成立以后，平安时代以来的贵族政治公家虽然大权旁落，经济体制却并未全面瓦解，公家与武家仍然同属统治阶级，勉强维持贵族表面的体面世界。虽说大权旁落，新兴的武士阶级在文化创作上处于门外汉状态，公家仍然居于文化统治的中心地位。

从 12 世纪到 13 世纪中叶，尽管物语没落，和歌却极其隆盛。因为公家认为，只有和歌才算得上真正的文艺，这是武家无法左右的。公家固守着和歌这块最后的阵地，作为对抗武家的武器，反映贵族意识形态的《新古今和歌集》（1205），构筑了一个思慕前朝文化、逃避乱世的美学世界。

《新古今和歌集》，如其名称所示，其实承载着以上皇为首的公家贵族夺回统治大权，重回《古今和歌集》描绘的王朝时代的梦想。该歌集大部分成书早于武家对公家贵族给予致命打击的承久之乱，因此其怀古、复古都有着积极的意味。但是1221年的承久之乱，是一次公家与武家实力的军事对决，后鸟羽上皇因失败而被流放，这是日本史上第一次臣下对上皇的僭越处置，标志着武家力量的彻底胜利。《新古今和歌集》是《古今和歌集》之后的第八部敕撰和歌集，这八部和歌集合称"八代集"。

镰仓时代的传统贵族们将和歌当成可以赌其一生，甚至赌其门第存在价值的事业而苦修其道，文艺精益求精，带有浓厚的往昔性格，充满哀寂悲愁的韵味。中世之初的歌坛呈现出繁华景象，以后鸟羽院或藤原定家为中心的宫廷沙龙，举行过"六百番歌合"（1193）、"千五百番歌合"（1201）等空前的大型文艺活动，涌现出大批著名歌人，如藤原俊成、慈圆、良经、定家、家隆、寂莲、俊成之女等。

歌合，为平安朝以来的王朝贵族进行和歌竞赛的文艺活动，吟咏的每一组歌题为一番，由判者比较优劣决定胜负。进入镰仓时代后，番数大为增加，如前所述"六百番歌合""千五百番歌合"便是代表。敕撰和歌集《新古今和歌集》便是此时期的硕果。

藤原定家的和歌传统，由其子孙门生继承与发扬光大，在《新敕撰和歌集》之后100年左右时间里又撰进了《续后撰和歌集》《续古今和歌集》《续拾遗和歌集》《新后撰和歌集》《玉叶和歌集》《续千载和歌集》《续后拾遗和歌集》7部和歌集。

中世后期，由藤原定家的子孙门下继承与发展和歌，约100年间内又撰进了《风雅和歌集》《新千载和歌集》《新拾遗和歌集》《新后拾遗和歌集》《新续古今和歌集》5部敕撰和歌集，与镰仓时代的《新敕撰和歌集》及后续7部和歌集统称"十三代集"。十三代集与《古今和歌集》等八代集合称"二十一代集"。二十一代集跨10世纪初到15世纪前半期的约5个半世纪，集成总歌数约33 700首。

敕撰和歌集的编撰，下达敕命者，主要为天皇或上皇，偶有上皇参与编撰作业的情形，二十一代集的最后四集因皇室衰微缺乏编撰意愿，由足利将军请奏敕命发起撰进。敕撰和歌集是作为皇室治世的纪念碑而编撰的，反映着公家贵族社会的审美主潮，与成立时代相应呈现出各集的个性。但是因为依傍既存表现意识的作用，这些歌集中的和歌越来越只注重形式而丧失了独创性与新鲜感，《新续古今和歌集》问世的 1439 年之后再无敕撰集撰出。

敕撰和歌集的编写宣告终结后，虽然私撰集、私家集持续问世，却并不能保持和歌的中心地位，和歌渐渐远离中心，本为紧张的和歌创作之后的余兴活动的连歌，逐渐成为中世诗歌创作的主流。和歌在"公"的领域无以维持发展，以古今传授的歌道秘传形式保留下来。

古今传授即有关《古今和歌集》的秘密传授。《古今和歌集》自诞生以来一直被当作和歌的典范，在平安末期便倾向成为和歌权威之家的秘传技艺。《古今和歌集》中的难解语句只向特定人员秘密传授，形成了藤原基俊—藤原俊成—藤原定家的师承脉络。藤原定家的子孙分裂为二条、京极、冷泉三家之后，各家的子孙、师徒间也可以秘密相传。

室町中期，二条家的自家秘传和顿阿流派的秘传相结合，由东常缘正式创始古今传授，传授歌道给连歌师宗祇，又形成了宗祇—三条西实隆—细川幽斋—智仁亲王—水尾天皇的师承脉络，被视为古今传授的正统。

直到江户初期，契冲创立了实证主义的文献学，这种在家族内部进行的秘传的方式一直被视为歌学的正统。

就这样，和歌的传统完全被形式化了。这种闭塞的歌道师承方式最终导致作为贵族文化象征的和歌在中世走向没落。

二、幽玄歌风

与《万叶集》的真率、清澈相比，《新古今和歌集》的和歌巧致、纤丽，具有余情妖艳之美；与《古今和歌集》的缺乏个性相比，《新古今和歌集》的和歌具有鲜明的个性特色。《万叶集》率直、真实地表达内心的感动，富有紧张有力的节奏。《古今和歌集》避免直接抒发对眼前事物的所感，而是将生活感情升华为美的理念；避免直接描写对象，而是吟咏引起主体感动的内心状态，具有轻快优雅的节奏。《新古今和歌集》则强调以优美为基调，主张幽玄而富有象征性的咏歌方法，拒绝表达日常性的、真实的情感；以古典为媒介，构筑出想象的、虚构的世界，然后再抒发情感。

通过与《万叶集》《古今和歌集》的比较，能够发现《新古今和歌集》的幽玄歌风，而幽玄歌风主要又分为幽寂歌风与妖艳华丽歌风两种。藤原定家作为《新古今和歌集》的代表歌人，他的歌风随着成长而发生了诸多变化。

1. 两种幽玄歌风

《新古今和歌集》的歌风总体表现为幽玄。所谓"幽玄"，来自中国的老庄、佛教思想，主要为中世文学艺能的重要美学概念，本义为思想的本质深远微妙，日本人用来表示美的深奥难解，藤原俊成将幽玄确立为象征美的美学理念。对幽玄的理解因人而异，不过共通之处便是以优艳为基调，言外留有深奥的情趣与余情。换言之，即向往崇高、寂寥、纤细的优美而哀婉地吟咏，有一种宇宙深远感，超越自然、深刻难解、得意忘言、隐而不露、阴翳温婉、华丽典雅、余情妖艳、优雅冷澈，诸如此类的语言也无法穷尽之玄妙，在想象世界中留下无尽的余韵。

而《新古今和歌集》中的幽玄主要又分为两类，一类是藤原俊成为代表的幽寂歌风，一类是青年藤原定家的妖艳华丽歌风。

幽寂歌风如《新古今和歌集·夏·二〇一》，藤原俊成的和歌"徒思忆往昔，出仕宫中之盛事，草庵夜零雨，畏听杜鹃添悲声"，使用了名词结句修辞技巧，增强了咏叹之余情，幽寂感十分强烈，能体会到歌人退官之后的寂寞凄婉之情，朝中为官时的春风得意只化作了枯坐时的追忆。草庵夜雨如歌人心中暗暗零落的眼泪，偏偏此时，杜鹃又开始啼叫泣血，增添了分外的悲戚之情。

妖艳华丽歌风如《新古今和歌集·春上·四〇》，藤原定家的和歌"苍天之上，梅花香气持续熏染着，并未被阴云完全遮盖的春夜之月"，使用了"本歌取"的修辞技巧，对传统和歌进行了继承与发扬，体现了古典主义精神。梅香熏染着春夜胧月，梅香熏染有种香艳充溢天地的美感；春天正是万物生发的季节，也是适合恋爱的季节，春夜胧月则有种相爱之人厮守在一起，月胧情浓的美感；有云遮掩而并非全部遮盖起来，露着一点点月轮，反而更有犹抱琵琶半遮面的美感。

2. 藤原定家的歌风

两类歌风中，以藤原定家的更具代表性。随着歌人的不断成长，他的歌风也发生了诸多变化，赋予《新古今和歌集》以犹如夕照的虚幻之美。

藤原定家在青年时代便不断摸索新歌风，留下了艳美的和歌。后被选为《新古今和歌集》的撰者，将《源氏物语》《狭衣物语》征引入歌，构造了极致艳美的世界。藤原定家此时期与源实朝交往，指导源实朝创作和歌。《新古今和歌集》完成后，藤原定家在内宫歌坛升为指导者。1221 年以后，藤原定家开始研究古典，注释《古今和歌集》，抄写并订正《源氏物语》《伊势物语》《土佐日记》，1235 年撰进日本文学史上的第九部敕撰和歌集《新敕撰和歌集》，这时他的歌风已经由艳美转为平淡优雅和幽玄。藤原定家壮年之后的歌风为"有心论"支撑的平淡无味，此平淡无味为素雅而非俗化。

所谓"有心"，是幽玄的一种表现，是指对自然、人物、事件等对象，不仅持有深刻的知性的理解，而且将感性的情意投入其中，感受其深层的无法用语言表达的领悟。"有心"继承了幽玄的理念，但更注重技巧和余情，以妖艳为主调。纪贯之、世阿弥、松尾芭蕉等著名作家也都有类似情形，在经过中华式的"雅"境界后到达返璞归真的日本式的"俗"境界。名家这种个人特色的演变过程，与日本文学理念的演变过程有相似之妙。

藤原定家及其追随者们在《新古今和歌集》中展现出犹如夕照的虚幻之美，衬着淡淡的哀愁，形成唯美的象征主义的妖艳歌风，构建了与现实隔绝的情趣世界，并在此世界中求得心灵的解放。

藤原定家被尊为和歌典范。13—14 世纪，晚年定家平淡无味的歌风成为歌坛标准。到了 15 世纪中叶起，歌坛则开始学习青年定家的唯美妖艳的歌风。藤原定家之所以被尊为典范，这与日本人一直以来具有的依傍心理不无相关。在和文学没有成立或者刚刚成立还很幼弱时，依傍中国六朝文学，在成长过程中又依傍唐宋明清的文学。除了依傍中国文学外，他们对日本国内的文学家也是无时无刻不铭记在心，如清少纳言、紫式部即便到了近现代文学时期，依然是被依傍的对象。

第三节　连歌

和歌衰落之后，接替和歌成为诗歌主流的便是连歌。

一、连歌的语体

连歌由和歌分化而来。最早在《日本书纪》中便记载了日本武尊和秉烛者的连歌唱和，《万叶集》中也有类似的唱和作品，平安中后期的敕撰和歌集《后撰和歌集》《拾遗和歌集》《金叶和歌集》等也均收录了连歌作品。原本由一位作者完成的和歌，由两位及以上作者完成，则产生了连歌。

连歌在平安时代以短连歌为主，镰仓时代则以长连歌为主，中世连歌主要指长连歌。短连歌是两人共作的诗歌。一人咏出前句575，另一人咏出后句77，从而构成完整诗句。

长连歌是数人共作的诗歌。一号作者咏出575后，二号作者咏出77，三号作者再咏出575，如此长句、短句交替达到一定数目而构成一卷诗歌。其音数律为575·77·575·77·575·77……如此反复，直到百句甚至千句。

院政时代称长连歌为锁连歌，镰仓时代以后定型为百韵连歌，以每位作者所咏长句或短句为1句，一卷连歌共有100句。虽称为"百韵"，实际并不考虑押韵。百韵连歌通常由数人乃至十数人共同创作而成。作者们沉浸在不断推移的句境之美中，由春而秋，由秋而恋。连歌就是这样一种品味过程之美的文艺，非常适合乱世中的文人逃避现实到美的世界中去。

连歌用语较和歌简易，但不使用俗语，而用平安时代以来风雅的文言文体。

二、连歌的特色

镰仓时代在公家贵族中间，连歌便大受《新古今和歌集》歌人的关注，文艺性渐增，形式也逐渐定型。镰仓中期时，连歌在庶民中也颇为流行。在庶民连歌师的指导之下，文艺沙龙连歌会十分盛行，甚至上皇或关白等贵族也经常参加。虽说庶民参与连歌的创作与享受达成了文学领域的下克上，却不能说庶民创造了属于自己的文艺，只能说是庶民创造了贵族的文艺。镰仓末期，非贵族连歌师的连歌文艺性快速提高。

中世后期，庶民连歌师救济协助公家歌人兼连歌作者二条良基编撰了《菟玖波集》（1356）和《应安新式》（1372），标志着连歌与和歌对等地位的确立。宗祇、肖柏、宗长三人共作的《水无濑三吟百韵》（1488）是连歌百韵的最杰出作品，也是连歌的模范。《新撰菟玖波集》（1495）是连歌最为洗练期的选集，主要作者有心敬、宗砌、后土御门天皇与宗祇等，武士身份的作者也很多，而心敬与宗祇等连歌师都出身庶民。除了歌集，还有大量的连歌理论书问世，如二条良基的《连理秘抄》（1349）、《筑波问答》（1357—1372），宗祇的《吾妻问答》（1470）等。

16世纪中叶，连歌达到烂熟阶段。18世纪开始连歌进入衰退期。

中世后期文学开始追求与有心观相对的无心观、与幽玄意识相对的滑稽戏谑意识。连歌中出现无心连歌，即滑稽味十足的连歌，这成了俳谐的前身。

据家永三郎《日本文化史》[①]：连歌的艺术成长，意味着以武士为中心的民间艺术的上升和发展。

此外，中世连歌也集中体现了幽玄理念，连歌在对象的掌握上已有整套的规范。如写春雨，不能没有淅淅沥沥、烟雾迷茫之景。再如写夏夜，即使杜鹃不住悲啼，也只能写成久等无聊之际，传来刺破幽夜的一声悲鸣。又如写爱情，必须写成恋慕对方，不能写成对方恋慕自己。诸如此类的类型化的表现意识，是中世连歌的一大特色。连歌以类型表现理念之美，代入诗中的不是花鸟本身之美，而是"类花似鸟"之美。表现事物的"类似"之美，饱含着深受晚唐诗影响的高雅优美的"幽玄"理念。

---

① 家永三郎. 日本文化史[M]. 岩波新书，1996:143.

第八章 · 物语文学

据家永三郎《日本文化史》[①]，下克上决定了贵族文化的没落和民众文化的上升。贵族文化作为古典受到尊重，发挥了为新文化的开创提供标准范本的作用。对抗《源氏物语》的历史物语越来越缺乏文学性，以《源氏物语》为样本的王朝风拟古小说的创作因脱离时代而停滞不前，武家文化为军记物语提供了鲜活的动力，庶民的御伽草子则因其贴近文学母胎而焕发勃勃生机，作为新的物语形式得到传承。作为庶民文学的说话文学也在贵族文化没落之际得到繁荣发展。

第一节　历史物语

历史物语都以平假名书写。《大镜》（1107—1123）开创了问答座谈形式的历史物语形式，讲述者为高龄老人，通过和参与讲座者的问答，以物语形式讲述真实历史事件。历史物语《今镜》（1170）、《水镜》（1195前）、《增镜》（1333—1376）均继承了《大镜》的这种形式。

中世的历史物语，基本上继承了《大镜》的数人座谈问答形式，围绕历史展开纪传体叙述。中世描写王朝贵族兴衰的历史物语《水镜》《增镜》相继问世，与《大镜》《今镜》合称四镜，为历史物语的代表性作品。《水镜》为超越《大镜》而创作，但其文学性却是四镜中最低的。《增镜》承接《今镜》而作，文体为优雅的拟古文，对历史事件缺乏独创性见解。四镜演义了从神代

---

① 家永三郎. 日本文化史 [M]. 岩波新书，1996:142.

的初代天皇到著者生活时代的后醍醐天皇的历史大事。其中《今镜》演义的内容从神武天皇到仁明天皇（810—850），补足了《大镜》之前的历史。《大镜》的故事从850年到1025年，《今镜》的故事从1025年到1170年，《增镜》的故事从1180年到1333年。可以看出300年间，镜物作者之间的传承意识，其事业与正史相类似，肩负着宣扬王朝文化、抗衡武家势力的任务。遗憾的是，这些作品不能正视现实，批判精神衰萎，又缺乏文学性。

中世的史论，诞生于武家政治的特殊时代背景之中，与文学领域的历史物语相呼应，从理论上肯定着皇权与公家政治。代表作为慈圆的《愚管抄》（1219）和北畠亲房的《神皇正统记》（1339—1343）。《愚管抄》从佛教思想和神道思想出发，形成自己的形而上学的历史理论，反省过去，批评当下，指引未来。结合皇家、摄关家、武家的实际，主张三家调和，实行摄将军制度，反对上皇和近臣的排斥摄关家、排斥武家的政策。《神皇正统记》则强调日本是神造之国，应遵循天照大神的意志，维护天皇传承。这两部史论反证了皇权在政治、文化上的崩溃危机。

第二节　拟古物语

《源氏物语》一直作为物语文学创作的典范而受到依傍，到中世时期，产生了大量的模仿之作，这类作品在文学史上称为拟古物语。镰仓初期成书的《无名草子》，是日本文学史上第一部物语评论著作，该书中提到了十余部新创作物语的名称。藤原定家的《物语二百番歌合》将物语中的和歌汇编成书，提到了许多现已散佚的物语名称，指出这些物语是用来供女子消遣的。

物语和歌集《风叶和歌集》（1271）提及多为镰仓时代创作的物语作品百余篇，但这些物语中，全篇或部分保存下来的只有《松浦宫物语》（1192左右）、《兄妹易性物语》（1192左右）、《住吉物语》（1219—1222）、《苔衣》（1249—1256）、《石清水物语》（1249—1271）等近十篇作品。这些作品大多模仿《源氏物语》的悲恋故事，但最终以出家结局。

其中《松浦宫物语》可能是藤原定家的作品，讲的是日本遣唐使借助日本神佛力量平定唐朝内乱的故事，"其中穿插了唐朝的华阳公主及皇后的神秘恋情，是一部充满幻想色彩的妖冶的物语作品"[1]。该作品突破了《源氏物语》将舞台设定在日本宫廷内部的局限，扩大到了唐土，增加了异国情调，带有一部分中国历史小说的要素，与我国的历史演义类小说有异曲同工之妙。

《兄妹易性物语》讲的是一对异母同父的兄妹，各自性格与性别不符，长大后互换身份，从而引发了一连串的阴差阳错，最后再次互换身份。主要情节还是恋爱故事，描写充满了官能性的颓废之美。

散文文学《源氏物语》作为雅文学领域的巅峰之作，标志着物语文学达到极盛，同时也标志着物语文学走向衰退。曾经于平安时期兴盛一时的物语文学，虽然到中世后期也还持续有大量作品问世，却日渐边缘化了。拟古物语的创作已经失去了创新动力，如《住吉物语》《苔衣》《石清水物语》，都囿于怀念和重现平安王朝世界，对《源氏物语》亦步亦趋，缺乏独创性且文学性很低。基于这些原因，虽然拟古物语篇目很多，但是并没有成为文学的主流。

第三节　军记物语

军记物语是伴随着武士阶级的兴起而出现的，反映勇武、坚韧、简朴的武家文化，将武家英雄作为故事的主人公，将武士们烈火般勇猛的性格、淳朴坚韧的情感意志和波澜壮阔的交战场面都写进了物语里。军记物语多站在失败者立场，流露出感伤和同情。主要描绘了新兴武士强悍、积极的现实精神。笔调时而抒情感伤，时而强劲有力。既具有传统文学的构想力，又反映了大陆文学、儒佛教思想的影响。竭力通过氏族或集团的兴亡更替来再现动荡的历史。其军记物语使得文学从形式和内容上都与民众结合起来，具有划时代的意义，其本身高度的艺术性也使得它成为物语文学史上的辉煌里程碑。

军记物语的代表作有《保元物语》（1221 后）、《平治物语》（1221 后）、《平家物语》（1223—1240）等。军记物语对后世的谣曲、净瑠璃、读本均有影响。

---

① 张龙妹、曲莉. 日本文学 [M]. 高等教育出版社，2012:226.

一、军记物语的语体

军记物语最早为《将门记》（940），以汉文体书写。但《保元物语》之后，文学语言不再是汉文体，也不再是王朝物语中常见的缠绵悱恻的语体，而是和汉混交体，即交错着汉语、佛语、俚俗语的铿锵有力的语体。

大部分作品作为说唱文艺存在，基本以动乱的原因、战斗和后日谈三部分构成，喜欢使用"所见所闻之人，皆泣不成声"②的固定句型来口头叙述某个感人的场景，具有很强的真实感。其中《平家物语》为七五调叙事诗。

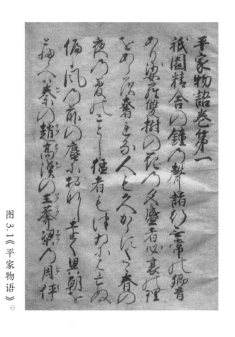

图 3.1《平家物语》①

军记物语早在说话集中便有雏形，如由《今昔物语集》的武士说话产生了《保元物语》《平治物语》。

二、军记物语的传承

最早的军记物语是平安时代描写 936 年平将门带领关东土豪叛乱的《将门记》，不属于中世文学。

1.《保元物语》

中世第一部军记物语作品是《保元物语》，作者不详。该作品成书于镰仓初期，由三卷构成，作品采用了和汉混交体，置身于叛乱方内部，以生动的语言描述了以源为朝为中心而展开的"保元之乱"的始末。作者花费较多笔墨描写了源为朝失败的悲剧。虽然失败了，但是他蔑视权威的言行、超绝想象的弯弓射箭的形象象征着新兴武士阶层的力量，成为日本文学史上未曾有过的鲜明的超人式英雄。

① 平家物语. 写本. 红叶山文库，江户初：第 5 页.
② 古桥信孝著，徐凤、付秀梅译. 日本文学史 [M]. 南京大学出版社，2015:284.

2.《平治物语》

《平治物语》共三卷，作者不详，与《保元物语》成书时间关系未详，早于《平家物语》。《平治物语》与《保元物语》为姊妹篇，或为同一作者。《平治物语》采用和汉混交体，主要描述了平治之乱的来龙去脉。作品中刻画的战斗场面、豪胆侠士的人物形象跃然纸上，源义朝之妻忍辱负重的悲惨故事也描写得十分打动人心。作品重点描述了被平清盛镇压的以源义朝为中心的源氏一族的悲剧，并伏下了源赖朝复兴源氏的暗线。

3.《平家物语》

军记物语中，最负盛名的便是《平家物语》。其来源于平曲，即盲目僧人弹奏琵琶说唱平家故事的曲子，与谣曲有共通之处，本质上与物语却大不相同。此前的物语是以文字直接呈现的用眼睛读的作品，而《平家物语》则是琵琶法师通过弹唱方式讲述出来的用耳朵听的作品。

4.《太平记》及后续

《太平记》（1368—1375）全书共40卷，以和汉混交体为主，描述南北朝50余年的战乱情景，其中记录主人公沿途见闻的纪行文最为有名。但是《太平记》失于追求贵族文艺的趣味，淡化叙事诗的性格。

其后的《义经记》《曾我物语》失于偏重个人传记或报仇雪恨的题材，不能把主人公塑造为集团英雄，也显示着叙事诗性格的衰退。而《应永记》《明德记》《太阁记》等歌功颂德的作品，其性格与其说是物语，不如说是记录。南北朝以后的作品往往不划归军记物语。

军记物语之属，依其发展趋势，从《保元物语》到中世后期的《太平记》，越来越明显地向公家贵族式的表达靠拢，即显现出因"依傍既存表现"而逐渐僵化的迹象，最终为御伽草子所取代。

三、《平家物语》的特色

《平家物语》的成书作者不详，从平曲来推测应为集体作者。作品描写了以平清盛为中心的平家一门的兴亡盛衰。

历史上的平清盛是平安末期院政时代的武将，平氏一门作为武家，拥有强大的军事力量，在公家贵族内斗过程中强势介入，从而获得权力，掌握中央独裁大权，盛极一时。后在夺权斗争中，平家为源氏所灭。

《平家物语》的作者置身于斗争内部，站在失败的平家一方，淋漓尽致地表达出物哀的情绪。当然作品更重要的是依据言灵信仰，对源平斗争中牺牲的将士们的灵魂进行安抚、救济或者镇魂。全书共 12 卷，前 6 卷写平家一门的兴隆与荣华以及反平家势力的活动谋划。后 6 卷写源氏势力的进攻、源平之战，以及平家的灭亡。全书以平家为故事的主人公，贯穿着佛教的"因果循环""诸行无常、盛久必衰"的思想，充满感情地讲述平家人物由盛而衰的物哀之感。作品充满了思想性与韵律性，是日本人书写的绝无仅有的英雄史诗。

《平家物语》的成书过程复杂，一般认为在很长的时期内有多位作者对作品进行了多次修改润色。现在流传的抄本中，有两种体系，一是剧本体系，一是读本体系。剧本体系的《平家物语》为能、幸若舞、净琉璃、歌舞伎等演剧提供了素材。失去真实感的文学试图通过声音恢复真实感，并通过身体语言增强表现力，于是产生了演剧与艺能。本教材围绕剧本系统展开探讨。

1. 佛教思想

《平家物语》开篇写道：

祇園精舎の鐘の声、諸行無常の響きあり。沙羅双樹の花の色、盛者じやうしや必衰の理ことわりをあらはす。おごれる者も久しからず、ただ春の夜の夢のごとし。たけき人もつひには滅びぬ、ひとへに風の前の塵ちりに同じ。[①]

祇园精舍的钟声，有诸行无常的声响，沙罗双树的花色，显盛者必衰的道理。骄奢者不长久，只如春夜的一梦，强梁者终败亡，恰似风前的尘埃。（周作人译[②]）

如引文所示，其实《平家物语》全篇都是七五调的语句，读来朗朗上口，辞藻也因对汉诗文和佛典的引用而十分华美，可以说是杰出的史诗。

正如上面开篇所言，贯穿《平家物语》始终的是佛教思想。佛教渗透到军记物语细部，标志着军记物语的成熟和走向民众。平氏一族富有戏剧性的盛衰历史，恰好印证了盛者必衰、因果报应的思想。此外，《平家物语》中还有净土宗往生思想的体现，登场人物赴死之前，都是念诵十遍"阿弥陀佛"的，无论是投水自尽的维盛，还是通盛之妻小宰相等人。"灌顶"卷中，建礼门院临终时显现的紫云、异香、仙乐，也都体现了往生思想。

---

① 转引自张龙妹、曲莉. 日本文学 [M]. 高等教育出版社，2012:199.

② 周作人译. 平家物语插图注释版 [M]. 北方文艺出版社，2018:3.

由于言灵信仰，作品中佛教承担着安魂和救赎的作用。因此，作者在情节设置上，将平清盛丑化，成为平氏一族罪恶的根源，因恪守儒家的君君臣臣、父父子子伦理而被迫做出超越佛法与王法的恶行的人们，便从理论上避免了下地狱，从而获得拯救。作品中建礼门院的往生暗示平氏一族得到了救赎。

2. 战争场面

军记物语的必备要素便是战争场面。《平家物语》的战争描写主要有交战描写和败战描写两种。交战描写场面中，武士们上起将军下至士卒、僧兵，个个艺高武勇，勇于夺功争名，不论是面对敌人还是战友。作者未偏袒任何一方，没有中国正反双方的概念，而是红白两方，都是正面形象，并无丑化矮化描写，几乎是同等分量地叙述红白双方阵营里武艺高强之人、勇猛无敌之人，甚至是滑稽可笑之人。

败战描写的是平氏覆灭时的战争场面，侧重于表现平氏一族覆灭时的悲哀，交战描写分量不大。如"一谷之战"源义经成功翻越陡坡，叙述的重点就从源氏移到了平氏。平家军兵惊恐万状，纷纷向海边逃命，人们争抢船只，造成大船沉没。上级下达了一般兵卒不许上船的命令，而敢于抗命的士兵层出不穷，不断被战友乱刀砍死掉落海中，海水被血染红，尸体堆积成排。

随后越中前司阵亡、忠度之死、重衡被俘、敦盛之死、知章之死、小宰相投海，平氏一族逐一落幕。每一个人落幕的结尾多有一句"见者无不落泪"或类似情绪的表达，描写得多的是源氏方斩杀时的不忍和悲哀，对平氏的敬佩和赞美，没有了两军对垒的紧张气氛。

3. 王朝风雅

《平家物语》中不乏追求风雅的描写。如平忠度为了让自己的和歌入选救撰和歌集，冒着生命危险返回敌军占领的京城，造访藤原俊成府邸，献上自己的一百首最满意的和歌，希望俊成能够收录一首。俊成边读边承诺自己不敢敷衍了事，意下承诺时，忠度如释重负，喜悦地说道："此番远行，即使永沉海底，或者曝尸山野，今生今世也没有遗憾了。"① 潇洒辞别而去。

后来俊成果真选取其一首录入《千载和歌集》，碍于生前曾为朝廷钦犯，便隐其姓名，题为《故乡花》（「故郷の花」）：

① 无名氏著，申非译. 平家物语图典 [M]. 上海三联书店，2005:130.

さざ波や志賀の都は荒れにしを昔ながらの山桜かな（《千载和歌集·春上·六六》[①]）

细浪涌动之古都志贺啊，虽是遍地荒草，唯有山樱依旧。

《平家物语》中共有忠度的三首和歌，以这一首最佳，风雅之情实在感人肺腑。

再如平经正认识到平家一门运数已尽，不忍令恩师所赐青山琵琶与自己同归于尘，便不顾危险，走进恩师中庭，恭恭敬敬地将装在赤锦袋中的琵琶转呈御室尊前，御室哀而怜之，彼此作和歌唱和了一番诀别之情。

又如战场之上源氏的熊谷忍痛斩杀了平氏容貌俊美的少年敦盛后，见少年的锦袋中藏着一支笛子，悟到此人便是清晨在城内弹奏管弦者。熊谷折服于平家的风雅之趣。后来将笛子送呈源义经过目，见之者无不落泪。经历此事后，熊谷出家皈佛的心愿愈益坚定起来。

作品中描写风雅的地方还有许多，由以上三例可见《平家物语》对王朝文学的风雅之情的追求。

第四节　御伽草子与说话文学

一、御伽草子

御伽草子是说唱故事、口诵物语、民间传说等文学作品，有插画，文字平易，多为启蒙内容，短篇物语集。登场人物或世界富有变化，创作手法类型化，起源谈、小人谈、立身处世谈等，主题相似的作品很多，人物内面描写贫乏，是有情节的短篇故事。但是人物缺少个性。开篇不再是"昔"，而是其他时间名词，如"王朝中期"，首句以表现存现的动词"あり"（有）结句。御伽草子向民间传说学习，如起源谈、小人谈，起源谈如《谏访本地》（1392—1573），小人谈如《一寸法师》（1392—1573），都具有民间传说色彩。

据家永三郎《日本文化史》[②]，伽草子是室町时代短篇小说的统称，其中有

---

①　Super日本語大辞典古語辞典. Ver.1.10.Copyright（C）1998 Gakken.《新古今和歌集》中的名歌出自这里。后文对引文将夹注类似"（《新古今和歌集·夏·二〇一》）"的字样表示。和歌下译文均为编者所译。

②　家永三郎. 日本文化史 [M]. 岩波新书，1996:147-148.

很多是从《古事记》《日本书纪》这类为了宣传天皇制的正统性而被体系化的神话记载中遗漏的民间传说，如《文正草子》（1392—1573）、《猿源氏草子》（1392—1573）等。它们或描写下层庶民的命运，或采用丰富的口传小说的要素，作为民众艺术的性格十分显著。

换言之，御伽草子是回归民间传说的民众口承艺术。此前的物语均因对贵族文化的依傍性而逐渐远离现实生活，从而失去再现的活力，而从庶民口承文学中吸取营养可以使得物语重新拥有活力。其实，物语本身从诞生之日起便隐含着讲述之意，只是随着语体的规范化、逐渐文言化，讲述感越来越单薄。而日本人内心世界对口语体的追求，则会令新时代的文学回归母胎原点，回归古典。

御伽草子兼顾娱乐与教训，是面向妇女儿童的插图读物。虽然含有浓厚的童话趣味，纯属童话的作品却很少。反映庶民生活，憧憬贵族文化，继承了古典的形态，但是文艺价值不高。

御伽草子一般分六类：公家物、武家物、宗教物、庶民物、异类物、异国物。

公家物是镰仓贵族社会的物语改编的作品，如《岩屋草子》，主要讲述才色双绝但是身处逆境的美女与贵公子之间的恋爱故事。

武家物，以武士为主人公，如《小敦盛》《横笛草纸》等取材于源平时代的悲哀故事。

宗教物，以僧侣为主人公，如《秋夜长物语》《三人法师》《笹竹》《阿弥陀本地》等。

庶民物，如《文正草子》《物臭太郎》等立身出世的故事很多。无名小民通过奋斗获得财富和美女，反映着庶民社会地位上升的意识。

异类物，以拟人化动植物为主人公，多异类通婚的故事，如《俵腾太物语》《酒吞童子》等取材于英雄退妖故事。

异国物主要是佛教说话或者中国说话，以中国或印度为舞台展开超现实的传说故事。

御伽草子的文章都平易单纯，对人物内面描写枯燥，作品类似情节简介，展开不充分；情节、情景或者人物设定类型化；教训、启蒙态度显著，佛教思想浓厚，缺少作者个性。属于文学从贵族向大众过渡的产物。御伽草子中比较富有创作性的作品对假名草子影响很大，而武家物和宗教物则得益于江户时代的净琉璃而得到长久保存。

御伽草子的作者和享受者群体非常庞大，形成文学大众化的现象。

二、说话文学

从中古末期到中世前期是说话文学的时代。说话集基本把故事当作事实来写，稍有虚构。说话文学均使用平假名体书写。

说话文学在镰仓时期迎来了繁荣期。作为庶民文学的说话文学也在贵族文化没落之际得到繁荣发展，因为贵族文化虽然没落，文学观念却依然受其约束，中世并未产生新的口语体文学，具有口语体性质的说话文学在内心世界的追求之下，得到了大量编著。

由于公家文学停滞不前、缺乏新意，中世的读者们将目光投向他处。武家抬头，势必带动了庶民地位的上升。因为武家中，掌握大权的高级武士多出身于贵族或地方豪族，人数较少，更多的是从庶民而来的下级武士。庶民的文艺随着庶民地位的上升而呈现向上的态势。在这种背景下，读者们对京城之外的地方和庶民百姓的生活产生了兴趣，庶民意识的说话得到整理与传播。同时，中世新佛教的普及也促生了众多的佛教说话集。

总体说来，中世说话，内容上可分为前朝贵族的奇闻轶事、庶民色彩的民间传说、佛教神话三类；形式上可分为杂撰、汇编、专题三类。代表作有《宝物集》（1179—1183）、《宇治拾遗物语》（1221 左右）、《十训抄》（1252）、《古今著闻集》（1254）、《沙石集》（1283）等。

《宇治拾遗物语》为杂撰式说话集，根据故事的趣味性收集了前朝贵族的奇闻轶事、庶民色彩的民间传说、佛教神话等。其中与《今昔物语集》相通的故事有 80 余篇，佛教说话近 80 篇。一些故事直接取自口承文学，保留了口语讲述语调。登场的有天皇、贵族、武士、盗贼等各个阶层的人物。也收录了中国和印度等国的民间传说。

《十训抄》为专题形式的向少年劝善惩恶、显示处世之道的教训说话集，以十条教训为编目，分别收录说话故事，儒教色彩较浓。除收录中国的说话外，多收录前朝贵族的奇闻轶事，显露出对王朝贵族文化的怀古情调。因其宫廷立场造成说教对读者来说具有妥协性、消极性。

《古今著闻集》为汇编式说话集，将所收集的说话按照素材和主题分为20卷30编。编目有神祇、释教、政道忠臣、文学、和歌、好色、武勇、弓箭、马艺、偷盗、饮食、草木等，涉及非常多的领域，所收说话也多姿多彩。大多为仰慕前朝贵族的怀古之作，也有卑俗、猥亵的街谈巷说，描绘了从王朝文化的框架向新世纪跨越的新人像。

说话文学盛行，反映了从中古到中世转换动荡期的人们的危机意识，他们重新审视传统，希冀从说话文学中获取有用信息，以寻找新的人生指针。读者们在玩味说话文学时，体验到了新鲜的魅力。南北朝以后，人们对说话的兴趣逐渐减少，很少再有说话集问世。

第九章·隐者文学

所谓隐者文学，是隐者记录其精神与生活的作品的总称，主要指中世的隐者所写的文学。隐者文学诞生于中世前期，武家政权认识到佛教有利于巩固自己的统治，因而极力推崇未受贵族文化影响的新兴佛教，加之中世社会动荡不安，宗教救济成为时代风尚。《方丈记》（1212）和《徒然草》（1331）便是在这种背景下诞生的隐者文学，集中反映着佛教的深厚影响。

隐者是指脱离公家或武家的体制，出家为僧闲散隐居的文人。他们大多住在草庵之中，受佛教净土思想影响，作品之中充满否定现世的无常之感，于生活之中贯彻求道之心，亲近自然世界之美，赞美风雅的世界，思恋古都的繁华，具有独特魅力的叙情性。

隐者文学的代表作品，有西行等草庵歌人的和歌，有连歌师们的连歌、随笔、评论，有《发心集》（1215 左右）、《撰集抄》等佛教说话集，有《海道记》（1223）、《关东纪行》（1242）等纪行文。与这些作品相较，更具有代表性的是鸭长明的《方丈记》与吉田兼好的《徒然草》这两大随笔。

一、《方丈记》

《方丈记》的作者鸭长明出生于贺茂下鸭神社的神官家庭。其父鸭长继为下鸭神社最高神官，鸭长明自幼便被默认为是神社的继承人。后因鸭长继早逝，鸭长明未能顺利获得神官继承权，鸭长明此后妻离子散，被迫离开祖家。经历了诸多痛苦失意的生活，1204 年鸭长明出家，法名莲胤，1208 年结庵隐居，《方丈记》便是在这一丈见方的草庵中隐居时的随笔。

1.《方丈记》的语体

与平假名书写的《枕草子》不同，《方丈记》使用汉文训读系统，继承了汉文随笔的风格，使用华丽的和汉混交文体，使用对句、比喻、汉语、佛教语等修辞，论旨明快，对后世的军记物语影响甚大。《方丈记》继承了庆滋保胤的《池亭记》（982）。《池亭记》中的记，是记录客观事件的汉文体。《方丈记》也与汉文体关系密切。详细描写自己住所的情况，是此前平假名体文学中不曾出现的。《方丈记》使用第一人称主语。而平假名体文学几乎不会标注第一人称主语。因为标注第一人称主语就会将作者与其他人区分开来，破坏了"我"的共生性。

2.《方丈记》的特色

随笔的开头写道：

ユク河ノナカレハタエスシテ、シカモ、モトノ水ニアラス。ヨトミニウカフウタカタハ、カツキエカツムスヒテ、ヒサシクトトマリタルタメシナシ。世中ニアル人ト栖ト、又カクノコトシ。①

滔滔江水，过往不返，淤泡浮泛，且消且结，绝无久驻之例。世间之人与屋舍，亦莫不如此。②（张龙妹译）

《方丈记》使用了片假名书写，文章流畅华丽，开篇便表明了作者的无常观，接下来以充满魄力的笔致记述了京都大火、旋风、福原迁都、大饥荒、大地震等五大灾厄。由此得出"世间万物难居，我身与栖身之所，虚幻徒劳亦复如此"③的结论，强调了世事的无常与生命的虚无。接下来记述了出家和草庵里生活的经过。其中一节关于自然风貌的描写，悠然自得之间，隐隐有超越无常之喜悦：

春看藤花烂漫，如紫云缥缈与西方。夏闻杜鹃悲鸣，犹如相约于通往冥土的山路。秋日聆听茅蜩鸣声，闻空蝉之悲世。冬日凝视白雪，观其累积消融，如见罪孽。④

全文贯穿了继承自白居易的隐士精神，记述了作者逃避浊世、独享孤寂的草庵生活的原委及现状。鸭长明的这种避世精神，已然完全摆脱清少纳言《枕草子》中那种自信满满的贵族趣味，也超越了宫廷文化的框架，将老庄思

① 长崎健、桑原博史编. 校注方丈记·徒然草. 新典社，1984:13.
② 张龙妹、曲莉. 日本文学 [M]. 高等教育出版社，2012:241.
③ 长崎健、桑原博史编. 校注方丈记·徒然草. 新典社，1984:22.
④ 张龙妹、曲莉. 日本文学 [M]. 高等教育出版社，2012:242.

想与佛教思想融为一体，但老庄思想处于优势地位。从万叶时代大伴旅人的歌中已然能看到老庄思想的影子，但是尚未达到观照事物的态度，而鸭长明则明确持有观照态度。

二、《徒然草》

《徒然草》较《方丈记》晚了100多年。作者吉田兼好，继承了鸭长明的隐者精神，并且进行了更有深度的拓展。吉田兼好是镰仓后期的隐者、歌人、随笔家，庶出于吉田神社，俗名卜部兼好。他因厌倦尘俗而隐居，却并非弃世者，与僧俗贵贱交游颇广，如邦良亲王、藤原定家的曾孙二条为世等公家贵族，高师直等东国武将，顿阿、庆运、净弁等草庵歌人，都是其交游的对象。

1.《徒然草》的语体

《徒然草》以平安朝雅文体书写。全书模仿《枕草子》，共244段，随手记录随心所想，长短不一，自由书写，幽默风趣。该随笔全书内容大致分类为评论性的东西、传说的东西、知识断片的东西、回忆录性的东西以及其他东西。而每个大类的细节又多种多样。

《徒然草》使用了《枕草子》罗列事物的技巧，如其第72段：

> 看起来粗鄙的事物。座位周围工具过多。砚台上搁置的毛笔过多。寺院佛堂里佛像过多。庭院里石头或树木过多。家里子孙过多。会客时话语过多。献给神佛的祈愿文里行善之法写得过多。看起来不令人觉得不堪入目的，是搬运书籍的车上所装载的书籍不嫌多，垃圾场里的垃圾不嫌多。[1]。

2.《徒然草》的特色

《徒然草》题目来源于序段：

> つれづれなるままに、日くらし、硯にむかひて、心にうつり行くよしなし事を、そこはかとなく書き付くれば、あやしうこそ物狂ほしけれ。[2]

> 无所事事，寂寞无聊，终日向砚而坐，心中闪现漫无边际之琐事，甫一颠三倒四落笔成字，内心几近狂乱而无可名状。

序段部分，作者以谦逊态度，将自己即将书写的真知灼见自贬为发狂的感想，无所事事的闲谈。

在后续段中作者便开始了以何种态度生存于世的深邃探讨，与中世前期

①　长崎健、桑原博史编．校注方丈记·徒然草．新典社，1984:101.
②　长崎健、桑原博史编．校注方丈记·徒然草．新典社，1984:49.

人们盼望往生极乐净土的生存态度截然不同，吉田兼好秉持的是平安时代僧人的人生态度：既隐世又不割断与俗世的联系。

吉田兼好割舍不下俗世，从第1段、第2段文字中可见一斑。作者表达了对中世贵族"不解民愁国忧，惟知穷奢极欲"①的批判态度，认为讲求疏简为美的古代天皇是圣人。作者以天皇为中心来思考现世，将个人的位置固定在现世社会之中，憧憬儒家色彩的王朝文化，暗合了中世武士文化对简朴生活的追求。对僧人来说，厌弃现世，渴想极乐净土才是本业，吉田兼好却从未用西方极乐世界来定位自己的位置。甚至他还反对落发为僧。如他在第5段中说：

因不幸而陷于哀愁之人，落发遁于佛门，实属草率之举。似在非在作居士，闭门独处无所待，如此度日更为宜②。

受佛教末法思想影响，《徒然草》的无常观其实是很浓厚的，但是却比《方丈记》要积极得多。如第7段：

人生在世，得能长存久住，则生有何欢？正因变幻无常、命运难测，方显人生百味无穷。观诸世间众生，以人寿最长。蜉蝣朝生夕死，夏蝉不知春秋。倘能淡然豁达、闲适悠游，则一载光阴亦觉绵绵无绝；若贪得无厌、常不知足，则纵活千年，亦不过短似一夜梦幻。③

对待生死，吉田兼好有一种于俗世中超越无常，于无常中感受美与情趣的态度，积极、豁达、闲适。作者带有哲思之美地肯定无常，由无常来反证美与趣味的难得，可以说也是一种对无常的超越。兼好法师视野开阔，兴趣广泛，学养深厚，充满睿智与幽默，令其底层潜流佛教无常观显示出积极向上的态势。吉田兼好思想的根柢是老庄与佛教的混一体，而核心部分则由老庄思想支配，对自然人生的关照态度、圆熟明澈的心境和自由无碍而睿智幽默的表达，充满了鲜明的个性。

---

① 长崎健、桑原博史编. 校注方丈记·徒然草. 新典社，1984:51.
② 长崎健、桑原博史编. 校注方丈记·徒然草. 新典社，1984:52. 引文为编者所译.
③ 吉田兼好著，王新禧译. 徒然草，北京联合出版公司，2018:7.

第十章 · 戏剧

上代时期，日本从大陆输入了乐舞，结合日本固有的艺能，到中古时期确立了雅乐。到了中世，则终于出现了演剧（即戏剧），以内心世界追求口语体的规律来解释，便是中世时期，几乎没有再产生新的口语体形式。为了追求更为生动的表达，人们将音乐和舞蹈引入作品，于是便产生了演剧。

中世演剧主要是能乐，文学方面主要指能剧的剧本谣曲（谣曲）和狂言的剧本狂言谣等。能是以歌舞为主的叙事抒情音乐剧，谣曲是以韵文为主的长篇诗歌，属于日本中世文学的一种体裁。狂言是从庶民的兴趣点出发，追求幽默搞笑的通俗喜剧，狂言谣具有庶民性质。

第一节　能

能是中世诞生并定型的以歌舞为主的音乐剧，简短精练，不追求情节的变化发展，着重叙事抒情。谣曲由词章和附于词章的音曲两部分组成，词章部分属于广义的歌谣。谣曲作者主要为观阿弥、世阿弥、金春禅竹等，其中世阿弥作品最多，艺术性最高。

谣曲多取材自中日古典文学作品、风俗习惯、街谈巷议等，内容多样。中国题材如《项羽》《杨贵妃》《邯郸》①，日本题材如《古事记》《伊势物语》《源氏物语》《平家物语》。谣曲以优美华丽的文字和富有节奏感的韵律，并缀以古典名诗、名歌，塑造庄重典雅的格调。

---

① 由于编者资料所限，未能查清作品时间，因而从略。下同。

能乐创作对作家的要求非常高，能剧在中世获得将军保护和指导，艺术性大大提升，也创作了大量作品。但是进入近世后，便绝少新作了，反复上演的都是观阿弥、世阿弥、金春禅竹等大家创作的经典曲目。现保存剧目约240余出，其中最具有代表性的有《熊野》《松风》《高砂》《忠度》《井筒》《隅田川》等。

一、能的语体

1.音数律、修辞

谣曲韵白相间，韵文为七五调文言体，是和歌语言的延伸；对白部分均属散文，这些散文很讲究节奏，兼用文言和室町时代的口语。谣曲用典丰富，修辞考究，多有古汉诗文、著名和歌的引用，多用缘语、双关语、枕词、序词等修辞技巧，具有高度的语言艺术成就。但过度的修辞使谣曲词章过于华丽，有失于刻意营造风雅意境。

2.剧目构成

谣曲按照故事的构想大致分为"梦幻能（夢幻能）"和"现实能（現在能）"两种。梦幻能比较程式化，分前后两场，所描写的多数是非现实世界的鬼神幽灵。因为后场的主人公大都设定在出现于配角的梦中，故而称为梦幻能。现实能一般情况下为一场，登场人物也基本上都是现实世界的男女老少。无论梦幻能还是现实能，它所描绘和展现的大抵为人物间的对立以及其内心世界的感情纠葛。

能乐的演出，包括剧目的选择和顺序的安排，都要按照严格的规矩进行。一般每次演出都要上演五种不同类型的能：①主角为神，向神祝颂的能；②主角为战败陷于修罗道的武士，拯救其灵魂的能，具有浪漫特色；③主角为女性，表现母子、夫妇间悲欢离合的能，幽玄特色浓厚；④包容其他曲籍中所收一切能，种类多，称为杂能；⑤切能，节目表演的最后曲目，主角多为鬼怪或幽灵。

谣曲的结构一般分"序、破、急"三段。"序"段为故事的开端，"破"段展开故事情节，"急"段形成故事的高潮，随之全剧结束。

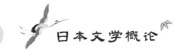

二、能的特色

1. 能剧的特色

能的第一个特点是幽玄性。能剧宣扬儒教伦理、佛教因果以及武士道精神等传统思想。登场人物设定保守，主角多为贵族、僧侣、武士，没有平民百姓；平民百姓只能作配角或随从。能的用语是含蓄的古语，表达以心传心，追求幽玄之美，村夫、野人等平民百姓的动作会破坏幽玄的优美性，因此基本不会表演。

能的第二个特点是象征性。从舞台的装置、道具到演员的做派、唱白都富于象征性。如演员手拿一把扇子或一支松枝，低头把手放在鼻下，象征悲痛哭泣；把右手臂的衣袖褪下，象征是疯女或艄公；把扇子打开比一下，象征斟酒或饮酒。语言也富于象征性，如"急ぎ候ほどに（抓紧）"象征心急如火、匆忙奔走。

能的第三个特点是非现实性。常见的情节是一位过往的旅客或游方僧人听人讲述故事。男性多讲战争或名人逸事，女性多讲恋爱或传闻，讲完便退场消失。场景转换到夜间，这位讲述者化为鬼魂进入听者的梦中，以舞蹈动作重现昼间所讲内容。这种设置使整个剧情亦真亦幻，颇具玄虚性。

能的第四个特点是悲剧性。特别古装戏时代物，绝大多数是悲剧。

下面以《松风》为例来看一下能的以上特点。

《松风》是所有能剧中最有代表性的爱情悲剧。作品引用了《伊势物语》《源氏物语》等许多经典。而单纯从和歌角度来讲，《松风》中化用了在原行平的四首代表性和歌，几乎可以断言其剧本灵感来自在原行平。

第一首：旅人は袂涼しくなりにけり関吹き越ゆる須磨の浦風（《续古今和歌集・羁旅・八七六》）

流放到须磨的旅人，袖兜感觉更加寒凉了啊，因为那吹掠关隘的海边的风。

在月下拉着水车归来的场面中，松风姐妹吟诵了这首和歌。推测正是这首和歌，成为仅有名字出场的在原行平与女主角松风相识故事成立的契机。

第二首：わくらばに問ふ人あらば須磨の浦に藻塩たれつつわぶと答へよ（《古今和歌集・杂下・九六二》）

若有人偶尔问起我的消息，便请回答，我在须磨的海边，流着眼泪，为了制盐，不断往海藻草上浇海水（流着眼泪的双关语），悲叹着度过每一天。

在与姐妹攀谈，谈到在原行平时，僧人吟诵出这首和歌。推测正是根据这首和歌，剧作者确定了在原行平曾在海边制盐，得以与姐妹相识的故事。

第三首：もしほ汲む袖の月影おのづからよそにあかさぬ須磨の浦人（《新古今和歌集 · 杂上》）

汲取制作藻盐的海水，湿透了的衣袖映出月影，因此彻夜无暇赏明月，可怜的须磨海边的海女哦。

推测正是根据这首和歌，剧作者确定了松风、村雨海女的身份和平时的工作，以及月下制盐的场景。该和歌与第二首一起勾勒了在原行平与姐妹两人相识相知相恋的故事。

第四首：立ち别れいなばの山の峰に生ふるまつとし闻かば今帰り来む（《古今和歌集 · 离别 · 三六五》）

离别要去往因幡国，那国的稻羽山（因幡国的双关语）上有遥远的青松（等待的双关语），当我听到那风吹来青松之声时，便知你在等着我，我会立刻回来的。

这首和歌在最后的破段由松风吟诵而出，伴随着象征疯狂的舞蹈，表达出该和歌的悲恋意境。推测正是从这首和歌，剧作者确定了女主角松风的名字，确定了松风等待恋人归来的情节，歌人行平因为去世而再也不能去往须磨，也确定了这出悲剧的基本矛盾：对恋人永远的等待和永远等不来的恋人。

《松风》的原作是田乐领域的喜阿弥，观阿弥对其翻案，世阿弥又再次改作，而成为现在的形式。梗概根据日本艺能网页①翻译如下：

某个秋暮时分，游方僧人来到了须磨。他发现有棵松树似乎在倾诉着什么，当地人说那是叫作松风、村雨的两姐妹的旧迹。两姐妹是年轻的海女，早早便去世了。僧人在两姐妹墓前诵经超度了一番后来到制盐作坊求宿。主人未归，等到月上之时，两个美女拉着车子回来，车上装着制盐用的海水。僧人向她们借宿，随着进入了作坊。他引用在原行平的和歌，讲述了对松风、村雨的吊慰。女人们突然哭了出来。她俩便是松风、村雨的亡灵，两人对僧人叙说了当年与行平的浪漫往事。

行平因故被流放到风景秀丽的须磨海岸，遇到松风、村雨两人，陷入了热恋之中。但是不久行平被召回京城，虽然相约再会却不幸病故而失约。二人得知行平病故，仍斩不断情丝，终于忧郁而死，化为幽灵，徘徊在热恋的海岸。

松风穿起行平的衣帽，沉浸于无法宣泄的相思之中，将松树当作行平，紧紧抱住。尽管村雨百般抚慰，松风却因思恋而焦躁，狂舞起来。

天明时分，松风祈求僧人代为解脱烦恼之身。随后两个海女消失在梦中，只留下了刮过松枝的风声。

---

① The 能 .com https://www.the-noh.com/jp/plays/data/program_043.html. 该网站为日本艺能网站，本书所叙述内容基于该网站的相关文字说明。

《松风》作为经典曲目，各个流派都曾演出。比如喜多流演出的《松风》^①，登场人物按先后顺序是着褐衣的配角（ワキ）僧侣一人，穿着华贵的平民（アイ，在能剧中作群演，在能的间歇处表演间狂言的人）一人。接下来的登场人物为着白衣戴能面的幽灵两人，分别是主角（シテ）松风和伴角（ツレ）村雨，松风、村雨本是女性，但是以男性演员佩戴女性假面来出演，声音依然是粗浊的男声。

舞台上的其他演职人员不作为人物登场，伴奏、合唱以及搬送道具，其动作也与登场人物一样简单克制，不破坏逐渐酝酿起来的悲剧气氛。演出中道具简单，一棵小小的松树模型放在舞台中心，歌唱与念白主要围绕松树展开。一只迷你水车模型，拉起上面的带子象征松风、村雨运载海水归来。两把扇子是最主要道具，通过开合表达各种动作或心情。

故事基本用语言而不是动作展开，秋月、天明的时间变化也以语言来说明。松风舞（基本没有跳跃等纵面动作，仅在水平面上展开动作的舞蹈）的动作由静到动，象征心情的逐渐狂乱。其他角色动作简单，基本保持站立。讲述与行平的感情时，松风、村雨多次以手挡假面，象征伤心哭泣。歌唱语调较为低沉平坦，酝酿着一种悲哀氛围，序段并无大的起伏，中段开始语速加快，破段速度达到最快，配合动作的逐渐加快，狂乱气氛达到高潮。

由于演员动作克制，所发声音超越性别，音曲旋律变化不大，词章内容成为重点，将词章的文字故事有声化的感觉较重。可以说，《松风》的幽玄，更多是其词章造就的，演员的表演只是锦上添花。在说唱乐平曲的词章加配乐基础之上，能剧又增加了舞蹈、背景等视觉要素，令文学表达更加立体化，更加直观生动。

2. 艺术家的特色

观阿弥的特色 观阿弥是能乐的重要代表人物。观阿弥带领表演团队游走于公家、武家和庶民之间，熟知各个阶层的趣味，在进行剧本创作和表演时做到了雅俗共赏，将原本属于庶民艺术的猿乐能逐渐贵族化。观阿弥的剧

---

① 1976年喜多流《松风》表演，引自学习交流平台哔哩哔哩 https://www.bilibili.com/video/BV1454y1U7zK/.

本创作注重强烈的戏剧因素，不拘泥于前人窠臼，词章自由自在，很少引用古典和歌粉饰。

观阿弥以大和猿乐的戏剧性为基础，博采众家之长，着重吸收了近江猿乐的唯美优点，赋予了能乐以长久的生命力。观阿弥导入当时流行的曲舞的主要部分，即一边合着鼓点唱着叙事词章，一边旋舞。他还对音乐进行了改革，在本来的旋律本位的小谣节上加入有趣的节奏与速度。小谣是谣曲中取出的非常短的一小节，带有节奏，叙景或抒情，内容有祝福、送别、宴席余兴等。

观阿弥的代表作有《自然居士》《卒都婆小町》《四位少将》等，均为充满生机的杰作。其对俗语的自由驱使令会话的趣味性无与伦比。观阿弥并未留下艺术论，但是世阿弥的《风姿花传》忠实地记述了观阿弥的教导：如何抓住观众的心的战术论，美的"幽玄"本质论，歌舞二道融合的方向论（音乐要素与舞蹈要素要完美融合的演剧方向论），等等，构成日本非常有代表性的艺术论。

世阿弥的特色　世阿弥与其父观阿弥并为日本演剧两巨人。世阿弥不仅是能剧作者、演员、作曲家、导演，更是理论家，在能乐方面无出其右者。世阿弥在父亲基础之上，依据公家贵族的鉴赏之高标准，将猿乐能改造为完成度极高的诗剧。世阿弥的歌舞二道，以高雅幽玄的美意为目标，并且创出了前卫性的"梦幻能"流传到今日，在"梦幻能"中登场的是亡灵、妖精或神鬼。世阿弥通过时空穿越，从死后的世界重新审视人生本身，因而获得了精神的自由。

世阿弥传世的作品数量庞大，多为梦幻能，如《西行樱》《船桥》《锦木》等，此外还有其他样式的能剧作品，如神能（神为主人公）《高砂》、修罗能（武士为主人公）《敦盛》、现在能（现实世界的人为主人公）《樱川》等。世阿弥留下了许多艺术论作，如记述观阿弥的教导的《风姿花传》、世阿弥的理论真髓的《至花道》《花镜》、晚年著述《拾玉得花》《却来华》等等，均为从演艺实践中得来的深刻的理论思索。其题名中的"花"是保持能剧舞台魅力的理论，追求优雅的"幽玄"之美学理想并超越"幽玄"，达到了至高的自由奔放的艺术境界。此外，他还著有论说幽玄体系的多部理论著作，如《五位》《六仪》《三道》《曲音口传》等。

世阿弥的文学理念偏重幽玄与象征，淡化戏剧性因素，避免现实描写，词章也一味强调古典之美，摒弃人间气味，表现纯粹"雅"的彼岸世界。

第二节　狂言

猿乐能升华为幽玄的武家艺术后，原本包含在猿乐表演中的滑稽剧种则由狂言继承下来。据家永三郎《日本文化史》①，狂言广泛地取材于民众生活，反映出当时的社会世相，从庶民的兴趣点出发，形成了追求幽默搞笑的通俗喜剧，成为具有民众性质的艺术。狂言是夹在能剧表演中间的与能剧在同一舞台表演的滑稽短剧，狂言表演者同时也会在能剧中扮演角色。每次能乐表演都是由五出能剧和四出狂言剧构成的。狂言剧起到了冲淡能剧悲哀氛围的作用，也起到了雅俗协调、雅俗共赏的作用。

一、狂言的语体

狂言是短喜剧，狂言中歌谣性要素称为"狂言谣"（狂言謡）。狂言剧本更多采用庶民素材，用语避免古典，念白采用口语和民谣，通俗易懂，深受当时庶民喜爱。狂言演出偏于写实，但其所演内容的极端类型化也不容忽视。如人物，不是具有固定名词的个人，而是一般的大名或一般的太郎冠者等程式化形象。

二、狂言的特色

中国人所比较熟知的狂言作品是前文提到的《两个大名》，讲述的是两个乡下的大名相约去往京城，强迫同路的陌生人充当仆人替自己扛起大刀。不料路人挥舞大刀，逼迫两个大名学斗鸡、学狗叫、脱衣服、唱小曲等，进行了各式各样的捉弄后，带着大刀和衣服逃离而去，两个大名不得不赤身露体地紧追其后。

狂言的目的，是让素来一本正经的大名作出滑稽可笑的表演，以强烈反差逗笑观众，至于后人解读的嘲弄大名、赞颂庶民智慧，倒不是其本意，狂

---

① 家永三郎. 日本文化史. 岩波新书，1996:147.

言原本并不具备明显的阶级倾向和爱憎。狂言在很长一段时间的作用就是调剂能乐演出所带来的悲剧气氛。从这一点上来说，狂言是笑剧。

与谣曲的厚重相比，狂言剧本具有滑稽为主的轻妙风格。负担逗笑任务的人物形象多为大名、僧侣和山野修行者等。现存最早的狂言剧本是《天正狂言本》，记录了约百首左右的作品情节大概，作品反映江户初期的社会生活，颇具滑稽性。笑料各种各样，但并不取笑特定的角色或职业。出场人物一般以主从、夫妻、翁婿等对偶关系为主，以场面为重点，情节短小且无内在必然性。

狂言在江户时期形成大藏、鹭、和泉三个流派，德川幕府将大藏、鹭两派的猿乐能作为仪式艺能而予以保护，和泉流则受到武家与公家同时保护。各流派表演大同小异，剧本基本固定，再无新创作的作品。大藏流、鹭流、和泉流等各大流派间交流频繁、自由，因此表演不断变化，发展成今天的形态。

明治维新后狂言因丧失保护，三个流派的宗家都曾一度废绝。进入昭和期后大藏、和泉二流再次振兴。二战后狂言从能的从属地位解放出来，现在多独立演出。

第三节　语体与内心世界：戏剧产生

一、语体与内心世界

日本本土文学最初是从原始文艺中分离出来的歌谣，歌谣天然便带有人声性。其后产生的和歌也带有人声性。《古事记》由散文和韵文两部分构成，先诵出而后转成文字，也是带有人声性的。中古产生的物语、说话文学，本身便是以讲述形式记录的文学。可以说，上代中古的文学具有较强的人声性，即距离口语体并不遥远，也即距离其内心世界并不遥远。

然而，随着时代的流逝，口语体逐渐变成了文言文，其音声性逐渐淡化。对回归口语体的追求，即对语体与内心世界的直联性的追求，令作者们做出各种尝试，除了模仿已有经典作品的表述形式，便是回归歌谣等一直保存在民间的原始文艺的形式，为文学加入音乐元素。从平安时代到镰仓时代，舞

乐、朗咏、神乐、催马乐、今样、早歌等艺能丰富了文学的表达。随着时代的推移、趣味的求新等等外在因素的影响，中世文学进一步回归原始文艺形式，为文学加入音乐、舞蹈元素，形成田乐、猿乐、幸若舞、能、狂言等舞台空间艺术形式——戏剧。当然，原始文艺是用来祭祀神灵的，文艺性并非其追求的重点，而中世新产生的戏剧，却主要是人们用来当做艺术品欣赏的，其祭祀仪式性反而退居其次。

二、戏剧的产生

作为舞台艺术的戏剧，不同于原始艺术，却是从原始艺能一点一点成长起来的。经历了舞乐、朗咏、神乐、催马乐、今样、早歌等文学加音乐的形式，发展到田乐、能、狂言等文学加音乐加舞蹈的形式，又进一步发展到加入雕塑美术等元素的形式。

1. 从舞乐到早歌

舞乐 舞乐属于雅乐的一个领域。雅乐不是民间的俗乐，而是统治者独占的音乐。雅乐分为有舞蹈的舞乐和无舞蹈的管弦两部分。

日本从神话时代便产生的音乐，基本与神道密切相关，如御神乐、东游、倭歌、大歌、诔歌、久米歌。这些音乐用于招魂、镇魂等神道诸仪式，如天皇即位仪式用久米歌，春分祭祀皇灵用东游歌。这些歌都有特定的歌词，除了用于葬礼的诔歌，都伴有倭舞或久米舞。

5世纪，大陆音乐传入日本，7世纪后中国、印度、越南、百济、新罗、高丽等国音乐更是大规模传入，日本自有音乐和外来音乐经过长期的交流、融合，于9世纪确立了雅乐。雅乐结晶为唐乐和高丽乐两大类。唐乐分舞乐、管弦两种，高丽乐只有舞乐一种。10、11世纪日本人又新创了催马乐、朗咏，这两种没有舞蹈。雅乐基本含有歌舞，兼有声乐和器乐，富有中国元素，尤其音乐思想、审美观点都源自中国。

雅乐最初仅为公家贵族与大寺社独占，后武家参与享用，并对雅乐进行了较好的保护。雅乐自明治维新后走向大众化，既作为宫中礼仪的正式音乐演奏，又作为大寺社的传统保存，同时也为民间大众所爱好，后走出国门，到世界各地巡演。

御神乐 御神乐是神前演奏的招魂、镇魂的歌舞。神乐分为宫中御神乐和民间里神乐两种。御神乐服务于天皇。主体为唱神乐歌，余兴表演滑稽艺术。平安时代唱神乐歌伴有倭舞。

里神乐 里神乐主要在各神社演奏，有多种变形，有巫女神乐，巫女在神前舞蹈，或称巫女舞。有出云流神乐，主要是假面舞。有伊势流神乐，在神前烧水，沸腾时用细竹蘸水舞动泼洒，以清洁污秽祈求平安。余兴很多，有舞狮子、变魔术、假面舞等。有狮子神乐，舞动狮子头，气球驱除恶魔、消灾伏火、延年益寿。现在的神乐仍得到了很好的传承。

催马乐 催马乐是雅乐的一种，"赶马人唱的歌"之意。奈良时代的歌谣在平安时代成为雅乐，是一种唐风歌曲，主要在宫廷祝宴等场合演奏。内容多样，多表达民众的生活感情，歌唱男女的恋爱。奈良时代便已存在，到平安时代成熟。催马乐作为宫廷艺能长久存在，但是到室町时代基本废绝。1626年依天皇敕令复兴，1876年选定为宫中乐曲，现在作为雅乐表演。

今样 今样是现"今"（平安中期到镰仓时代）流行的新"样"式的歌谣，受用和语赞叹佛陀或赞叹先辈的音乐或雅乐的影响而生，与神乐歌、催马乐、诸国的歌谣并列。原本是风格多变的旋律节奏配上民间鄙俗的歌词内容，被公家贵族吸收后，内容变得优雅，并经常用于和歌竞技。今样集大成者是后白河法皇编著的《梁尘秘抄》与其《口传集》，歌型也从不规则渐渐固定为七五调4句的新形式。在日本音乐史和歌谣史上，今样意义重大。

朗咏 朗咏是雅乐的一种，是以管弦演奏的唐风歌曲。平安时代开始流行，仪式、宴会上或管弦游戏时，常常为汉诗文加上曲调进行吟诵，后来同样也为和歌配上曲调进行吟唱，称之为朗咏。中世以后朗咏雅乐化，分为源家、藤家两个流派，代表作有藤原公任的《和汉朗咏集》、藤原基俊的《新撰朗咏集》。从平安时代到镰仓时代，与神乐、催马乐、今样等为公家贵族所喜爱，现在作为雅乐表演。

早歌 早歌是镰仓末期出现的中世长篇歌谣，主要在武家传唱，江户末期以后也称之为宴曲。内容涉及生活诸方面、自然现象、器物、寺社、游艺等题材，是应当时社会危机而生的赞叹佛陀、招福除灾的歌谣，对能和后世文艺影响巨大。

2．从田乐到能乐

田乐 田乐以种田、祭祀田神的歌舞为其原型，平安时代受中国散乐影响，平安中期以后成为独立的音乐舞蹈，镰仓时代到室町时代流行，出现了专职从业者，在宫廷或公家贵族的庆典仪式，或者重大节庆仪式之上表演。作为中世的代表性艺能，从镰仓时代到南北朝时代，田乐与猿乐一样表演能剧，但是室町时代因受到更受欢迎的猿乐能的压制而衰退。其后作为寺社庆典仪式用乐得到传承，延用至今。

幸若舞 幸若舞为室町时代至江户时代流行的音乐舞蹈，主要讲述军记物语故事，从业者多为贱民，由南北朝时代武将桃井之孙幸若丸直诠创始，为织田信长、丰臣秀吉等战国武将所爱好。幸若舞多从《平家物语》《曾我物语》等军记物语获取题材，武士舞蹈要素浓厚。

江户时代越前幸若舞一度作为幕府在公开正式场合的仪式音乐而存在，随着幕府崩溃而淡出历史舞台。现在传承下来的幸若舞被认定为日本重要的无形民俗文化财产。

猿乐能 猿乐能是一种综合性的音乐舞蹈剧。能乐表演团队从 12 世纪中叶起获得佛寺神社的经济支持而得到发展。从 14 世纪末起，经济支持者逐渐转由武家担当。

观阿弥（1333—1384）是猿乐能的重要代表人物。观阿弥带领表演团队游走于公家、武家和庶民之间，熟知各个阶层的趣味，在进行剧本创作和表演时做到了雅俗共赏，将原本属于庶民艺术的猿乐能逐渐推向贵族化。观阿弥的剧本创作注重强烈的戏剧因素，不拘泥于前人窠臼，词章自由自在，很少引用古典和歌粉饰。观阿弥在表演方面苦心磨练表现技巧，力图让雅俗两众均为之倾倒。

1374 年对猿乐能来说至关重要，足利义满将军第一次欣赏了观阿弥与其子世阿弥的能乐表演，从此迷上了能乐。观阿弥父子均受到了足利义满将军无私的保护与严格的指导，猿乐能因此得到高度发展。

能乐 能乐，是能与狂言的统称，日本古典艺能之一，由奈良时代从中国传入的散乐发展演变而来。散乐与统治阶级占有的雅乐相对，是包括魔术、歌舞、杂技等种类丰富的民间文艺，奈良时代由日本国立教习所保护传承，平安初期废止。

散乐在民间继续发展，盛行于宴会场所或者祭祀典礼之上，并且出现了专业艺人。滑稽模仿成为散乐主流，名称从"さんがく"变成了"さるがく"，汉字也从"散乐"变成了"猿乐"。随着时代的流逝，猿乐发展成为对话喜剧形式的"狂言"和严肃歌舞剧形式的"能"。

进入镰仓时代，受伴随音乐读经的佛陀赞歌、佛教滑稽说话艺术或大寺院法会余兴时表演的祈祷延年消灾的歌舞的影响，猿乐逐渐分化为严肃的歌舞剧能和滑稽科白剧狂言两种。世阿弥将其命名为"申乐"，但室町、江户时代通称"猿乐"，进入明治期后改称"能乐"。

第十一章 · 五山汉文学

五山文学繁荣于中世后期。中世后期从南北朝到安土桃山时代（1336—1603），历时约 270 年。武家势力压倒公家势力，确立了由战国大名分国统治的封建制度。作者群体扩大，除了贵族、僧侣、隐者之外，武士、小市民也加入进来。中世后期文学底层潜流是无常观和幽玄的美意识，宗教色彩趋于淡化，开始追求与有心观相对的无心观、与幽玄意识相对的滑稽戏谑意识。从内容、思想、文体上都呈现出更为鲜明的武家文学色彩。

1. 五山文学的背景

上代、中古的佛教为贵族佛教，寺院需要大量金钱支撑，仪式繁琐、教义深奥，仅适合在经济和文化上都地位超然的贵族。而中世的佛教主要为净土宗和禅宗，对信者文化程度要求较低。幕府召集汉诗文学养深厚的僧侣到镰仓建立寺院，对武家和庶民子弟进行文化教育，以新佛教、新儒学培养忠义、勇武、克制、节俭的武士力量。

2. 五山文学的特色

"五山"，指由幕府指定的临济宗的五大寺院。"五山文学"指从镰仓末期到江户初期，以五山禅林为中心而创作的汉诗文作品。换言之，五山文学是以五山为代表的禅林全体的文学。中世前期汉诗文未受到足够重视，后期随着禅学盛行，禅家把汉诗文修养作为禅僧的必备条件，于是以京都为中心，汉诗文得到复兴并渐趋繁盛。

大休正念、无学祖元、一山一宁等中国渡日僧人为五山文学的创始之祖。义堂周信与绝海中津奠定了五山文学的基础。文以义堂周信的《空华集》，诗以绝海中津的《蕉坚稿》为历代所传颂，义堂周信和绝海中津拥有不输于中国诗人的笔力。

如绝海中津《蕉坚稿》中的《送良上人归云间》[①]：

> 往来无住著，江海任风烟。
> 夜宿中峰寺，朝寻三泖船。
> 青山回首处，白鸟去帆前。
> 十载殊方客，念情一惘然。

该诗运用了五言律诗第二第三句写实景的技巧，寓情于景，表达离思，历来被誉为送别诗中的佳作。如果将该诗杂混于中国诗人的送别诗中，不了解该诗背景的读者往往误将其当作中国诗人的作品。

五山文学在近300年间诗才辈出，除前述义堂周信和绝海中津外，重要的诗人还有著有《东海华集》的惟肖得岩，著有《续翠诗集》的江西龙派，著有《心田诗稿》的心田清播，著有《狂云集》《狂云诗集》的一休宗纯，著有《补庵京华集》的横川景三等，不胜枚举。他们的汉诗文作品数量庞大，成为中世时期日本文学的主流。五山文学持续接受着中国禅宗跨越宋、元、明三代的影响，这300年间是吸收中国文学营养的烂熟期。

五山文学享受者圈子较小，且具有封闭性，表现僧人群体的审美意识形态，作者均为禅僧，读者除了一部分公家贵族和武家高级武士外，基本为禅林内部人士。僧人们局限于禅林内部世界，表现的多为颂谒、法语、禅林日常文书或者寺内公文等，不关心外部的公家或武家的世界。

五山文学的创作表现不依和文，而采取汉诗、汉文的形式；随着世代的变迁，宗教性格逐渐减弱，纯文学化倾向增强；禅林独特的思想性逐渐稀释，吟咏佳人或男色的作品增多。可以说五山文学是朝着脱离宗教方向发展的产物，本来由求道精神支撑的严格的佛学世界的诗文，渐渐转变为反映平凡见解和低俗情绪的工具。

此外，在五山文学的影响下，佛典、汉籍、汉诗文集等五山版的图书出版事业发展兴盛，成为后来日本出版业版本的基础。由于五山禅僧依附在幕府之下，伴随着幕府的衰败，五山文学也日渐衰微，到江户初期藤原惺窝创立近世朱子学时，五山禅林文学已经彻底告别了历史舞台。

---

① 张龙妹、曲莉. 日本文学 [M]. 高等教育出版社，2012:258.

课后练习 ✽

一、简答题

1.请简述中世和歌的语体与特色。

2.请简述中世物语的种类和特色。

3.请简述《方丈记》《徒然草》的语体与特色。

二、思考题

1.和歌为什么被连歌取代？

2.历史物语、拟古物语、军记物语，这些以"物语"命名的文学体裁本质上有何异同？

3.语体变迁和戏剧产生有何关联？

4.五山文学在日本文学中的地位如何评价？

第四编

近世文学概论

（1603——　）

近世文学指从 1603 年江户幕府开设到 1868 年明治维新近 270 年间的日本文学。江户时代全国统一，天下太平，经济发展，文化也得到了高度发展。

长达 400 年的中世存在公、武双文化中心，到近世后期更是定型化为以天皇为中心的京都大阪文化圈和以幕府为中心的江户文化圈。『江户文化与一直以来以王朝文化为基础的文化形态大大不同，主要表现在出版文化的空前繁荣，读者阶层飞速增加，作者阶层不断扩大，下层商人们也站到了文化发展的最前沿。』

近世前期仍然是以京都大阪文化圈为重心。由于政府干涉较少，文艺界相对自由，出版文化业空前繁荣，特权阶层的传统文艺向新兴市民（町人）阶层开放，幕府推行的教育也令读者阶层飞速增加，作者阶层不断扩大，市民们成为文化的主体。元禄年间（1688—1704）町人文学发达，俳谐、演剧、小说三个领域分别出现了松尾芭蕉、近松门左卫门、井原西鹤等大家，确立了近世文学。他们的作品倾向写实、肯定享乐主义。但是元禄之后，参与文学活动的町人只限于文人，随着四民身份制度的固化，新出作品由写实转向浪漫，丧失了进取心。

近世后期，文化重心转移到江户文化圈，但是文学传播路径一如从前，基本还是从京都、大阪到江户的传播方向，新文学产生自京都、大阪，传入江户后再演变为江户文化的一部分。近世后期，文艺进入大众化时代。文艺创作降低了门槛，也开始迎合大众口味，令文艺面临丧失自我的危机。与文化圈重点转移相一致的是幕府突出了儒家治国思想，若文艺作品与儒家理念相背，幕府会以行政手段进行干预。新出文学作品以劝善惩恶为中心，偏向戏作或浪漫。

第十二章·俳谐

连歌在中世达到全盛，后衰退为只有幕府连歌会上吟咏的诗歌。从连歌中派生出俳谐连歌，近世第一文化人松永贞德经常举办公开的古典讲座，将俳谐作为连歌入门基础推广开来，俳谐独立成为一种崭新的诗歌体裁。俳坛先后出现了贞门俳谐、谈林俳谐、蕉风俳谐等诸多流派，此后俳谐大众化造成文艺性的丧失，又出现了致力于补救文艺性的俳谐中兴运动。

第一节　俳谐的语体

俳谐在中世是俳谐连歌的简称，到了近世成为连句和俳句的总称。连句是俳谐连歌的别称，形式与连歌一致。俳谐连歌的发句独立出来，称为俳句，俳谐连歌为区分于连歌则称为连句。连句的最小单位为"付句"（附加之句）、"前句"（被附加之句）、"打越"（前句之前的一句）。付句讲究避免与打越的内容直接相涉，也避免相同词语的重复。付句附加有三种，分别称为"物付"、"心付"和"句付"。

物付是后句用与前句中的素材或者词语有关联的素材或者词语，例如，松永贞德的俳谐：

　　悋気いはねど身をなげんとや我が嫁が男の刀ひんぬいて①
　　小心眼儿就不提了，但若说到内人能舍生忘死，简直能够拔出男人的配刀呢。

前句是"悋気いはねど身をなげんとや"，与"悋気"（小气）相关联的是

---

① 所引内容出自日本语料库"コトバンク"https://kotobank.jp/word/%E4%BB%98%E5%90%88%28%E6%96%87%E5%AD%A6%29-1564505.

"嫁"（妻子），与"身"相关联的是"刀"（配刀）。后句"我が嫁が男の刀ひ
んぬいて"便使用到了"嫁"和"刀"。

心付是后句抓住前句的意思或心情附加缘由或者展开情景。如西山宗因
的俳谐：

待宵の鐘にも発る無常心こひしゆかしもいらぬ事よの①

等待中秋圆月的八月十四日的良宵（双关：等待恋人来访的良宵），钟声清越，亦能言说无常
心，不需祈祷，不需怀古（双关：不要思念，不要慕恋，只要你能常来），世上也有这种事啊。

前句"待宵の鐘にも発る無常心"，意为：八月十四日的月下钟声，也能
够激发人的无常心。其双关意思为：漫长的良宵，等待恋人来访，但是他却
总也不来的，寺庙里传来的钟声，令人感到恋爱的痛苦无常。前句表现了枯
寂无常之心，而其双关则表现了久等恋人而不来的痛苦又甜蜜的心情。

后句"こひしゆかしもいらぬ事よの"则紧扣前句，继续展开叙述，俳人
月下品味着月圆月缺、世事无常的佛法旨味，于一切顺其自然中享受着人生
的雅致、闲适。而双关情景则是女子愈发思恋情人，自言自语地对不在场的
情人说着幽怨的情话。

从上述两首俳谐可以窥见贞门俳谐和谈林俳谐的幽默、诙谐、机智的特色。

匂付是前句感受到话外余情或氛围，后句再次感受或者拓展、延申前句
的情调或氛围。如松尾芭蕉的俳谐：

鼬の声の棚もとの先箒木はまかぬに生えて茂るなり

黄鼬之声从棚架下传来，据说那里帚木草竟相生长，变成了繁茂高竿的草丛。

前句"鼬の声の棚もとの先"描写的是冬季的场景。在俳谐中，黄鼬是冬
季的季语。黄鼬喜欢夜行，白天也偶尔出来活动，喜欢偷吃人类饲养的鸡鸭
和鱼类。

据《日本大百科全书》②的"黄鼬"词条，可知在日本民俗中，普遍认为如
果听到黄鼬吵闹，则预示着要发生什么大事；黄鼬具有火的属性，多只黄鼬
聚到一起吹气，一定会发生火灾；听到黄鼬叫声时，依民俗，日本人要向灶
膛里倒三次水；平时在住宅的棚屋边上，日本人为黄鼬设置神位，将黄鼬作
为福神供奉起来，主要是供水。

---

① 所引内容出自日本语料库"コトバンク"https://kotobank.jp/word/%E4%BB%98%
E5%90%88%28%E6%96%87%E5%AD%A6%29-1564505.

② 日本大百科全书，黄鼬いたち https://kotobank.jp/word/.

　　这里俳人听到棚架下传来黄鼬的声音，到底是有事要发生的吵闹，还是过来饮水发出的轻微声响，并未明确。棚架之下的黄鼬之声，刺激起相关联的各种场景的联想，因其文化意象而具有多重不确定的情绪和氛围。后句"箒木はまかぬに生えて茂るなり"则将前句琢磨不定的氛围具象化，帚木草是俳谐中表示夏季的季语，由夏至秋，繁茂高耸。但是冬季已然干枯了的帚木草丛，依旧耸立在原地，没有人来将其割掉做成扫帚，给人一种无人打理的感觉。当然这一切都是俳人从他人口里得来的传闻。如在眼前的景象，不过是传闻中的景象。

　　此外，帚木草双关母亲，增添黄鼬所在之地便是母亲的居所，也即俳人故居的意味，可以推知乡愁隐藏于平淡的描述之中。同时，传说中帚木草远看似有，近观却无。文学表达中，日本人常以帚木草象征感情的若有若无。可以说，俳人的乡愁唯有一抹，若有若无，都寄托在枯寂的帚木草丛上了。乡愁所指的远方，凝固成一丛帚木草的静止图像，却因为黄鼬的响动而蕴含着随时可能变化的倾向。可以说，松尾芭蕉将前句的余情，充分拓展到无以复加的侘寂氛围。

　　与贞门俳谐、谈林俳谐相较，蕉风俳谐则大大提高了艺术境界，不再追求诙谐幽默，而是沉湎于构造幽玄、闲寂的境界。

　　连歌使用平安时代以来的雅语，而俳谐使用俗语，即连歌绝不会使用的百姓的语言，因此俳谐便与连歌截然分别开来。贞门俳谐对俗语的使用有所节制，不鼓励过多戏谑用语；谈林俳谐任凭作者喜好选用俗语；松尾芭蕉则主张将俗语变为文学语言并正确运用。

　　俳谐原则上使用季语（季語）或切字（切れ字）。季语是表示季节的特定用语，如"鼬"便是表示冬季的季语。在日本民俗中，黄鼬发出声响，预兆着要发生什么。切字是连歌或者俳谐的发句中表示一句结束的特定助词或助动词的变形，如"や""らん""かな""けり"等。俳谐和连句的音数律与连歌一样，是575的长句与77短句的交替联结，575·77·575·77·575·77……如此反复，直到百句甚至千句。俳谐的发句独立出来成为俳句，俳句的音数律是575。俳句继承了俳谐发句的季语、切字、重句调等性格。

第二节　主要流派与代表俳人

一、俳谐的主要流派

前文所述的物付、心付、句付恰好对应俳谐的三个主要流派。

首先是注重物付的贞门俳谐。

进入 17 世纪，京都贞门俳谐的松永贞德对俳谐进行普及，庶民参与进来，俳谐的盛况由当时的出版物大多为徘书可见一斑。

松永贞德的贞门俳谐，追求通过对俗语和汉语的巧妙运用，体现俳谐的本质，因而语言的游戏色彩浓厚。同时，因俳人们富有深厚的汉和文学教养，其俳风古典风格十分突出。在技巧方面，贞门俳谐比较注重"物付"技巧，将其发展到极致后却渐趋类型化、古板化、陈腐化。

其次是注重心付的谈林俳谐。

贞门弟子因艺术见解不同而分裂，谈林俳谐从贞门俳谐中独立出来，名义上以大阪的西山宗因为指导，实际统率者是井原西鹤。

谈林俳谐摆脱了贞门俳谐所拘泥的传统形式主义的束缚。此前的俳谐作品较少将世俗作为描写对象，谈林俳谐则将当时的风俗作为表达材料写入俳谐，令作品面目一新，其咏诵町人风俗，自由奔放、清新卓奇的俳风，大受町人欢迎。在技巧方面，谈林俳人比较注重"心付"技巧，但是随着技巧的极致化，他们又陷入了过度追求新奇的误区。

最后是注重句付的蕉风俳谐。

因井原西鹤喜欢搞艺术竞赛，谈林俳谐分崩离析。松尾芭蕉从谈林俳谐中独立出来后，致力于吸收西行、宗祇的文学精神，逐渐奠定了娴静高雅的俳谐世界。

蕉风俳谐讲究微妙复杂的余韵，比较注重"句付"技巧。但是松尾芭蕉去世后，弟子们虽然倍加努力，却没有一个具有足够撑起蕉风的才华。他们把芭蕉的"轻"趣误解为平俗，志在渗透人生真实的芭蕉精神就崩坍如沙丘了。俳坛渐趋不振，"回到芭蕉"的呼声也愈来愈高。

到了 18 世纪商业发达的天明时期，活跃于俳坛的有与谢芜村、碳太抵、大岛寥太、横井也有等代表性俳人，在他们的努力下迎来了俳谐的天明中兴气象。这一期的俳坛革新运动，由日本全国各地的俳人共同行动，汇成一股潮流。他们共同的兴趣就是当时相当普及的汉诗趣味，以及因贺茂真渊的国学研究而引发的古典趣味。天明中兴期代表俳人为与谢芜村，他发表的如《夜半乐》《新花摘》《春风马堤曲》等作品，都具有绘画、印象且古典趣味性的特点。

二、井原西鹤与松尾芭蕉

1. 井原西鹤

井原西鹤，大阪富商出身，俳谐师、浮世草子作家。井原西鹤作为西山宗因门下的俳谐俊秀，著有处女撰辑《生玉万句》（1673），俳谐风格自由奔放。他擅长速吟与风俗诗，刊行过矢数俳谐作品《西鹤大矢数》（1681）。"大矢数"指射箭竞赛，一昼夜间射箭射出合规的箭矢数目最多者获胜。"矢数俳谐"是模仿射箭竞赛规则的俳谐竞赛，一昼夜间独自速吟创作出俳谐句数最多者获胜。矢数俳谐由井原西鹤创始和终结，最高记录二万三千五百句亦由他本人保持。当时新俳谐爱好者团队成长为一股强大的新势力，而这个团队的实际统率者便是井原西鹤。该团队与歌舞伎、净琉璃，以及游里世界关系密切，为浮世草子作家井原西鹤的诞生提供了有利条件。

2. 松尾芭蕉

松尾芭蕉，江户前期俳人，活跃于日本近世文学最盛期，与井原西鹤、近松门左卫门并称近世三大文豪，分别代表俳谐、浮世草子和净琉璃三个部门。松尾芭蕉出身于准武士级别的上层农民家庭，侍奉藤堂良忠，并与良忠一起加入贞门，跟随北村季吟学习俳谐。良忠病殁后，松尾芭蕉作为浪人而游荡四方。

1672 年他来到江户，进入谈林俳谐门下。1680 年他从弟子杉风处借得一间小屋，并获赠一株芭蕉树，便将小屋称为芭蕉庵，并自名芭蕉。他深受老庄思想、唐诗宋词的影响，俳谐具有汉诗调，随着创作经历增长而越发高雅。

1684 年，41 岁时，松尾芭蕉开始了漂泊时代，到 1694 年去世，10 年间创作了大量的经典作品，包括俳谐诗集、纪行文等等。代表作有《冬日》（1684）、《春日》（1686）、《旷野》（1689）、《猿蓑》（1691）、《炭俵》（1694）等，均收入《俳谐七部集》（1734？）；纪行文有《野晒纪行》（1687）、《更科纪行》（1688？）、《笈之小文》（1688）、《奥州小道》（1690？）等。

松尾芭蕉最中心的文学理念为"侘寂（侘寂）"，据王向远先生《日本之文与日本之美》[①]，这侘寂可以分为三个层次，第一是寂声，第二是寂色，第三是寂心。

首先是寂声。

閑かさや岩にしみ入る蝉の声（《奥州小道・立石寺》[②]）

一片安静啊，仅有蝉鸣声渗入了生满苔藓的岩石中，这更加深了周围的安静。

静寂之声与作者之心浑然一体，这种"蝉噪林逾静"的表达方式酝酿出一种典雅之感，明显受到中国诗歌的影响，以盈耳之声表达最高的寂静感受。季语"蝉"因这一句而呈现出无比的深度。长了青苔的石头，述说着岁月的悠久，而蝉声则将勃勃生机注入其中，短暂的生命与永恒的青石瞬间相互交织为一体，营造出一种别样的寂寥感。动与静、变化与永恒的统一，是松尾芭蕉不易流行文学理念的表现。

其次是寂色。

石山の石より白し秋の風（《奥州小道・那谷寺》[③]）

比近江石山寺的石山更白的，人称白风的秋风，雪白雪白地吹遍那谷寺的石山。

俳谐喜欢描写枯树、落叶、顽石、古藤、黄昏等带有寂寞颜色的事物。那谷当地人说那谷的石头比近江的石山还要白，松尾芭蕉则联想到了吹遍那谷白石的萧瑟的秋风，没有一点生命的绿色，仅有纯洁的白色，营造出一种寂寥的崇高感。

再次是寂心。

---

① 王向远. 日本之文与日本之美 [M]. 新星出版社，2013:153.

② 所引内容出自松尾芭蕉赏析网站『奥の細道・立石寺』https://www2.yamanashi-ken.ac.jp/~itoyo/basho/okunohosomichi/okuno23.htm.

③ 所引内容出自松尾芭蕉赏析网站『奥の細道・那谷寺・山中温泉』https://www2.yamanashi-ken.ac.jp/~itoyo/basho/okunohosomichi/okuno33.htm.

古池や蛙飛び込む水の音（《蛙合》①）

那里有一个古池，隐约传来春蛙跳水声，又恢复永恒的宁静。

寂心是摆脱了客观环境制约的空寂，俳人枯坐芭蕉庵中，听到了轻轻的扑通声，然后便又恢复了长时间的宁静。在这宁静的世界中，松尾芭蕉的脑中浮现出一幅画面：在江边荒野上，有一只（或多只）春天苏醒过来的小青蛙，敏捷地跃入水中。青蛙生命短暂，尽管只发出了一声（或多只青蛙连续发出多声）扑通，却蕴含着勃勃生机。那被刺破的水，是池塘的水，荡开涟漪，似乎自世界诞生以来便不曾被打破宁静。而须臾之间，古池又恢复了镜面般的样子，一切又恢复了宁静。

这其实是充满禅意的想象的内心世界，无比寂寥，近似于涅槃。在这寂寥之中，俳人感受到了无上的喜乐。这里包含着虚实两个世界，虚的世界是古池，实的世界是青蛙跳水声，游走于虚实之间，便是寂的应有状态。虚与实、动与静、短暂与永恒，统一为一个有机的整体，体现着松尾芭蕉不易流行的文学理念。

松尾芭蕉将俳谐提升到第一艺术之列。和歌、连歌为贵族之"雅"，与此相对，俳谐则含有"俗"的成分。贞门、谈林视俳谐为和歌、连歌之下的第二艺术。一般人认为"俗"为通俗，而松尾芭蕉则认为凡是和歌、连歌未咏的题材都属于"俗"的范围。如杜甫式的精神与自然的对立再统一，属于一种隔断性表现，是和歌、连歌所排斥的，这便是一种"俗"。松尾芭蕉从杜诗的表现学到了高度的艺术张力，加上和歌传统的贵族式感觉的支撑，反倒令其俳谐之"俗"变成了新鲜之"雅"。

---

① 所引内容出自松尾芭蕉赏析网站『蛙合』https://www2.yamanashi-ken.ac.jp/~itoyo/basho/haikusyu/huruike.htm.

第十三章 • 戏剧

近世新产生的戏剧主要是净琉璃和歌舞伎，与中世传承下来的能、狂言合称日本四大戏剧。净琉璃主要是木偶戏，一般指三味线伴奏、人偶表演、一人歌唱或念白词章的综合性舞台艺术。净琉璃分两个阶段，以竹本义太夫为标志，以前的净琉璃叫做"古净琉璃"，经过竹本义太夫发展提升的称为"净琉璃"。歌舞伎是演员舞蹈为主，加入科白、歌唱的舞台表演形式。歌舞伎因其色情意味而屡遭整顿，后以模仿狂言、净琉璃存续。

第一节　净琉璃

近世初期的古净瑠璃，曲调、题材多样，每人自成一派。

净琉璃一般指三味线伴奏、人偶表演、一人歌唱或念白词章的综合性舞台艺术。其名称来自室町末期流行的《净琉璃姬物语》。室町时期的净琉璃只是继承了平曲、谣曲的语物，本质是一种有音乐伴奏的有声故事，但比起音乐旋律，更重视词章的抑扬顿挫，更强调叙事的艺术性。

净琉璃分为素净琉璃和人偶净琉璃两种。素净琉璃没有木偶的舞蹈表演，仅为有音乐伴奏的谣物表演；木偶净琉璃则是人偶、三味线、净琉璃词章三者结合的表演。因人偶净琉璃表演形式占据主流，净琉璃主要指木偶戏，其词章也称为净琉璃。后因为只有文乐座表演净琉璃，文乐成为其更常见的名称。

净琉璃在 1531 年以前的足利义政时期便已存在。1684 年竹本义太夫在大阪建立竹本座，古净琉璃得到飞跃发展，从此称为净琉璃。当时名家辈出，争相讲究新腔异调，产生了种类繁多的净琉璃，尤以竹本义太夫与近松门左卫门合作的人形净琉璃最为大众喜爱。

近松门左卫门、竹田出云、近松半二等众多剧作者发表了许多文学性和娱乐性兼备的优秀作品，如以公家贵族社会或武家社会为题材的《菅原传授手习鉴》（1746）、《假名手本忠臣藏》（1748），以庶民社会的偶发事件为题材的《心中天网岛》（1720）、《新版歌祭文》（1780）等。

剧作家中最杰出者是近松门左卫门（1653—1724），他出身于浪人武士，兼为净琉璃、歌舞伎两个领域的脚本作者。净琉璃方面，与竹本义太夫合作，后成为竹本座的专属脚本作者。40余年间留给后世的，有时代净琉璃80余篇，世话净琉璃24篇，被誉为日本最伟大的戏剧诗人。近松门左卫门将古净琉璃改革为当世风格，将浪漫的要素与现实的要素巧妙地调和起来，将庶民的义理与人情的冲突栩栩如生地描写出来。

近松门左卫门的代表作品中，历史剧如《出世景清》（1686）、《国性爷合战》（1715），当代剧如《曾根崎心中》（1703）、《冥途的飞脚》（1711）、《心中天网岛》（1720）、《女杀油地狱》（1721），这些作品均描述了纠结于义理和人情冲突的男女姿态。近松门左卫门认为，净琉璃的悲剧性须以"义理"为中心价值，"人情"也不可忽视，即使无生命的木偶，也会因生情而生动逼真起来，艺术的趣味便存在于"似实非实"的表现之间。

近松门左卫门所属的竹本座，与纪海音所属的丰竹座，于1704—1735年展开了激烈的公演竞争。1736—1764年约20年间，净琉璃发展到了名副其实的全盛期，曲调、演出、人偶各方面都显著完善，甚至呈现出压倒歌舞伎的趋势。歌舞伎不得不引进净琉璃的叫座戏目，歌舞伎演员也开始模仿人偶的动作。

1734年近松门左卫门去世10年后，在后继者们的努力下，净琉璃基本形成了现在的形式并固定下来。1744到1748年间，《夏祭浪花鉴》（1745）、《菅原传授手习鉴》《义经千本樱》（1747）、《假名手本忠臣藏》等净琉璃名作陆续上演，继续呈现出繁盛景象。1789到1801年间，植村文乐轩开始经营净琉璃，1872年四世文乐翁成立文乐座，明治以后文乐座成为净琉璃唯一的专门剧场，"文乐"也成了人形净琉璃的代称。净琉璃从江户时代的1842年到明治初期，遭到施政者的疏远乃至禁止，从业者受到歧视性限制，演出内容也受到严格审查。明治以后，有关皇室尊严或者个人名誉的作品不能上演，歌词也被从业者改成了俚俗易懂的语言。大正昭和期虽然经历了内部的分裂整合和战争的摧残，从业者还是顽强地将人形净琉璃传承了下来。1955 年，净琉璃被日本政府认定为非物质文化遗产，终于又恢复了往昔的繁盛景象。

第二节　歌舞伎

歌舞伎是舞台表演的一种形式。演员以肉身舞蹈动作、华丽的服饰、别致的换装或巧妙的舞台装置、道具技巧等等诸多非词章的表现方式吸引观众。歌舞伎登场人数较能剧可以多出几倍，舞蹈动作模拟现实，与能剧偏好相对静止的水平方向的舞相对，偏好连续的多方向的舞蹈动作。歌舞伎表演净琉璃，登场人物演技高超，很像等身版的木偶。歌舞伎表演狂言，且歌舞伎的狂言十分兴盛，以至于狂言成了戏剧的别称。

歌舞伎于江户初期由出云阿国首创，表演当时新兴茶屋、澡堂中男女之间调情的动作，大受欢迎，许多妓女组成游女歌舞伎剧团。因有害风俗，歌舞伎女演员遭到取缔，美少男演员取而代之，但同样因为卖春问题而遭到政府制裁。后来政府强制规范了歌舞伎的演出形式，要求演员剃掉前额的头发，留野郎头，舞台演出全般模仿狂言，这就是野郎歌舞伎。之后，政府又对剧场施行政府许可制，对表演权施行世袭制。

野郎歌舞伎出现于元禄时期（1688—1704），将狂言的科白（即台词及动作）表现吸收进来。在此时期，近松门左卫门、市川团十郎、中村七三郎、坂田藤十郎等作家、艺人群星灿烂，在他们的努力下，歌舞伎迎来全盛期。1693 年开始，近松门左卫门与坂田藤十郎合作，为坂田藤十郎创作了《佛母摩耶山开帐》①、《夕雾七年忌》、《大名慰曾我》、《一心二河白道》、《倾城佛之源》（1699）、《曾根崎心中》等歌舞伎狂言脚本。这些工作为元禄时期歌舞伎的隆盛打下了基础。他继续笔耕不辍，40 余年间留下歌舞伎脚本 30 余篇。

---

　① 因编者的资料有限，未能查清该作品的发表时间，无奈从略。下同。

　　然而，歌舞伎并没有发展成以科白为主的演剧，而是强化了肉身舞蹈的要素。艺人用别致的帽子遮住难看的野郎头，男扮女装反而平添姿色。歌舞伎在发展初期，猎色的欣赏态度就已根深蒂固，即便在政府主导下几经净化，歌舞伎的享受层依然不在乎艺术价值，而是陶醉于舞者肉体官能魅力带来的刺激。越是颓废变态的表现，越是能够博得观众的喝彩和掌声。在以儒家道德治国的幕府时代，歌舞伎的前程注定大起大落。此后，歌舞伎因各种事件，几经禁演或限制，但都凭借其浓厚的庶民性和强大的生命力而传承下来。

　　1750 年前后，政治、文化中心从京都大阪转移往江户，歌舞伎跟随其他演剧从京阪向江户东移，歌舞伎得以大力发展。1736 到 1801 年间，净琉璃进入全盛期，歌舞伎便开始模仿净琉璃进行表演。歌舞伎吸收消化净琉璃的名作品、名场面，确立了与净琉璃一样具有较高文学性的演出形式。歌舞伎既表演表现打斗场面、妓女、嫖客的狂言，也表演为了向主君尽忠而牺牲亲情、爱情的近世悲剧。但是相当长一段时间里，歌舞伎存在于净琉璃的阴影之中。

　　文政年间（1804—1830），歌舞伎达到烂熟期，此后逐渐走下坡路。剧作家注重为演员量身创作，脚本构成只讲求技巧，却丧失了独创力和活力，文艺性较低。故事内容多表现庶民生活的颓废样态，舞台上充斥着色情、凶杀、敲诈勒索等煽情场面，主人公也多为市井无赖、地痞流氓。

　　歌舞伎代表作家有四世鹤屋南北、三世濑川如皋、河竹默阿弥。四世鹤屋南北创作的剧目被誉为"生世话剧"，代表作品有《东海道四谷怪谈》（1825），这类剧描写市井下层的生活，充满人生百态。江户歌舞伎发展到全盛时代。

　　1842 年，歌舞伎受到天保改革影响，艺人们被限制外出、交际和消费等。歌舞伎虽然开始走下坡路，在内容上却仍相当充实，河竹默阿弥君临歌舞伎界，其一生所作多达 360 余篇，但是在技法上却无甚变化可言。尽管在各脚本之间似乎各有不同的风格，但那不过是为了符合个别演员表演风格所做的变化。河竹默阿弥能针对各人的演艺风格，细加斟酌，恰如其分地写成脚本，运笔精湛，令人艳羡。他非常熟悉町人的生活，为创作积累了丰富的素材，他的作品被称为"白浪物"。著有《黑手组曲轮达引》等作品，主要讲述的是盗贼们的故事。他的故事引人入胜并富有音乐性，深受人们喜爱，迎来了明治歌舞伎的黄金时代。

明治时代，古典型的歌舞伎得到整理；大正时代，被埋没的古典派开始复苏；昭和时代，歌舞伎得到了很高的艺术评价，1965 年被日本政府评为非物质文化遗产，作为传统艺能活跃至今。

第三节　代表作品

近松门左卫门的《国性爷合战》饱含了日本人对郑成功的崇拜之情，作品因郑成功的母亲为日本人而将其刻画为日本武士，其活动的场所定在中国，对日本观众来说充满了异国趣味。日本戏剧文学从中世开始便注意吸收庶民大众喜闻乐见的艺术形式，到了近世，能乐已经定型，充满着幽玄的精神，歌舞伎则继续发展，官能之美和滑稽要素交织于歌舞伎之中。

《国性爷合战》主要是净琉璃的剧本，歌舞伎也拿来表演。该剧属于近松门左卫门作所作的架空历史剧，取材于历史人物郑成功，但是剧情完全日本化了。根据日本语料库网站コトバンク①，全剧共五段，情节翻译整理如下：

第一段　明崇祯帝的宠妃华清夫人临产，鞑靼前来强要迎娶华清夫人。李蹈天挖出自己的左眼献给鞑靼，暂时解救了危难。鞑靼军队再次攻来时，李蹈天叛变，刺杀了皇帝。华清夫人身亡，吴三桂从夫人腹中剖出胎儿，将自己的婴儿杀死放入夫人腹中后逃入山中隐居。吴三桂的妻子柳歌君，用船将崇祯帝的妹妹栴檀皇女安全送走。

第二段　栴檀皇女漂流到日本平户，为郑芝龙所救。郑芝龙将栴檀皇女托付给儿媳小睦照顾，带领妻子阿渚和儿子和藤内返回中国，前去劝说鞑靼军队的甘辉将军起义。甘辉是郑芝龙的女婿，娶了郑芝龙前妻的女儿锦祥女。在前往甘辉驻地狮子城甘辉馆的路上，和藤内与阿渚迷失在千里竹林中，路遇猛虎，但凭借天照大御神之力将其降服，鞑靼士兵也被和藤内收为部下。

第三段　三人抵达狮子城下。锦祥女登楼门与三人相认。甘辉不在城中，守兵不许三人入城。经过交涉，守兵仅许阿渚一人捆缚入城。锦祥女约定，如果甘辉愿意起义，就往护城河里洒白粉，反之则洒红粉。

回城的甘辉同意了起义的提议，但是认为，宣誓过效忠鞑靼王的武士，若因为妻子的缘故便改变立场，是不义的可耻之举，唯有杀死锦祥女才可以与和藤内成为伙伴。甘辉提剑便来刺杀锦祥女，阿渚虽然捆缚双手，却也拼命挡在锦祥女身前，令甘辉无法对爱妻下手，甘辉便撤回了同意起义的决定。

锦祥女偷偷刺破自己的胸腔，让鲜血流入护城河中。和藤内看见红色流淌，大怒攻城。锦祥女死在甘辉面前，甘辉决心与和藤内一起征讨鞑靼，为和藤内取名"延平王国性爷郑成功"。阿渚因未能保护好锦祥女而深感这是日本之耻，亦自尽于和藤内面前。

---

① 所引内容出自日本语料库"コトバンク"日本大百科全书．国姓爷合战 https://kotobank.jp/word/%E5%9B%BD%E6%80%A7%E7%88%BA%E5%90%88%E6%88%A6-64090．

第四段　小睦护着栴檀皇女回到中国。吴三桂在山隐居，哺育皇子。国姓爷同鞑靼军交战，连战连胜。

第五段　甘辉、吴三桂再会于龙马之原，获悉郑芝龙被鞑靼军俘获，率军攻打南京，与郑成功一起攻陷南京城，捕获鞑靼王，处死李蹈天，辅佐皇子登上大位。

这部剧作深受日本民众的欢迎，初演之时便创下了连续演出 17 个月的记录。作品大获成功，跟其本身所具有的特色密不可分。

该剧最重要的特色，集中体现了近松门左卫门剧作的创作理念，便是以义理与人情的矛盾制造戏剧冲突和高潮。近松门左卫门认为，净琉璃的悲剧性须以"义理"为中心价值，"人情"也不可忽视，即使无生命的木偶，也会因生情而生动逼真起来，艺术的趣味便存在于"似实非实"的表现之间。

该剧中主要人物都坚持自己的忠君或忠义的伦理观念（即义理），同时也坚持自己的亲情与爱情。在剧情中，义理与人情发生了激烈冲突，他们因选择大义而牺牲人情，这种悲剧具有极强的感染力。郑芝龙对妻儿难舍难分，但是为了替主君恢复大明而不惜带领妻儿冲入险境。吴三桂，是赵氏孤儿型的忠臣，牺牲自己的儿子和妻子以保护明朝皇帝的继承人，围绕他的故事构成戏剧的一个高潮。甘辉为武士的忠义而欲杀妻，锦祥女为子女的孝心而毅然自尽，爱情、亲情与武士道德的冲突，令夫妻二人做出了毁灭性的选择。

阿渚作为妻子、继母和日本人，同时坚守妻子的责任、继母的仁慈和对日本的忠诚。她先是为夫舍命入城，继而拼命保护继女锦祥女，最后追随锦祥女自尽。其自尽是因为作为妻子未能尽到替夫解忧的责任，作为慈母未能尽到保护继女的责任，作为日本人未能尽到保护中国人的责任。

和藤内作为日本人，其大义首先是忠于天照大御神，降服猛虎而将荣耀归于天照大御神，同时想趁着中国内乱之际为日本国夺得利益。他同时兼顾了日本立场的义理和人情，遵循着两条逻辑而在舞台上肆意喜怒哀乐，令观众获得一种自由的美感。和藤内是一个孝顺的人，为尽孝而追随父母左右，为父东奔西走，为母暴怒攻城；和藤内也是一个仁慈的人，如看到鹬蚌相争时，撬开蚌壳放走鹬鸟。狮子城的矛盾冲突制造了一个又一个的高潮，最终达到死亡的极致和矛盾的解决，即人情遭到牺牲，但是人情以死亡的形式又得到升华，不仅促成了甘辉起义的情节，也实现了人物的美学价值。

该剧的第二个特色便是为观众制造了在异世界建功立业的浪漫情境，并将日本人放在了主角位置上，这在日本文学史上是很少见的。日本人自古便憧憬踏足强盛的中国，郑成功的中日混血儿身份给了日本人实现这种浪漫情怀的契机。该剧中的几个主要角色可以说本质上都是日本人，文学创作的虚构特权让作家可以构建一个架空的历史场所，日本人攻陷南京，重建大明，为日本观众提供极致的浪漫美感，日本人的文化主体优越性在该剧中得到了淋漓尽致的体现。

第十四章 • 小说

近世小说继承自御伽草子，首先兴起的是假名草子，进而演化为浮世草子，后又进化为读本等戏作文学，终于发展成为真正意义上的近世小说。

第一节 小说的语体

假名草子 假名草子是用假名创作的散文，文字平易，富有小说性和自由的批判精神。作品多戏仿前代作品，如《仁势物语》戏仿了《伊势物语》。

浮世草子 浮世草子是近世小说的一种形式。内容上有好色物、町人物、武家物、怪谈作品、传奇文学、实话小说和气质物等。小说的叙述部分为文言文体，会话部分为口语体。作品会标明作者。此前的物语一直默认为集体所有，是不标注作者的。标明作者，承认作品私有的同时，也赋予了作者进行虚构创造的特权。

读本 读本的插画相较其他小说样式较少，以文字内容为主，以文言文体书写，多从历史取材，注重情节趣味。

洒落本 洒落本以会话为主，是结构简单的小说，多运用写实技法描摹青楼风俗、嫖客娼妓的言行举止等。洒落本追求描写半通不通、粗俗滑稽的场面。人情本、滑稽本都继承了洒落本的语体。人情本继承了洒落本的情感系统，描写三角恋爱，具有感性的写实风格。滑稽本继承了洒落本的滑稽传统，前期滑稽本寓教训于诙谐，但讽刺重于说教，后期滑稽本则纯粹是搞笑的大众文学。

草双纸　草双纸是假名书写的附有插画的通俗小说绘本，均使用口语体。其中面向幼童的草双纸根据其封面颜色分为赤本、黑本、青本，内容多为童话、怪异谈、传说、神佛灵验谈。面向成人的则以黄色封面装帧，称为"黄表纸"。黄表纸长篇化，几册合订到一起的则成为合卷。成人读物比起内容更注重文艺表现，笔致较为精致。

第二节　小说的特色

一、假名草子

所谓假名草子，是指用假名写成的通俗性出版读物。假名草子继承了16世纪中世的御伽草子，17世纪初，1596年到1682年约90年间以京都为中心展开。当时出版的图书，有汉籍、佛典、医术等以真名汉字书写的学术书籍，也有与这些相对应的，以平假名书写的娱乐性、启蒙性、教训性的读物，即"假名草子"。近世小说从御伽草子发展而来。御伽草子到江户时期达到庶民文学的高峰。假名草子具有劝诫教化性质或奇谈异事的风格，后期强调享乐本位。

假名草子作品的种类也堪称繁多，但严格意义上来说这些读物并非都属于文学范畴，如时事报道、旅游指南、佛教倡导等便属于其他学科范畴。

假名草子因使用假名、内容浅显、实用性强，以及当时出版业发达等原因，90年间十分流行，出现了许多作家，作品数量十分庞大，多达200余篇。假名草子代表性作品有浅井了意的《浮世物语》（1665）、《御伽婢子》（1666），富山道治的《竹斋》（1615—1636），安乐庵策传的《醒睡笑》（1623），《伊索寓言》的译作《伊曾保物语》，等等。

启蒙说教类假名草子作品，为启蒙教化而写作，内容浅显，功利性强，代表作有北村季吟的《列女传》、翻案作品《假名列女传》，仿《列女传》而作的《女郎花物语》。

娱乐类文学作品，最负盛名的是浅井了意的《御伽婢子》，这部作品由68个短篇构成，基本取材于《剪灯新话》《剪灯余话》等中国文言小说。《御伽婢子》对原作改头换面，与日本史实结合到一起，刻画了具有异国浪漫情调的虚幻世界。

因出版商迎合庶民的实际，假名草子渗透着浓厚的庶民色彩，除个别作品外，整体文学性较低，还有为了迎合读者而删削内容的现象。例如富山道治的《竹斋》，在再版刊行之际，便进行了增删，对播磨武士切腹未遂这一事件进行了大量的增补。近世小说萌芽期的媚俗性可见一斑。

享乐本位色彩的假名草子，"如完全戏仿《伊势物语》的《仁势物语》《竹斋》等以搞笑为主题的作品以及《三人忏悔》等以忏悔为主题的作品"①。

假名草子在文学史上起到了承御伽草子启浮世草子的作用，在内容上和创作方法上也对其后的小说创作产生了很大影响。

二、浮世草子

浮世草子继承自假名草子，以井原西鹤在1682年发表的《好色一代男》（1682）为界，从1682年到1783年约100年间的此类作品都称之为浮世草子。与假名草子取材于古典不同，浮世草子如实地描写当时以上方（京都、大阪）为中心的社会风俗、世态人情。内容具有写实性、现世性、享乐性，包括好色物、町人物、武家物等等。

近世初期，以商人为代表的町人阶层迅速积累了大量的财富，但是其社会地位受到压抑，没有追求政治地位的野心亦不能从事高深的学问，只好将蓬勃的生命力和创造力投入到世俗和文化生活领域，追求官能享乐中去，在艺术世界中才能展开自由的探索。在这种背景下，迎合町人趣味的真正意义的近世小说——浮世草子便诞生了。

浮世草子写浮世之事，表现町人既立足于现实积极进取，又追求风流生活的本色和欲望，主要表现为金钱欲望和男女情事交织而成的现世悲喜剧。

1. 井原西鹤的作品

1682年到1699年，在以井原西鹤为代表的活跃时期，《好色一代男》为代表的好色物大受好评，再如《日本永代藏》（1688）、《世间胸算用》（1692）等町人物，《武道传来记》（1687）等武家物，《西鹤诸国故事》（1685）等杂

---

① 古桥信孝著，徐凤、付秀梅译. 日本文学史 [M]. 南京大学出版社，2015:341.

话物，这些作品整体扩大了描写对象，题材、方法上也都开辟了新的领域，成为后继作者的创作指南。

井原西鹤因《好色一代男》获得社会认可而获得勇气与自信，从谈林派俳谐师转变为浮世草子作家，并进一步成长为商业性的职业作家。井原西鹤的《好色一代男》是以肉体为描写对象的男性物语，是肯定性爱欲望的青楼文学。"这部作品吸收了说唱文艺的口语语调，基本是'平假名体'的文言体"①，其开篇一句"桜もちるに嘆き、月はかぎりありて入佐山"仍带有俳谐趣味。小说叙述部分使用平安时期以来的文言文，会话部分使用口语体，融合了中世说唱文学的语体。

《好色一代男》仿作《源氏物语》，由 54 章构成，各章女主人公多为当时名妓，以光源氏类型主人公世之介为线索，将这些名妓罗列贯串起来。该作品是井原西鹤俳谐创作之余的休闲之作，作为长篇小说尚欠缺完整性。作品开篇写道：

桜もちるに嘆き、月はかぎりありて入佐山、ここに但馬の国かねほる里の辺に、浮世の事を外になして、色道ふたつに寝ても覚めても夢介とかへ名よばれて……②

因櫻花凋零而兴叹，为明月而登入佐山，在这但马国掘金山脚下，不问浮世，一味沉耽于男女色道，睡着也罢醒着也罢，都被人称为梦介……

开篇交代了梦介雄厚的经济实力，为他能够不问世事而一味浪荡于青楼设置了合理的理由。主人公世之介是梦介与名妓所生的天生情种。世之介七岁懂男女情事，八岁请先生代写情书，十一岁开始出入妓馆，后又不断与浴女、私娼、寡妇相通。十九岁时被逐出家门，边贩鱼、当帮工边遍游妓馆。三十四岁时继承了梦介的巨额遗产，从此出入京都、大阪等地的一流妓馆，尽兴享乐。六十岁时已然尽数游遍各地妓馆，但是欲兴未尽，便打造"好色丸"，约好友扬帆出海，向只有女人的女护岛而去。

"《好色一代男》参考了光源氏的形象，以性的普遍经历为中心内容，但没有《源氏物语》的情趣。与其这么说，倒不如说这正是由于作者有意与《源氏物语》相区别，作者要试图脱离王朝以来的文化模式，从'性'的角度观察

①　古桥信孝著，徐凤、付秀梅译. 日本文学史 [M]. 南京大学出版社，2015:341.
②　转引自张龙妹、曲莉. 日本文学 [M]. 高等教育出版社，2012:276.

人类。"①主人公乐此不疲于好色生涯，表明了作者对人生享乐的肯定。世之介是近世商家子弟的缩影，集中体现了反封建道德的人生观和价值观，在当时来说，是具有进步意义的。

物语是在描写人生的全体，小说则在描写人生的断面。《好色一代男》虽模仿了《源氏物语》，却未描写人生的全体，而是依其焦点瞄准方向切割，然后描写这一断面。浮世草子具有浓厚的现实性。井原西鹤将世相写得淋漓尽致，但是缺少近代小说的心理分析方法，对现实本身未能深入挖掘，更不具备批判现实精神。

井原西鹤虽然不能把握现实，却擅长描写现实的"类似"。这种"类似"的把握方式，传承自中世连歌"类花似鸟"的表现手法，后成为俳谐的表现手法。可以说谈林派俳谐师将俳谐技法带入了浮世草子作家的小说创作之中。反之，也存在逆向迁移，井原西鹤的大矢数等俳谐作品中，也经常会出现浮世草子中"类似"的场面。

井原西鹤除了从事前述作品代表的浮世草子的创作，还深度参与了歌舞伎与净琉璃剧本的创作，其作品《历》（1685）、《凯阵八岛》（1685）在当时与近松门左卫门的作品《贤女学习与新历》《出世景清》竞演，这是净琉璃史上非常有名的事件。

2. 后继作家作品

1700 年到 1783 年为后继作家时期，主要以八文字屋的诸代作家为代表，如江岛其碛、多田南岭，他们的作品有许多属于对净琉璃、歌舞伎翻案的作品，并且长篇小说化了。其他的作家如上田秋成，他的作品《诸道听耳世间猿》（1766）为浮世草子末期的代表作。1783 年后再无浮世草子作品。

井原西鹤之后，西泽一风、都之锦、锦文流、北条团水、青木鹭水、江岛其碛等人继承了浮世草子。在产量上盛极一时，但游离现实的倾向非常显著。虽然在枝节技巧上有所进步，却依然隐蔽不了文艺精神的衰退。其中，八文字屋本的代表作家江岛其碛值得特别关注。他的《世间子息气质》（1715）、《浮世亲仁形气》（1720）等作，明显采用了以"类型"把握人物的手法。到了 18 世纪，类型化渗透了浮世草子所有方面，而其先驱就是江岛其碛。

---

① 古桥信孝著，徐凤、付秀梅译. 日本文学史 [M]. 南京大学出版社，2015:341.

三、戏作文学

戏作文学是在江户中期以后，与传统的格调高雅的文学相对的俗文学。知识分子在谈及为何创作小说或净琉璃时，常常使用"戏作"这个词来逃避批判，在他们心目中，这些俗文学是不符合其精英身份的。后来"戏作文学"成为当时新样式小说的总称，包括读本、洒落本、滑稽本、人情本、双草纸等。

1.戏作文学的种类

读本　如前文所述，读本的插画相较其他小说样式较少，以文字内容为主，多从历史取材，注重情节趣味。此外，读本贯彻劝善惩恶、因果报应思想。代表作如上田秋成的《雨月物语》（1776），龙泽马琴的《南总里见八犬传》（1814—1842）。

洒落本　洒落本是面向成人读者的小说。如前文所述，多运用写实技法描摹青楼风俗、嫖客娼妓的言行举止等。追求描写半通不通、粗俗滑稽的场面，这并不符合儒家思想，因而遭到幕府风纪令弹压，洒落本走向终结，由滑稽本、人情本继承了衣钵。洒落本代表作有田舍老人多田爷的《游子方言》（1770）、山东京传的《倾城四十八手》（1790）。

滑稽本　滑稽本是以滑稽为目的的小说。前期滑稽本寓教训于诙谐，对社会风俗进行描摹和批判，揭露社会矛盾，但是后期滑稽本则无思想意义，沦为纯粹搞笑的大众文学。滑稽本代表作如十返舍一九的《东海道中膝栗毛》（1802），以及式亭三马的《浮世风吕》（1808）、《浮世床》（1811）。

人情本　人情本是以女性读者为对象的写实性的恋爱小说。因幕府反对自由恋爱而对其弹压，人情本走向终结。人情本代表作如为永春水的《春色梅儿誉美》（1832—1833）。

草双纸　如前文所述，草双纸的读者设定有儿童和成人两种。面向儿童的绘本内容多为童话、怪异谈、传说、神佛灵验谈。面向成人的黄表纸起初时事化、滑稽化，表现都市享乐文化，后因幕府风纪令而遭到弹压，转向训诫或纯粹的滑稽风格。黄表纸、合卷等成人读物注重表现技巧，笔致较为精致。合卷在黄表纸基础之上情节复杂而异想天开。草双纸代表作如恋川春町的黄表纸《金金先生荣花梦》（1775），式亭三马的合卷《雷太郎强恶物语》（1806）。

2．戏作文学的倾向

尊情抑理倾向。草双纸、洒落本、人情本、滑稽本和读本等小说尊情抑理，批判虚伪的道学态度，反对用道德教条压抑人的情感，对幕府压抑人性的专制统治表达隐晦曲折的抗议，具有一定的批判精神和现实意义。"文艺不能当市场的奴隶"，可惜的是，许多戏作文学由于成了专业作家的谋生工具而堕落为市场的奴隶，终于成为明治时期坪内逍遥的写实主义所抨击的对象之一。尊情抑理是从理论上对享乐主义的肯定。

与享乐主义密切相关的便是"粹""通"等审美理念。"粹"是产生自花街柳巷的审美理念。原本指妓女与嫖客间追求彼此心领神会的恋爱氛围，后扩大到穿衣打扮、待人接物以精粹、练达为美。假名草子、浮世草子、净琉璃、洒落本、黄表纸、滑稽本等文艺作品中都具有这种理念的要素。井原西鹤的浮世草子好色物、劲松门左卫门的情死物都集中体现了"粹"的理念。

"粹"发展到江户时代变为"通"。"通"也是花街柳巷的文化理念。初指精通花街柳巷的教养、习俗，并精通社会的人情事故，待人接物圆融无碍，后泛指通晓诸般事物、学识渊博。例如江户时期的洒落本，就是以"通""半可通"为题材的。如《游子方言》，"作品采用叙述文和会话文有机结合的文体，使青楼妓馆的情景变得生动起来，特别是在人物语言和服装行动的刻画上显得更加真实，《游子方言》为洒落本确立了写实主义的表达手法。"①描述了一个自以为"通"妓院人情世故的男子带着"不通"此事的儿子到妓院寻花问柳，却因处处"半可通"而制造了许多滑稽场面，而其"不通"的儿子却受到大家欢迎的故事。山东京传的《倾城四十八手》模仿《游子方言》，"脱离了取材于特定背景和现实人物的写作手法，而开始转向对风月场所普遍性的关注。作者通过对各种青楼女与花柳客之间的故事的描述，剖析风月场所的各种游玩技巧和人物心理"②山东京传描写了青楼女与花柳客之间的真诚恋爱和真实的人物心理。后来因洒落本尊情抑理的青楼描写而遭到幕府禁止。

劝善惩恶倾向。正如二十大报告指出："低俗不是通俗，欲望不代表希望，单纯感官娱乐不等于精神快乐。"江户戏作文学作家们的实践明显也在其

---

① 张龙妹、曲莉．日本文学 [M]．高等教育出版社，2012:286.
② 张龙妹、曲莉．日本文学 [M]．高等教育出版社，2012:288.

历史条件下出现了反享乐主义的倾向。"近世小说和戏曲作家在文学创作和文学批评中，一方面贯穿劝惩思想，一方面以"娱乐"作为表现的手段，通过娱乐读者以达到扬善抑恶的目的。这种以劝善惩恶思想和"娱乐"形式为根底的文学论，多见诸于作品的序跋或种种评判记中。"①如泷泽马琴在其《南总里见八犬传》（1814—1842）序言中表明了劝惩主义文学观，他认为小说创作的目的在于警己警人，劝惩核心是善美，情爱为邪淫，情爱小说有害等。

以历史传说为题材的传奇小说不同于前期读本的短小怪异，是建立在劝善惩恶的思想基础上，并以历史事件为依据的长篇章回体小说。如山东京传的《忠臣水浒传》（1799—1801）、泷泽马琴的《南总里见八犬传》等等。这些作品既保留了儒家的劝善惩恶思想，又用滑稽幽默的手法描写出怪诞、离奇、曲折的故事情节。

"劝善惩恶"是江户后期的文学理念，建立于朱子学基础之上，深受明清小说的影响，主要集中体现在泷泽马琴的读本中。泷泽马琴出身于武士家庭，富有正义感，同时受其恩师山东京传的影响，接受了劝善惩恶思想。"劝善惩恶"可谓泷泽马琴小说的核心思想。他的作品中善与恶处在截然相反的对立面上，善的一方最终取得胜利，不过实现胜利的途径往往采取的是怪异奇幻的情节、因果报应等方式。如被誉为日本的《水浒传》的《南总里见八犬传》，作品中的八名义士本是由八只忠犬变成的，他们分别对应仁义礼智信忠孝悌等八条儒家信条，小说大团圆的结局，比较明显地传达了劝善惩恶的意图。

读本之外其他的人情本、合卷或者歌舞伎脚本亦均含有劝善惩恶的成分。劝善惩恶观是统治阶级在文艺领域加强钳制使然，同时也是读者朴素的惩恶扬善的价值取向使然。但是，随着新观念的吸收，劝善惩恶小说观也必将走向终结。

---

① 叶渭渠、日本文学思潮史 [M]. 经济日报出版社，1997:279.

第十五章 · 国学

一、汉学背景

近世前期的传统汉诗文步五山文学后尘，出现了藤原惺窝、林罗山、新井白石、石川文山等汉诗文作家。他们受朱子学影响颇深，属于朱子学派，作品乏味，说教性强，缺乏新鲜感且日本习气浓厚。京都的伊藤仁齐开创古学派，注重孔孟实践道德的"仁"，主张诗以言情。江户的荻生徂徕开创古文辞学派，荻生徂徕及其门人太宰春台、服部南郭，主张"文秦汉，诗盛唐"，讲究辞章，影响较大。

近世后期是汉诗的鼎盛时代，充满丰富个性的诗歌大受欢迎，全国各地诗社蜂起，汉诗文广泛渗透到一般士民之中，专业诗人辈出。前期的各学派继续发展，产生了菅茶山、赖山阳、大田亩南、广漱淡窗等著名诗人。晚起的折衷学派出现了梁川星康、大治枕山、小野湖山等重要诗人。他们提倡袁宏道的性灵说，反对古文辞学派，开辟了新的诗风，一直延续到明治时代。

二、国学研究

日本的国学区别于汉学，是以《古事记》《日本书纪》《万叶集》等日本古典为研究对象，采取文献学方法，希冀探明佛教、儒教传入之前日本固有的文化与精神的学问，也可以指学派。在近世歌人及和歌学者中诞生了日本国学学者。

和歌虽然从中世衰落后处于文学的边缘，但是和歌创作一直持续下来。近世后期的桂园派和歌一度成为可圈可点的和歌盛事。"桂园派"名称来自江户后期个人香川景树（1768—1843）的雅号"桂园"。该派歌风清新优雅，风靡全日本，门人数目达千人，是近世后期歌坛的主流。

日本国学成立的要因是国家意识勃兴，近代学术发达，江户初期商业出版盛行，等等。其时许多古典及古典的注释本得到刊行，木下长啸子等人掀起歌学改革运动，自由探讨精神蔓延；儒家、神道家应时代变化，活跃于追求神道理论体系；学者对日本历史文化的关心高涨。国学直接起始于契冲受委托为即将刊行的《万叶集》作注。

国学积累的研究成果，为日本近代国文学、国语学、国史学打下了基础，但是残留着主张自我文化的优越性、偏狭的排外思想等不足之处，为日本侵略战争从理论上埋下了伏笔。

江户国学四大名家为荷田春满、贺茂真渊、本居宣长、平田笃胤。荷田春满是近世中期的国学家、歌人，提倡复古神道。贺茂真渊为荷田春满弟子，近世中期的国学家、歌人，提倡古道复兴，还致力于古代歌调的复活，追求王朝趣味。本居宣长，近世中期的国学家、贺茂真渊的弟子，提倡排儒复古，展开关于"物哀"的文学评论。平田笃胤，近世后期的国学家，本居宣长殁后，作为本居宣长门派的传人，志学于古道，将复古神道体系化，作为民间的草莽国学家对幕末尊王攘夷运动影响深远。

中世时佛教占据日本国民思想的首座，进入近世则儒教占据了首座。然而，到了近世中期，则形成了反儒教、反佛教的国学，促进了近世和歌与歌论的形成，并且促进了士农工商身份世袭制度和家族制度，反对男女自由恋爱，催生了从太古到中世一直都不曾出现的恋爱悲剧。

课后练习 ✿

一、简答题

1.请简述俳谐的语体与内容特色。

2.请简述净琉璃与歌舞伎的特色。

3.请简述浮世草子的语体与特色。

二、思考题

1.为何近世文学前期后期具有不同的特色？

2.俳谐的表现技巧与审美理念有什么关系？

3.中世、近世的戏剧有何不同的时代特点？

4.近世小说与中古、中世物语之间存在何种关联？

第五编

近代小说概论

（1868— ）

日本古典文学以中国文学为成长点，汉文学占据日本古典文学的半壁江山。日本近现代文学则以欧美文学为成长点。日本明治维新新资产阶级革命并不彻底，残存了浓厚的封建社会结构和文化结构，造成了日本文学的软弱性格。

近代小说，从写实主义开始，其后才是浪漫主义，这种顺序与西方文学思潮顺序不同。写实主义文学确立了如实地写人的原则，浪漫主义文学则在写人的基础之上探讨人性和主张自我尊严。在日本历史现实中，浪漫系统的憧憬与理想几近破灭，只有写实系统的真实得以延续，发展为自然主义。自然主义确立了近代文学制度，但其描写的世界是毫无希望的、阴暗潮湿的，人物都成了兽类一样的存在。永井荷风、谷崎润一郎等耽美派作家，志贺直哉等白桦派作家，芥川龙之介等新思潮派作家，夏目漱石与森鸥外等两大文豪，举起了反自然主义的大旗。

第十六章 · 改良与写实

明治初期约 20 年间（1868—1888），启蒙思潮影响了社会各个角落，如政治领域，精英们积极探索富国强兵之路，其中不满现状的政治力量兴起了全国规模的自由民权运动。再如艺术领域，精英们则积极探索文化革新之路，在启蒙思想的引导和政府的规范制约下，致力于近世文学的改良。

日本文学从翻译小说、政治小说到新体诗、写实小说，摒弃了封建传统的文学观和语体，促进近世文学向近代文学的转变。

第一节　文学改良

一、翻译小说与政治小说

自由民权运动需要能够与旧体制抗衡的西方思想、旧有的戏作文学越来越不能满足新时代的要求，翻译小说和政治小应运而生。翻译作品"向日本民众形象地展示了西方人的生活方式、人情世态和情感世界""把人的情感和人生紧密相连的西方近代文学观念与思维方式潜移默化地渗透到日本，为日本近代文想的诞生做好了铺垫"①。

1878 年，翻译自西方文学的翻译小说初见繁荣。有不太忠实于原著的译作，如凡尔纳的《月球旅行》，莎士比亚的《威尼斯商人》；有忠实于原著的译作，如坪内逍遥翻译的莎士比亚的剧本，二叶亭四迷翻译的屠格涅夫的小说。这些优秀的翻译作品成为新文学的榜样。

---

① 张龙妹、曲莉. 日本文学 [M]. 高等教育出版社，2012:353.

　　1882 年政治小说开始流行，政治小说是从自由民权运动中产生，以小说形式宣传自由民权理想的文学。代表作有矢野龙溪的《齐武名士经国美谈》（1883—1884）、东海散士的《佳人之奇遇》（1885）等。其先驱作品是户田钦堂的《民权演义·情海波澜》（1880）。该作品场所或人物名字都带有政治寓意，"情海"即政界，"国屋民次"即日本民众，"魁屋阿权"即民权思想，"比久津屋奴"即奴性，"国府正文"即日本政府。国府正文恋慕魁屋阿权，不断破坏魁屋阿权与国屋民次的恋情，最终还是为两人举办了婚礼。这种情节表达了作者官民调和、开设国会、赋予民众以民权的思想。

　　1890 年，政府出台帝国宪法，打压自由民权运动，其后的政治小说显现出写实风格，故事场所也设定于日本国内，直接书写自由民权运动本身。小说对当时的社会现实和人情风俗进行了写实的描绘，为坪内逍遥的《小说神髓》（1885）提供了实践经验。代表作如末广铁肠的《雪中梅》（1886）、《花间莺》（1887）。

　　政治小说随着自由民权运动的式微而衰退。总体来说，政治小说由于具有极强的功利性、政治理念的概念性和意识形态的煽动性，在人物刻画方面显得粗糙而功力不足，不能碰触到真正的近代人的精神实质。

二、言文一致体运动

　　文学领域文明开化的一个重要特征，便是进行语体改革。古典文学时期从汉文体、万叶假名体、平假名体、片假名体到和汉混交体，文字记录非常不规范，中古时代的口语体平假名体到了近世，便已经变成了文言文，与当时口语差距很大，这种差距随着时间的流逝越来越大。为了使文章能够自由地沟通交流内心世界，日本人摒弃汉文体、文言文体，开始探索各种新语体。如罗马字体、元禄式雅俗折衷体、汉文直译体、西文直译体和汉洋调和体等等。但是，影响最大的是言文一致运动。

　　所谓言文一致运动，是通过口头言语与书面文字一致来自由准确地表现思想感情的文体革新运动。明治初期由外山正一、二叶亭四迷等人发起，经过山田美妙、尾崎红叶等人通过自己的作品试验与普及，二叶亭四迷试验了"だ体"，山田美妙试验了"です体"，尾崎红叶试验了"である体"和雅俗折

衰体。到自然主义文学兴盛期，1909 年前后，近代文学终于确立了"言文一致体"制度，即口语文体作为文学文体固定下来。

二叶亭四迷在作品《浮云》中尽可能免掉修饰语成分，简洁地描写事实，大胆尝试将白话日语用于文学表述，成为言文一致运动的第一人，其语体革新获得成功。

《浮云》因是言文一致体书写，比较容易读懂。描写的是主角内海文三的遭遇，深刻揭露了日本明治开化的表面性、封建残余性。这种内容上的写实是首创性的，而其表达形式上的言文一致体，也可以说是日本第一的。

言文一致体确立之后，作家们通过富有个性特色的口语体进行文学实践，建设了近代文学端庄优美的文字秩序。1909 年或许可以作为言文一致体确立之年，以森鸥外的《半日》为标志。"可以说发表《半日》的明治 42 年（1909 年），对日本近代文学来说，是值得纪念的一年。"①

与言文一致体密切相关的便是诗歌改良、小说改良、戏剧改良。有的改良本身就属于言文一致体运动的一部分，如新体诗、写实主义小说；有的改良则属于其他形式的语体改良，如俳句、短歌、戏剧。这些改良殊途同归，将日本文学推向了近代化。

三、小说改良

在新的文学样式确立之前，近世戏作文学仍占据文坛主流，并拥有庞大的读者群体。艺术精英们主张应将艺术性与思想性统一起来，确立文学的独立价值。戏作文学对此作出回应，新创作品出现了一些新意。假名垣鲁文为代表性作家，对新时代的开化风俗寄予关心，从新风俗取材，创作了《安愚乐锅》（1871—1872）。该作品诙谐俏皮、引人发笑，但是不具备近代意识的文学精神，只能对社会的表层进行肤浅地写实，还不能成为崭新的"人"的文学。

假名垣鲁文等江户戏作文学作家在启蒙思想的进一步引导下，开始致力于剔除虚构妄语，投身于来源于真实事件、虚构较少的"实录文学"的创作。这是一种文学性较强的报道文学，虽然仍可看到惩恶扬善的话语，却不再以此为书写目的。戏作文学向"实录文学"的转变，令其摆脱了灭亡的命运。

① 古桥信孝著，徐凤、付秀梅译. 日本文学史 [M]. 南京大学出版社，2015:174.

戏作文学的改良远远不能满足艺术精英们的理想，于是小说改良，以坪内逍遥的文论《小说神髓》的出现作为开端，持续开展下来。坪内逍遥反对文学服务于文学以外目的的功利主义，否定江户时代的劝善惩恶物语，认为小说的主人公不是泷泽马琴《南总里见八犬传》中勇士那样的道德化身，而必须是具备善恶两面的现实的人，作家需要分析、观察这种人的两面性，不应借用封建道德观念使空洞内容合理化。

坪内逍遥还提倡新题材和新风格的小说，并亲自进行了实践。但是坪内逍遥并未掌握写实主义的真缔，即未掌握抓住事物本质的真正的现实主义的创作方法，因此其实践之作《一读三叹　当世书生气质》（1885—1886）并未脱离江户时代以来的戏作窠臼，以描写花街柳巷浅薄的风俗而告终，为不成功的试验作品。尽管有各种不足，《小说神髓》打响了从封建性的文学观中解放小说的第一枪，以写实的手法来表现社会的人情和世态风俗，从而为写实主义小说《浮云》的诞生做好了铺垫。

第二节　写实小说

写实文学，从上代文学开始便主张"真诚"，即真心、真言、真事，如实表达，一直传承下来。但是古典文学与近现代文学主张的写实还是有着根本不同，前者为神而写实，而后者为人而写实。作为一个思潮流派，日本写实主义与浪漫主义、自然主义等相较，力量过于薄弱，只有坪内逍遥和二叶亭四迷两位理论家兼作家，而二人的实践以《浮云》的中途搁笔而告终。坪内逍遥转向戏剧改良，二叶亭四迷则走上了仕途。写实主义思想由砚友社等同时代作家们吸收和继承了下来。

一、写实主义小说

真正意义上的近代作品，接踵发表于1887年前后。这些作品中属于写实主义的有坪内逍遥的文学论《小说神髓》，二叶亭四迷的文学论《小说总论》（1886）以及实践之作《浮云》（1887—1889）。

写实主义是一种文学主张或样式，排斥观念的事物、想象的事物，以客观的

态度将现实的事实真相原原本本地描写出来。原指欧洲反浪漫主义的文艺思潮。

　　坪内逍遥在其文学论著《小说神髓》中提出了写实主义，写实主义正是近代文学的两大核心之一，另一个核心是探讨人性和主张自我尊严的浪漫主义。

　　坪内逍遥主张的写实主义，将小说从第二文学提升到第一文学的地位。他主张第一描写人情，第二描写世态风俗。人情，即人的情欲，要如其所是地描写置身于世态风俗中的复杂的"人"的情欲。这种写实性不能是虚构的浪漫，而必须体现在心理分析上。现实的人本身才是小说表现的主体内容。这里实际上提出了以"人"为视角，是日本文学史上的第一次。其实践之作《一读三叹　当世书生气质》并未脱离江户时代以来的戏作窠臼，以描写花街柳巷浅薄的风俗而告终，为不成功的试验作品。

　　二叶亭四迷继《小说神髓》开辟的道路，写出了《小说总论》。《小说总论》从别林斯基等俄国文学家和评论家的著作中学习了俄国文学理论，并将其归纳为论文，主张必须借助现象书写本质的写实主义理论，以此克服坪内逍遥所面临的理论困难。

　　随后，二叶亭四迷以《浮云》实践了自己的理论。二叶亭四迷的《浮云》的开篇写道：

　　千早振る神無月ももはやあと二日の余波となった二十八日の午後三時ごろに、神田見附の内より、と渡る蟻、散る蜘蛛の子とうようよぞよぞよ沸き出でて来るのは、いずれも顋を気にしたもう方々。しかしつらつら見てとくと点検すると、これにも種々種類のあるもので、まず髭から書き立てれば、口髭、頰髯、顋の髭、やけに興起したナポレオン髭に、狆の口めいたビスマルク髭、そのほか矮鶏髭、貉髭、ありやなしやの幻の髭、濃くも淡くもいろいろに生え分かる。（青空文庫[①]）

　　寒风凛冽的孟冬十月，唯余两日的二十八日下午三时前后，神田城门络绎不绝地涌出刻意打扮仪容的人群，如行军的蚂蚁、散落的蜘蛛般蠕动着。若仔细观察一下，便会发现他们真是形形色色，各有不同。先从其胡须说起，有短胡、连鬓胡、络腮胡，有勃兴翘起的拿破仑胡，有哈巴狗似的俾斯麦胡，此外还有下垂的八字胡、狸鼠胡，以及若隐若现的稀稀拉拉的幻胡，各自浓淡不一。

　　"文章从'千早振'这一枕词开始，使用口述文体把故事写下去"[②]，以和"千早振（粗野）"固定搭配"神"来引领口语体文体，"与近世的草双纸文体，

　　① 青空文库https://www.aozora.gr.jp/index.html. 近现代部分作品引文凡出自青空文库的，均在引文后夹注"（青空文库）"的字样表示。

　　② 古桥信孝著，徐凤、付秀梅译. 日本文学史 [M]. 南京大学出版社，2015:172.

特别是洒落本的文体有相似之处"①，例如与《游子方言》（1770）便十分相似。接下来对胡须的描述采用仿自《枕草子》的罗列法，描写胡须，表达对肉体的关注，也是近世浮世草子好色物以来的传统，但是各色胡须却也带上了时代的新意。由旧到新的切入方法，将习惯了戏作文学的读者迅速引入小说正文，从其开头便显示了不俗的功力。

《浮云》第三篇将焦点置于主人公内海文三的内心活动上。中古物语文学和日记文学所擅长的自由的心理描写，历经了800年后，才终于得以回归。平安时代得益于摄关政治的私人关系性，而近代则得益于明治维新对个人的解放，社会终于开始关注个人的内心。

《浮云》栩栩如生地描写了明治开化大背景下近代知识分子的苦恼。人情世态描写踏出可贵的第一步。小说中"人"的个性还不成熟，主人公内海文三虽然追求独立人格却尚嫌柔弱，阿势表面上尊重个性，骨子里却是唯名利是图的浅薄庸俗。恐怕更多应该归咎于明治现实世界中的"人"的个性本来就如浮云般不确定吧。

《浮云》丝毫没有戏作文学的离奇有趣的情节，它把明治的官僚组织下受压抑的主人公内海文三与飞黄腾达的本田升作了对比，生动地刻画了具有良知的新青年知识分子形象。对阿势与阿政两个女性人物的性格描写，以及对官僚的批判都很出色。

不过从"文""政""势""升"这几个人物的名字，也可以窥见几分政治小说的成分，或可将小说解释为"政势上升大环境之下有良知的文人如浮云般无处安身"，表达了作者对肤浅的明治开化的批判。

总之，小说在思想性、主体性、人性方面，相较传统作品都实现了一定的突破，是近代文学史上第一篇真正意义的小说。

执笔过程中，二叶亭四迷产生了思想动摇，开始怀疑观念或文学的价值，半途搁笔进入官场成为了一名官员，寄希望在现实实践中追寻人生的目的或者观念的存在价值，结果仍以失败而告终。二叶亭四迷个人命运的不幸，似乎也象征着以后整个日本近代文学的不幸。

---

① 古桥信孝著，徐凤、付秀梅译．日本文学史 [M]．南京大学出版社，2015:172.

二、拟古典主义小说

1885 年，当时还是大学预科生的尾崎红叶、山田美妙、石桥思案创立了砚友社，这是日本近代文学史上最早的文学结社。同年创刊机关杂志《我乐多文库》（1885），初期发表戏文、新体诗、狂句、都都逸（描写男女爱情的俗曲）、落语（日本相声）、谜语等等作品。砚友社文学从整体上继承了写实主义所开创的人情世态小说，可以视为坪内逍遥的直系继承者。

1887 年后，天皇体制逐渐强化，自由民权运动消退，人们开始对过度推崇欧洲的欧化政策进行反思，要求重新评价日本文化的呼声高涨。砚友社在这种思潮中主张向日本的古典吸取营养的国粹主义，当追求解放自由的精神与前近代的传统妥协时便产生了日本的拟古典主义。拟古典主义本是欧洲文艺主潮，模仿希腊、罗马的古典的精神和样式，注重调和端正的形式，重视理性胜于感情，重视普遍性胜于个性。

砚友社的作家以平安王朝文学为范本，有意模仿精通玩乐的江户戏作文学，如井原西鹤的浮世草子。他们认为文学是半娱乐性的享乐品，应当在文章的技巧上下功夫。拟古典主义文学注重表现似实非实之间的真实，而非自然本身的真实，并且这种真实离不开理性的关照。这明显继承了由中世连歌的"类花似鸟"经井原西鹤而传承下来的表达手法，与坪内逍遥、二叶亭四迷所主张的原原本本地表现真实的主张隔了一段距离，但都属于写实。

在砚友社诸多作家的努力下，小说逐渐普及，替代江户戏作文学且占据明治 20 到 30 年代的文坛的主流。但是他们的作品仍属于从近世向近代过渡的作品，并不能称为真正的近代文学。

拟古典主义的代表作为《金色夜叉》和《五重塔》，其作者分别是拟古典主义两大作家尾崎红叶和幸田露伴。两大作家的文学盛行的时代被称为"红露时代"。

1. 尾崎红叶的写实色彩

尾崎红叶的写实色彩，集中体现在其《金色夜叉》（1897—1903）中，该作品同时是拟古典主义文学的杰出代表作。小说于 1897 年开始在《读卖新闻》上断续连载，1898—1903 年由春阳堂刊行五册，未完。

小说叙述使用的是雅文体，对话使用的是俗文体即口语体，这种语体被称为雅俗折衷体。尾崎红叶在坪内逍遥提倡的人情写实理念的基础之上，模仿近世戏作文学的古典手法，根植于现实题材，创作出笔调哀婉缠绵的拟古典主义小说。

《金色夜叉》的主人公间贯一那感情充沛、如歌如诉的诗性话语，任何时候读起来都是洋溢着美感的。间贯一与阿宫相爱。但是阿宫被阔少的财富夺走芳心。贯一为向阿宫复仇，将自己变成了占有财富的高利贷者，堕落为金色夜叉。他不再相信爱情，向昔日好友逼债也毫不念旧。而阿宫抛弃爱情选择金钱后的生活并不快乐，她通过两人共同的好友多次转交道歉信，乞求贯一宽恕。贯一却屡次将阿宫的信件丢在一边未看一眼，对阿宫的恨未曾减轻半分。有一天，贯一偶遇一对准备殉情的恋人，为这对恋人比金钱更牢固的爱情而流下了眼泪，便用金钱救下了他们的生命和爱情。与这对恋人的相遇令贯一终于相信，爱情还是胜过金钱的，便动了打开阿宫的来信的念头（小说在这里中断）。

小说情节交织着对明治时期风俗与女性的细腻写实与人情刻画。尾崎红叶意图通过贯一来表现金钱与爱情的斗争，但是并未触及社会结构，令人物和故事都悬浮于现实之外而不能触及真实。其文学观仍然是近世的，其文学也因此不能说是近代的。尽管如此，《金色夜叉》因其通俗的娱乐性俘获了大量的读者。尾崎红叶在创作中字斟句酌，作为砚友社领导，又忙于砚友社公务，迟迟未能完成续篇，加之其在36岁英年早逝，给日本文学留下了永远的遗憾。

2. 幸田露伴的理想色彩

和尾崎红叶并称的作家是幸田露伴，他擅长描写性格坚强的男性，其在作品中明确提出自己对艺术与人生的坚定理想，因此他是"理想派"。与之相对，深受坪内逍遥写实主义影响的尾崎红叶则是"写实派"。幸田露伴的小说虽然同样深受坪内逍遥的写实主义理念影响，但是在描写人世间的理想信念和人物内心的热情时，东方传统思想是其精神核心，很难看到近代的因素。

幸田露伴代表作为《五重塔》（1891—1892），他以高深的教养扎根于东方式彻悟的艺术境界，拥有庞大的读者群。《五重塔》是以雅文体写就的短篇

小说，1891—1892 年在报纸《国会》上连载。小说讲述了技艺超群但性格朴拙的木工十兵卫，为了青史留名而从前辈源太手中抢过了建造五重塔的工作。源太欲助其一臂之力却被坦率拒绝，源太的徒弟觉得师傅受到了奇耻大辱而将十兵卫打伤，工匠们也各种推托，阻挠着建造工程的开展。十兵卫忍着伤痛发着烧，以不服输的姿态坚持工作，其坚决态度感动了工匠们，五重塔很快便建成了。落成仪式的前一天，台风来袭，许多人担心甚至希望木塔会倒掉。十兵卫却充满自信地站到了五重塔顶层，怀中揣着一把锋利的凿子，他发誓如果暴风雨损坏了塔上的哪怕一根钉子、一块木板，便立即自尽。一夜过去，五重塔安然无恙，十兵卫的名声便传开了。

幸田露伴的理想是男性化的、建设性的、充满阳光的，他对艺术的热衷，表现为旧式匠人的气质。这与近代人性的觉醒还稍有差距，与其说是理想，倒不如说是传统的东方文人的达观与佛教念力理想，而非真正的近代理想。

三、社会问题小说

日本在 1894—1895 年的中日甲午战争中，从中国掠夺走巨大的财富，这促进了日本资本主义的飞速发展，但劳资矛盾问题也随之暴露出来。战后不久，便出现了深刻小说、观念小说和社会小说。这些小说均表现出写实主义倾向，其作家多出身于砚友社，虽未掌握新的思想和文学方法，但是他们努力克服拟古典主义脱离社会现实的缺点，开始创作着眼于新时势下社会生活中的人的新小说。他们的小说继承了政治小说的观念性、戏作文学的实录性、写实主义文学的"人"性，"作者们希冀通过纷繁的表象，进行文化反思，借以洞察现实的流弊"①。

深刻小说是指取材于资本主义剥削下社会上的悲惨现象的小说，也称之为悲惨小说，如广津柳浪的《黑蜥蜴》（1895）、《今户殉情》（1896）。

观念小说指不仅描写悲惨的人物或事件，而且将作者的观念贯穿于作品始终的小说，如泉镜花的《夜行巡查》（1895）、《外科室》（1895）。泉镜花的作品使用了雅俗折衷体，虽然触及了当时社会的深刻问题，却缺乏深刻的批判精神，显得片面化、概念化、表面化。

---

① 张龙妹、曲莉．日本文学 [M]．高等教育出版社，2012:422.

　　家庭小说是指深刻小说、观念小说之后，作为其反对者而出现的以家庭生活为素材的小说，也称之为光明小说。家庭小说以苦于封建家庭关系的女性为主人公，描写了家庭矛盾，和矛盾中女主人公的不幸经历，倾向通过宗教或者纯粹的爱情来解决问题，虽然暴露矛盾，但是缺乏彻底解决的态度。代表作如菊池幽芳的《我的罪》（1899—1900）。

　　社会小说指发现深刻小说和观念小说倾向于夸张表达人情世相等特殊方面的缺点，意图从家庭悲剧角度描写劳工社会、下层社会的真相的小说，比深刻小说和观念小说更深刻地揭露了社会政治中的矛盾和黑暗。代表作如德富芦花的《不如归》（1898—1899）、内田鲁庵的《社会百面相》（1901）。

　　1887年德富苏峰创办的出版社民友社，对明治大正文艺产生了巨大影响。民友社出身的德富芦花，深受托尔斯泰的影响，以《不如归》获得众多读者，但是他没有从广阔的社会视野、明治的专制主义家长制角度来深究悲剧产生的原因，而是错误地将其归咎于人物性格之上。

　　德富芦花以从德富苏峰处获得的政府高层的材料为素材创作了揭露政治腐败的小说《黑潮》（1902），该作品倾向于朝着社会主义小说发展，勇气值得称赞，但是对社会黑暗难脱道学之气，并不能深究社会黑暗产生的真正原因，作中人物不过是作者思想的代言人而已。

　　社会主义小说是基督教社会主义运动中产生的文学。1903年，幸德秋水等人结成平民社，站在社会主义立场宣扬非战论，并公开批判政府。社会主义小说的代表作是与平民社协作的木下尚江发表的《火柱》（1904）。

第十七章 • 浪漫主义小说

日本浪漫主义文学的先驱是森鸥外，旗手是《文学界》的北村透谷。《文学界》代表性的作品为北村透谷的评论、岛崎藤村的诗歌和樋口一叶的小说。明治 20 年代的浪漫主义因北村透谷的自杀而遭受挫折，但是以泉镜花、与谢野晶子、国木田独步为代表的作家和诗人们共同构成了明治 30 年代的浪漫主义潮流。

第一节　日本浪漫主义文学的特色

日本的浪漫主义文学具有与西方浪漫主义共通的普遍的题旨，即"重视情感、尊重艺术、热爱自然、向往异国情调和对古代理想社会的憧憬"①。

一、北村透谷的评论

北村透谷 1892 年发表了浪漫主义文学评论《厌世诗人与女性》（1892）。《厌世诗人与女性》显示了北村透谷具有的真正全新的近代个性。"以前人们认为男女的关系只是肉欲，而透谷却主张恋爱神圣、女性神圣……透谷在女性身上及同女性的恋爱中发现了'美与真'。"②北村透谷认为人世间充满了理想世界与现实世界的矛盾，诗人就是在这两种世界的矛盾纠葛中赞美女性与恋爱，文学家为追求理想而与现实斗争，浪漫的解放是产生文学的根本。

---

①　张龙妹、曲莉. 日本文学 [M]. 高等教育出版社，2012:403.
②　中村新太郎著，卞立强等译. 日本近代文学史话[M]. 北京大学出版社，1986:26.

浪漫主义有逃往空想世界的、逃往过去的，甚至逃往皇权的消极浪漫主义，也有北村透谷这种同人世间的丑恶进行斗争而表现高尚人性的积极的浪漫主义。北村透谷并不否定文学与人生的深刻关系，他反对将现实绝对化、美化，反对以现实为绝对标准来衡量一切的功利主义，他主张高举理想大旗，同现实的虚伪及非人性进行斗争。"这种把探讨人性和主张自我尊严当作文学的基调的文艺观点，正是近代文学的核心。它是由透谷在日本首先提倡的。"①

1893 年北村透谷与一众文学青年创办了《文学界》杂志，该杂志派生自基督教刊物《女学杂志》，基督教文学表现求道者灵肉分离的自省与忏悔，而且发掘精神世界和主体价值是其主要文学主题和鲜明的特色。

《文学界》同人有北村透谷、岛崎藤村、星野天知等人，樋口一叶、柳田国男等人也为杂志撰稿。《文学界》的青年们同陈旧的封建思想、显身扬名主义、自私自利主义进行了尖锐的斗争，猛烈地控诉了黑暗的社会现实，他们倾注全部热情探讨真正的文学的意义和目的：非游戏的、非实用的、尊重人性、确立自我。

北村透谷 1893 年又发表了浪漫主义文学评论《内部生命论》(1893)。《内部生命论》是北村透谷的代表作之一，可惜未能完成。作者用高昂的语调提出了生命观和文学观。作者把内在的生命存在与否看做判断一切的价值标准，主张最重要的是自我的尊严。关于文艺，作者主张打破贵族的思想，振兴平民的思想，平民的思想才是人的精神，才是内在生命的体现，平民思想得到尊重才能够实现自我的尊严。

作为浪漫主义文学第一任文化旗手，北村透谷对《文学界》乃至同时代青年影响深远，其理论起到了指导浪漫主义文学创作的作用。如第二任浪漫主义旗手岛崎藤村的诗歌中便跃动着北村透谷的影子。

二、日本浪漫主义的特色

西方浪漫主义文学取材范围广泛自由，可以超越时空；人物形象多姿多彩，重视美丑对照；自由抒发感情，想象力丰富，将无拘无束的想象力视为

---

① 中村新太郎著，卞立强等译. 日本近代文学史话 [M]. 北京大学出版社，1986:30.

人的自由的显著标志。浪漫主义文学充满憧憬、想象、热情、异国情调，也可以表现为忧郁、幻灭。

日本的浪漫主义是从封建社会向近代市民社会转换的大背景下产生的，其特色为确立自我，丰富自我，急切追求思想自由、感情自由。这与接受西欧文化和基督教思想关系紧密，表现为反抗前近代的儒教伦理或者封建习俗，同时也表现为站在日本传统美意识立场抵抗西欧的合理思想、功利主义，日本的浪漫主义就是在这两种动向的矛盾之中孕育出来的。

但是日本浪漫主义始终面临着重重阻碍，不如欧洲浪漫主义那般声势浩大。明治维新的不彻底性造成了封建思想的长期残留，极大地阻碍了追求自由主义和个人主义的步伐，也造成了浪漫主义的软弱性和妥协性。浪漫主义没有形成一个观点明确、前后一致、系统而又有说服力的文学理论体系。作家的创作主张也具有不确定性。

第二节　代表作家的作品

由于日本人在语言思维上具有天生的艺术性，虽然缺乏系统的理论指导，却出现了很多浪漫主义小说作品。其中最具代表性的有浪漫先驱森鸥外的留德三部曲，有兼跨拟古典主义与浪漫主义的女性大家樋口一叶的小说，有砚友社出身并创作过观念小说的泉镜花所创作的神秘浪漫主义小说。

一、森鸥外的小说

森鸥外（1862—1922），1890—1891年发表雅文体留德三部曲《舞姬》（1890）、《泡沫记》和《信使》，表现了因恋爱夭折所引发的悲情与无奈，为明治社会引入了浪漫主义。其中《舞姬》与《浮云》并为日本近代文学的先驱之作。

森鸥外以自己的留德体验为素材，将欧洲文学的文理脉络与日本传统文学的雅文体融合为一体，创作了完成度非常高的近代作品《舞姬》。《舞姬》开篇写道：

石炭をば早や積み果てつ。中等室の卓のほとりはいと静にて、熾熱灯の光の晴れがましき

も徒なり。今宵は夜ごとにここに集ひ来る骨牌仲間も「ホテル」に宿りて、身に残れるは余一人のみなれば。（青空文庫）

　　煤炭早已装船完毕。中等舱的桌边安静得出奇，白炽灯的灿烂光华，徒然地照耀着。因为夜夜聚来打牌的牌友们，今晚都住进了酒店，船上只留我一人。

　　雅文体即文言体，并非韵文语体，但是读起来天然具有一种七拍和五拍交错的韵律感，朗朗上口，充满了汉诗文的典雅感。以忧郁而华美的语言讲述西洋故事，这种东西合璧的形式与内容，令当时的文学青年大开眼界，受其影响也走上了浪漫主义的文学道路。《舞姬》是一部可以与《浮云》相提并论的近现代杰作，开浪漫主义之先河，但是作者使用的仍是雅文体，表明日本文学作品的文体还处在摸索阶段。

　　接下来小说讲述了主人公丰太郎留学德国期间，偶遇社会底层出身的舞女爱丽丝，由怜生爱，逆境中互相扶持，但是最后丰太郎选择仕途而放弃了爱情，背叛了怀孕的情人，爱丽丝因此癫狂发病。丰太郎在抛弃情人的同时也毁弃了他的个人价值，成为归降于传统的可怜虫。

　　通过这部小说，作者深刻批判了人性的自私丑恶。较之《浮云》，《舞姬》在个性解放的路上走得稍远，但是丰太郎为官弃爱的结局表明了个性解放的艰难曲折，也表明了《舞姬》作为近代文学所具有的妥协性。

二、樋口一叶的小说

　　樋口一叶 1872 年出生，1896 年 24 岁因肺结核英年早逝。她的身份是小说家、歌人，但因其歌人身份远远不如小说家出名而经常被忽略。因为被其家人"女人不需要学问"[①]的旧思想束缚，小学未能毕业便被迫辍学，一切学识只能靠进入男人垄断的图书馆自学。

　　樋口一叶 1886 年开始学习和歌创作，1893 年开始与《文学界》的同人们，如坪田秃木、马场孤蝶、户川秋骨、上田敏等人交往，1894 年开始在《文学界》上发表作品，到 1896 年去世，1 年多时间内完成了多部传世经典。她的小说总共约 20 篇，后期的数篇以古风雅文体写就，具有无与伦比的典雅浪漫之美，至今为广大读者所喜爱。

　　樋口一叶的作品大致可分为前后两期。前期（1892—1894）受益于和歌、

---

① 中村新太郎著，卞立强等译. 日本近代文学史话[M]. 北京大学出版社，1986:33.

歌学素养和拟古典主义作家如幸田露伴的影响，创作倾向拟古典主义，从古典中汲取营养，运用王朝风格文体，带有很强的传统性，个性表现并不突出。此期的作品有《暗樱》（1892）。

后期（1894—1896）受到《文学界》青年们尊重自我个性、追求精神解放的浪漫主义创作理念的刺激，发现了更为广阔的文学世界。生活的困苦与现实的压迫遏制不了樋口一叶乡愁式的感伤与热情，她开始追求超越世俗感觉的美的本体，在文学世界里获得了精神的超脱。樋口一叶打通古今，表现筒井筒式（曾经绕着井栏玩耍、青梅竹马的男女之间高雅的恋爱故事类型）的古典美学世界，以恋爱情节为手段实现形而上学的宇宙之美。简单来说，此期为古典、写实、浪漫的风格，追求以现世的语言表达现世的风貌，从自身扩展到社会的现实世界。

代表作有《行云》（1895）、《青梅竹马》（1895—1896）、《浊流》（1895）、《十三夜》（1895）、《分道扬镳》（1896）等等。这些作品基本以雅俗折衷体写就，写出了日本明治初期女性的苦闷、忧郁以及女性主体意识的觉醒，融贯东西的浪漫主义叙事，成为后人模仿的典范。《青梅竹马》开篇写道：

廻れば大門の見返り柳いと長けれど、お歯ぐろ溝に灯火うつる三階の騒ぎも手に取る如く、明けくれなしの車の行来にはかり知られぬ全盛をうらなひて、大音寺前と名は仏くさけれど、さりとは陽気の町と住みたる人の申き、三嶋神社の角をまがりてよりこれぞと見ゆる大厦もなく、かたぶく軒端の十軒長屋二十軒長や、商ひはかつふつ利かぬ処とて半さしたる雨戸の外に、あやしき形に紙を切りなして、胡粉ぬりくり彩色のある田楽みるやう、裏にはりたる串のさまもをかし、一軒ならず二軒ならず、朝日に干して夕日にしまふ手当ことごとしく、一家内これにかかりてそれは何ぞと問ふに、知らずや霜月酉の日例の神社に欲深様のかつぎ給これぞ熊手の下ごしらへといふ……（青空文庫）

绕过大门外的那株挽客柳，便是长长的吉原花街。名为黑齿的水沟倒映着灯火，三楼的胡闹声近似触手可及。不分量夜往来不绝的车马，述说着这片城镇的无限荣昌。当地居民说：这里是大音寺前，虽说地名颇有佛门气息，其实却是个热闹所在哟。绕过三岛神社的墙角，便再也看不到豪宅府邸，尽是屋檐歪斜的十家或二十家共用的细长的房屋，是根本做不动生意的地方。半开的雨窗外，晾着酱烤彩豆腐串一样的东西，那东西用纸剪出古怪形状，涂满白粉，再贴上钎子，看起来蛮有趣味的。而且并非仅仅一两户人家，家家如此，一天不落地清早晾出，黄昏收回。如若前去打听这到底是在糊什么，便会有人反问道：你不知道吗？十一月酉日这一天，到那间神社去供奉贪心鬼的竹耙子……

樋口一叶的《青梅竹马》是近代文学史上不可多得的杰作、传世不朽的名文，不仅获得了森鸥外和幸田露伴等大家的赞赏，也长久地获得了读者的喜爱。作品以雅文体书写，从夏天的神社庙会前夕写到秋季的酉日市集之后。主人公群体是吉原附近大音寺前居住的思春期的少男少女们。他们懵懵懂懂中告别童年迎来青春，女主人公美登利将要被送去做妓女，龙华寺少年信如将要被送去做和尚，两人之间极致单纯的青梅竹马之恋，最终只能在无声告别中画上了休止符。

作中人物均有原型，是取材于现实社会的写实文学，可以说这是一篇明治时代下层民众生活的抒情诗，寄托了作者"早年丧父、为未婚夫背弃的哀伤"①。"樋口一叶的文体雅俗折衷，文笔古朴秀雅，深具女性（闺秀）小说的雅致情趣。她的作品又大多聚焦生活在时代与社会的夹缝中的明治底层社会的贫困女性，用女作家的纤细视角，描摹女性深微细腻的心绪，抒写情感破碎的哀怨，在感伤哀愁的浪漫主义风格之中渗透着作者对现实桎梏的深沉凝视和控诉，包含着深刻的批判意识。"②

《青梅竹马》等作品是近代短篇小说的先驱之作，其作品风格在写实的古典之中洋溢着《文学界》的浪漫色彩。樋口一叶是处于砚友社拟古典主义旧派文坛与《文学界》近代浪漫主义之间的女性作家，在男性垄断的近代文坛上第一次确立女性作家地位，是近代女性文学的先驱，在女性解放史上也意义重大。

三、泉镜花的小说

泉镜花出身于砚友社，以观念小说《夜行巡查》（1895）、《外科室》（1895）一跃而成为新进作家。泉镜花站在弱者的立场上，将问题的解决委之于空想或梦幻，走向了非现实的神秘与浪漫的世界。1896年，他以《照叶狂言》为界，从观念小说对社会不公敏锐批评的观念世界转向了清新叙情乃至梦幻浪漫的新世界。

非常著名的代表作有《高野圣僧》（1900）、《妇系图》（1907）、《歌行灯》（1910）等等。其中《高野圣僧》获得极高评价，堪与尾崎红叶的《金色夜叉》

---

① 中村新太郎著，卞立强等译. 日本近代文学史话 [M]. 北京大学出版社，1986:40.
② 张龙妹、曲莉. 日本文学 [M]. 高等教育出版社，2012:403.

并列，而泉镜花本人也因该作品获得了超越其师尾崎红叶的人气作家地位。

《高野圣僧》以言文一致体创作，通俗易懂。《高野圣僧》是中篇小说，1900年发表于《新小说》。泉镜花出生于石川县金泽，那里靠近白山，有许多传说。《高野圣僧》以深山幽谷的山姬传说为基础，构造了一个绝妙的讲故事的形式。

讲述者为来自高野山的云游僧人宗朝。一个雪夜，在敦贺的旅馆里，宗朝向偶然结伴而行的"我"讲述着他年轻时的奇遇。他从飞騨前往信州，翻越高山途中遭遇了不可思议的事情。和尚路上遇到了大蛇和水蛭森林，全身受伤。他向山中唯一的一户人家借住。美女主人带领和尚到溪水里洗澡，她把赤条条的身体紧紧贴在和尚伤痕累累的后背上。和尚感受到了疼痛消失的舒适和美女所具有的至高的优美，同时他也注意到有无数双动物的眼睛在窥视着甚至渴望着对美女胴体的拥抱。

第二天下山，和尚从美女的家仆口里获知，美女拥有碰触一下就会治好病人的魔力，但是她治不好丈夫的白痴；溪水同样有魔力，她泡一下便会恢复美丽的样子，而对她抱有邪念的人，被她泼上溪水后便会变成猴子、蝙蝠、青蛙或者马匹等等动物，和尚的旅伴就是被变成马匹卖掉的；她对丈夫温柔体贴不离不弃，却十分好色，尤其爱诱惑年轻人，玩腻后便将其变成动物。

故事情节荒诞，但泉镜花的语言艺术已达到炉火纯青的地步，他用精炼优美的词句来描绘皎洁明月下的溪流和瀑布，阴森恐怖的小茅屋，神秘的美女和鸟兽，创造出一种迷离扑朔的环境气氛，读起来既离奇又逼真。

第十八章 • 自然主义小说

日本的自然主义小说，主要受到法国左拉的自然主义文学理论的影响，把人看作是根据"遗传""环境""时代"三个条件行动的"生物"。文学家们采取科学家那种追求彻底的现实的严格态度对人类社会进行观察和实验，解剖人的动物性和社会生活的阴暗面。因此，自然主义小说可以说是科学的社会小说，是写实主义文学的必然深化。

"自然主义文学一方面排斥对现实生活进行风俗式技巧性概括创造的砚友社派写实文学，另一方面也不赞同浪漫主义的夸张、抒情等主观因素，他们提出按照事物本来面目，即'自然'的样态进行客观描摹的主张，这标志着小说观念本身的一次重大转变。"①自然主义文学创作与理论研究两方面都达到兴盛高产，在自然主义文学的推动下，言文一致体运动得以达成，近代文学制度也得以确立。

第一节　自然主义的发展与影响

进入 20 世纪，日本浪漫系统的憧憬与理想几近破灭，只有写实系统的真实因其真理性而获得存续的力量，自然主义追寻的便是这种真实。在日本高压社会中，科学实证主义的求真，令文学得以发展壮大。自然主义文学的发展壮大使得近代文学制度得以确立，言文一致体成为通行认知，汲取了自然主义文学源流的私小说得到确立并发展成为文学正统。

---

① 张龙妹、曲莉. 日本文学 [M]. 高等教育出版社，2012:427.

一、自然主义的发展

前期自然主义始于1900年，文学作品还只是对左拉的自然主义做肤浅的解释与表层的模仿。小杉天外是引入左拉的理论而主张新写实小说的第一人，他1900年发表的《新妆》（1900）是日本最早的自然主义作品。此后，小杉天外在《流行歌》（1901）中主张"艺术要等同于自然"[①]；永井荷风在《地狱之花》（1902）中主张"对人的天性中所附着的丑恶阴暗的劣根性的一面进行暴露与揭示"[②]；田山花袋的理论《露骨的描写》（1904）主张不要理想、排除技巧、平面描写的革新理论，为自然主义文学的作者指明了创作方法。所谓的露骨的描写，就是指"对'自然的事实'不加任何遮掩地、不施弄任何修饰地、如实地按其本来的面目进行描写"[③]。田山花袋确立了日本自然主义文学描写方法的基本态度。

1905年，自然主义形成了大潮。日俄战争后，日本的胜利令劳资矛盾更加突出，人们为了获取更多的自由与尊重，不顾政府的弹压，继续斗争。斗争形势给了自然主义作家以勇气，他们决心以文学作品为武器，来争取自我的尊严。战胜的现实呼唤国民文学的建立，这种文学需要立足于国民性和国民觉醒，特别要扎根于日本的现实。

1906年开始，评论与创作均呈现高产状态。评论方面，岛村抱月、长谷川天溪、片上伸、相马御风等理论家，围绕自然主义的理论性基础、实践和艺术问题、描写论、创作批评等等议题展开了活泼的讨论。这些人的自然主义思想具有强烈的自我意识，他们的主人公要抗争的直接对象便是"家长制"，却不得不接受家庭的束缚。

田山花袋、岛崎藤村、德田秋声、正宗白鸟、岩野泡鸣等人积极参与小说与评论两个领域的创作，表现活跃。创作方面主要收获如下多篇杰作：岛崎藤村的《破戒》（1906）、《春》（1908）、《家》（1911），田山花袋的《蒲团》（1907）、《生》（1908）、《乡村教师》（1909），德田秋声的《足迹》（1910）、《霉菌》（1912），岩野泡鸣的《耽溺》（1909）、《放浪》（1910），正宗白鸟的《去何处》（1908）、《微光》（1910）。

① 张龙妹、曲莉. 日本文学 [M]. 高等教育出版社，2012:428.
② 张龙妹、曲莉. 日本文学 [M]. 高等教育出版社，2012:428.
③ 张龙妹、曲莉. 日本文学 [M]. 高等教育出版社，2012:428.

由于日本资产阶级革命的封建残余性，自然主义未能沿着岛崎藤村的《破戒》之路走向现实主义，而是沿着《蒲团》走向了赤裸裸的自我暴露的私小说之路。《蒲团》是具有划时代意义的作品。此后，田山花袋更是直接以身边的故事为题材，创作了《生》（1908）、《妻》（1908—1909）、《缘》（1910）三部曲，并提出了"平面描写"概念，即作者排除一切主观因素，不深入事物的本质，也不进行任何评价，只是平面、如实地描写自己的所见所闻。平面描写理论为日本私小说的形成奠定了理论基础。

二、近代文学制度的确立

以《破戒》和《蒲团》两部作品的发表为标志，自然主义文学得到确立，即确立了文学观、方法论、文体形式、艺术思想等等衡量是否为自然主义文学的重要要素。自然主义作家立足于近代个人主义立场，对自我的人性进行彻底而真实的描写，强调表现自我意识的觉醒。在艺术处理中以口语文体而非雅文体书写，放弃功利性和意义上的美化态度，认为事物的真实本身就是美的，不需美化，美的观念发生了根本变化。

自然主义作家对真实的个体人生作彻底的观察，避免观察时所持有的超越现实的主观热情呈现到作品世界中去，坚持无理想、无解决、无技巧的态度。从平凡的生活中看到人生意义，把肉体、生理的阴暗一面当作自然而予以重视，严肃对待性问题，对抗旧的性道德。站在个人主义立场上直面封建家族制度对个人的窒息、束缚，注目于人们内心与家的冲突，结合性道德探求近代自我尊严的伦理基础。

如上所述，这两部作品赋予前期以来的自然主义以真正的自然主义要素，自然主义文学得以确立。同时，自然主义文学驱逐了过度性近代文学中的旧文学观，确立了近代文学写"人"并追求自我尊严与自由的立场，确立了言文一致的口语文体形式，确立了自然主义告白手法，赋予了明治开化以来的日本文学以真正的近代性。换言之，日本近代文学也同时得以确立。

自然主义文学之后，言文一致体与告白形成了近代文学的制度。到了大正初年，文艺界出现了举目尽是自然主义作品的盛况，甚至产生了只有自然主义才是文艺的认知，不依此创作的作家会遭到批评，如夏目漱石，其作品因为缺少自然主义类型的告白而遭到当时批评家的质疑。

三、私小说的确立

自然主义在明治40年代迅速席卷文坛，影响波及与文学艺术相关的所有领域。自然主义文学抱持彻底的旁观态度，仅仅暴露现实的悲哀而不予解决，令其难以持续繁盛。而且，自然主义的大目标，是对传统道德、文艺形式的反抗和破坏，破坏之后随之而来的应该是建设，尽管如此，评论家们缺乏应有的思想准备，再无指导前行的新意，1910年后开始退潮。但是小说创作仍有大量优秀的作品问世，如田山花袋的《时光流逝》（1916）、《一个小兵的枪杀》（1917），岛崎藤村的《新生》（1918—1919），岩野泡鸣的五部曲（1910—1918），正宗白鸟的《牛棚的气息》（1916）等。

《奇迹》（1912—1913）杂志周边的自然主义继承者们，对明治自然主义的方法进行了若干修正，开辟了心境小说的新文学样式。1912年，新生代私小说家们创刊了《奇迹》杂志，对明治时期的自然主义进行了扬弃，不再拘泥于日常现实生活的平直枯燥的描写，主张进入心理真实的描写。代表作家有葛西善藏、广津和郎、谷崎精二等人。其中，葛西善藏是完成了心境小说的人。

葛西善藏1912年在《奇迹》创刊号上发表了短篇小说《哀伤的父亲》（1912）。葛西善藏在《哀伤的父亲》中描写了一个穷困潦倒的中年诗人，抛妻弃子，过着辛酸压抑的生活，对人物内心进行了细致入微的刻画，成为心境小说的代表作。葛西善藏自身惨淡的生活经历，被其真实而率直地写入作品之中，其毫无虚伪的情感描述具有不可抵抗的动人性。以生活的悲苦作为艺术源泉不具备可持续性，最终导致了作家私生活的幻灭和作家的死亡。

日本自然主义小说往往仅以自己的身边琐事为对象，由此派生出了以作家私生活断片为题材的小说。这些从作者身边取材，叙述生活经历、披露所经验的心境的作品，往往称之为"私小说"或"心境小说"。田山花袋的《蒲团》是近代私小说的源头。

反自然主义的《白桦》派作家以"自我"为中心吐露真情的作品群，成为私小说的另一个源头。其实，日本古典文学史上一直推崇物哀与幽玄，日记、随笔等文学具有表现作家个人烦恼、绝望和暗淡的忧伤的私小说要素，这些要素在近代文学中苏醒并融入近代私小说。悠久的历史传统使得私小说具有了文学的正统性。

私小说在大正后半期频出，大正以后成为纯文学的核心。私小说与以虚构为主轴的客观小说不同，即便使用第三人称，主人公也是以作者为原型的，书写作者身边的日常琐事，或书写作者的心境。私小说往往分为自然主义系列和白桦派系列私小说，或者分为破灭型和调和型私小说。自然主义系列私小说往往表现为破灭型，倾向揭露自我阴私；白桦派系列私小说往往表现为调和型，以完善自我为目标。

许多作家都写过私小说，即便对其退避三舍的作家也写过一两部私小说。从田山花袋、近松秋江到葛西善藏、嘉村礒多、川崎长太郎，或者从武者小路实笃、志贺直哉到泷井孝作、上林晓、尾崎一雄、外村繁，从这两众作家的作品之中，可以显著发现其赤裸裸的个人意识和澄明无遮的心境。

第二节 《破戒》与《蒲团》的特色

一、《破戒》的特色

岛崎藤村（1872—1943）的文学生涯首先从《文学界》诗人开始。参与并继承了北村透谷的浪漫主义，但是由于社会和个人的双重因素，他的浪漫主义放弃了北村透谷的理想世界而偏重现实，注重现实的浪漫主义终究会将其导向小说创作；他意识到浪漫青春也已经一去不返，而人生中许多现实的需要是诗歌无法表达的，主要基于这点原因，其创作终于转向散文。1906 年，岛崎藤村创作了描写个人觉醒与社会矛盾的自然主义代表作《破戒》，这部作品基本确立了自然主义文学。

1.《破戒》描写个人与社会的冲突

《破戒》是长篇小说，1906 年由作者自费出版。以言文一致体写就，描写环境的语句简洁生动又不乏浪漫特色。开篇写道：

蓮華寺では下宿を兼ねた。瀬川丑松が急に転宿を思い立って、借りることにした部屋というのは、その蔵裏つづきにある二階の角のところ。寺は信州下水内郡飯山町二十何か寺の一つ、真宗に付属する古刹で、ちょうどその二階の窓によりかかってながめると、銀杏の大木をへだてて飯山の町の一部分も見える。さすが信州第一の仏教の地、古代を目の前に見るような小都会、奇異な北国ふうの屋造り、板ぶきの屋根、または冬期の雪よけとして使用する特別の軒庇から、ところどころに高くあらわれた寺院と樹木のこずえまで一すべて古めかしい町の光景が香のけぶりの中に包まれて見える。ただひときわ目立ってこの窓から望まれるものと言えば、現に丑松が奉職しているその小学校の白く塗った建物であった。(青空文庫)

莲华寺兼营寄宿。濑川丑松忽然决定搬来这里，并租下二楼与厢房相连的拐角处的房间。这寺院是附属于真宗的古刹，是信州下水内郡饭山镇二十多座寺院中的一座。站在二楼倚窗远眺，隔着高大的银杏树，可见饭山镇的一角。不愧为信州第一佛教圣地，小城风貌令人恍若回到古代。从房屋是奇特的北方样式、木板铺成的房顶、别致的冬季防雪庇檐，到随处可见的高耸的寺院和大树的树梢，所有这一切，都一派古色古香的市镇景象，都笼罩在香烟萦绕之中。不过最显眼的，透过这窗子能够望到的，要算丑松现在供职的那所小学的白色建筑物了。

小说中濑川丑松出生于被称为"秽多"的遭受歧视的部落，父亲给他定了一个戒条：为了在社会上正常地生活下去，绝对不能泄露自己的秽多身份。丑在松师范学校毕业后来到信州的小学当教师。现实告诉他，如果被人知道了自己的真实身份，便会面临被社会抛弃、失业的危险，而他又没有改变这种不合理现实的能力。莲华寺住持的养女志保的爱情，在师范学校结识的好友银之助的友谊，都不能减少他不得不隐瞒身份的痛苦。

前辈猪子莲太郎同为部落民出身，却著书立说，勇敢无畏地宣称"我是一个秽多"，与社会上不该存在的歧视进行着坚决的斗争，并致力于议员选举，希冀通过政治渠道改变不合理的现状。父亲的戒条和莲太郎的斗争令丑松动摇不已。动摇不定之际，莲太郎被卑鄙无耻的政敌暗杀而离世，丑松内心的天平倾向莲太郎，以此为契机，在教室里毅然向学生们告白了自己的身份。随后丑松告别了爱情和友谊，离开日本前往美国，追求新的生活。

2.《破戒》对内心世界的刻画

"《破戒》涉及部落民歧视以及近代的自我觉醒、个性解放等问题，是一部带有社会小说倾向的自然主义问题小说。"[①]小说取材于实地调查研究，丑松有其人物原型，部落民问题也是真实存在于日本社会的。小说中的"秽多"们遭受歧视的现状，即便到了 21 世纪的现在，也没有彻底解决。可以说，这是一部伟大的自然主义作品，描写出社会的阴湿特质，表达了对歧视的抗议。

这部作品引起了社会各界的巨大反响，确立了岛崎藤村的作家地位，也成为日本自然主义文学的标志性出发点。岛崎藤村从卢梭的《忏悔录》学到了在坦白真实情况中谋求自我生存的方法，丑松的自白中，无疑也包含着

---

① 张龙妹、曲莉. 日本文学 [M]. 高等教育出版社，2012:431.

作者本人的自我坦白，表达了岛崎藤村从家族制度的压抑中解放出来的内在欲求。

在描绘人物内心世界方面，《破戒》获得了巨大成功。作品通过濑川丑松自我的觉醒与社会歧视贱民部落的现实之间的冲突，来描写人物内心世界，这种情节设定必然涉及社会问题，存在着将日本自然主义导向描写社会黑暗的可能性。近世文学中描写的都是个人领域的冲突本身，不涉及社会、历史、文化等等存在。正因为描写了个人的内心世界和社会问题之间的冲突，《破戒》开拓了近代文学的新领域。

当然，该小说也存在着诸多缺点，如对个人内心世界的描写局限在纠结个人出身方面，显得过于单薄；对于社会问题，即丑松和上司的对立，也写得半途而废。再如，丑松不能继承莲太郎的斗争事业为部落民争取自由，一走了之，体现了自然主义作品无理想（无超越现实的理想）、无解决（不提出现实问题的解决方案）的特点，同时也表明作者本人的软弱妥协。再如丑松向学生坦白身份时采取的是谢罪的态度，表明作者内心残留着封建因素，潜意识里无法对封建积习进行明确的批判，因而无法让丑松代表自己站起来。这些问题与其说是藤村个人的问题，倒不如说是近代小说尚未成熟的表现。

二、《蒲团》的特色

浪漫诗人岛崎藤村的小说《破戒》的巨大成功，刺激了砚友社系统的浪漫诗人田山花袋的技痒，于是发挥其才气，写出了伟大杰作《蒲团》，将日本自然主义文学从处理个人与社会矛盾冲突引向了个人阴私的告白，为后来私小说的诞生奠定了基础。

1.《蒲团》的欲望告白

1907 年田山花袋在《新小说》上发表了中篇小说《蒲团》，决定性地确立了自然主义文学。小说开篇写道：

　　小石川の切支丹坂から極楽水に出る道のだらだら坂を下りようとしてかれは考えた。「これで自分と彼女との関係は一段落を告げた。三十六にもなって、子供も三人あって、あんなことを考えたかと思うと、ばかばかしくなる。けれど……けれど……本当にこれが事実だろうか。あれだけの愛情を自身に注いだのは単に愛情としてのみで、恋ではなかったろうか。」

　　数多い感情ずくめの手紙——二人の関係はどうしても尋常ではなかった。妻があり、子があり、世間があり、師弟の関係があればこそあえてはげしい恋に落ちなかったが、語り合う胸

のとどろき、相見る目の光、その底には確かにすさまじい暴風が潜んでいたのである。機会に遭遇しさえすれば、その底の底の暴風はたちまち勢いを得て、妻子も世間も道徳も師弟の関係も一挙にして破れてしまうであろうと思われた。少なくとも男はそう信じていた。それであるのに、二三日来のこの出来事、これから考えると、女は確かにその感情を偽り売ったのだ。自分を欺いたのだと男は幾度も思った。けれど文学者だけに、この男は自ら自分の心理を客観するだけの余裕をもっていた。年若い女の心理は容易に判断し得られるものではない、かの温かいうれしい愛情は、単に女性特有の自然の発展で、美しく見えた目の表情も、やさしく感じられた態度もすべて無意識で、無意味で、自然の花が見る人に一種の慰藉を与えたようなものかもしれない……（青空文庫）

　　他原本打算沿着从小石川的切支丹坂到极乐水的缓坡小路走下来，边走边想："到如今，自己和她的关系终于告一段落了。年满三十六，孩子生了三个，竟然还在想入非非，真是岂有此理。但是……但是……真的是这样吗？那样丰沛地倾注于我的感情，难道仅仅是爱，而非爱情吗？"

　　那大量的尽是倾诉情感的通信——两人关系怎么讲都非比寻常。正因有妻子、有孩子、有社会舆论、有师生关系，两人才没有堕入猛烈的爱河。然而交谈时胸内的轰鸣，相视时热切的目光，确实地往二人心底潜藏了狂烈的暴风。一旦机会成熟，那暴风必将瞬间得势，摧毁家庭、亲友、道德、师生等一切关系，至少他相信会如此。然而虑及这两三天来的变故，女子确实售卖了虚假的感情。男人屡次想到她欺骗了自己。作为作家，相应地持有旁观自己心理的余裕。但是年轻女子的心理却是根本捉摸不透的，也许那种令人温馨欢愉的爱，仅仅是女性特有的自然品质，美丽的眼神、温柔的态度，一切都如无意识、无意义、自然中的花朵一样，令观者好像获得一种慰藉一般。

　　《蒲团》讲述了中年文学家竹中时雄（原型是田山花袋）因杂志社的工作和婚姻生活而常觉倦怠。教会学校神户女学院的学生横川芳子（原型是美知代，在田山花袋多部作品中出现），在父亲的带领下前来拜访，她因仰慕竹中先生的浪漫诗才而请求入门为徒。竹中被芳子的美貌和才学所吸引，产生了爱欲冲动，碍于师道尊严和家庭道德，难以启齿，唯有隐忍。

　　竹中的生活因为芳子的到来而充满阳光，他对芳子倍加呵护，希冀将其培养成优秀的近代女性。但是芳子男性朋友较多，还经常彻夜不归，令竹中常常不快。后来芳子遇到了一个真心相爱的男朋友。竹中对其男友因嫉妒而生恨，便利用师长身份棒打鸳鸯，通知芳子父亲来将其领回乡下，断绝了这对年轻恋人的往来。芳子回乡后，竹中抱着她睡过的蒲团（即棉被），一边嗅着令人怀念的女人气息，一边因为性欲、悲哀和绝望而痛哭流涕。

　　《蒲团》以言文一致体写就。因是浪漫的诗人创作的自然主义作品，字里行间洋溢着诗歌的韵律和氛围。由于该作品的极大成功，从此文章的口语体形式固定下来。《蒲团》采用假名草子中忏悔小说的风格，现任某家书籍公司地理书籍类编辑的竹中回想起 3 年前的事情，但是与假名草子不同的是，主人公并没有忏悔。

对工作没有热情、对日常家庭生活产生倦怠的中年男子想谈一段新的恋爱时，心仪的女子正好出现，欲望的波动，其实是一种日常生活。此前的物语文学所描写的都非日常生活。芳子离去后，竹中捧着被褥埋头哭泣，伤感中掺杂着色情的成分。实际上，竹中对芳子的感情，竹中自己都没有理解为爱情，只是理解为"性欲"。

"性欲"作为任何普通人都有的本性，令竹中的欲望具有了共性。作品告白了某个人丑陋卑微的内心，其实也是对所有同类男人内心世界的揭露。忏悔作品本意是通过告白救赎心灵，而《蒲团》，虽然告白却并没有救赎。此前的物语文学，主人公都是英雄，《破戒》的主人公也是英雄，他敢于突破父亲的戒条，告白自己的贱民身份。《蒲团》的主人公却不是这种英雄，只能以悲局结尾。这样的主人公却能引起广泛的共鸣，体现了近代对个人欲望、尊严、能力、禀赋等等构成自我的诸多方面的关注。

2.《蒲团》的自我与真实

评论家岛村抱月评价"这是一篇充满肉欲的人、赤裸裸的人的大胆的忏悔"[1]。"中村光夫认为'《棉被》在田山花袋的作品中算不上杰作，但是从文学史意义上看却非常重要'。确实，小说《棉被》缺乏深刻的思想，也不具有任何社会意义，却成为后来日本文坛专写个人生活、进行自我暴露的'私小说'的滥觞。"[2]

《破戒》为日本自然主义开辟了广阔的社会视野，但是《蒲团》超越了《破戒》，掩盖了社会视野，以至于人们认为自然小说就该这样不做任何评判地如实描写作者实际经历的私生活。但是比起岛崎藤村描写的个人内心与社会纠葛的主题，田山花袋描写主人公内心隐密的欲望纠葛的主题显然更受欢迎。《蒲团》规定了日本自然主义的方向，也开辟了写作拘泥事实、范围狭小、内容枯燥的私小说道路。

作者排除矫饰的文体、技巧的虚构性、歪曲人生真谛的东西，形成了以

---

① 高洁、高丽霞. 日本文学概论近现代篇 [M]. 上海外语教育出版社，2022:38.
② 高洁、高丽霞. 日本文学概论近现代篇 [M]. 上海外语教育出版社，2022:38.

仅仅忠实于个体经验的狭隘趣味的经验主义为中心的倾向。从此，日本自然主义仅以狭窄的日常经验为真实，缺乏欧式科学实证；作家疏离于社会或时代的自我，成为作品的绝对主人公；无所谓技巧而流于无理想、无解决的描写；一味暴露人生的黑暗与世间的丑恶，呈现浅薄的虚无，乃至绝望。

"始作俑者"正是《蒲团》。尽管有这些扭曲现象，其能置身于现实的立场，探究人性，批判保守的习俗，试图确立自我的近代志向，应该受到高度的评价。这是对封建性传统、形式道德的破坏，也是对自己的内面和现实的真实审视、个性的解放和近代个人主义的确立。

作为余论，将《蒲团》与《舞姬》相比较，可以发现，两部作品都将目光投射在主人公即作者的自我身上。自我可分为"真实"和"超越真实的理想"两部分，浪漫主义的森鸥外聚焦的是自我的"超越真实的理想"，自然主义的田山花袋聚焦的是自我的"真实"。从这一点上来说，自然主义的出发点是浪漫主义，只是将其焦点从"理想"挪移到了"真实"。这种特点在岛崎藤村本人身上也有所体现，当岛崎藤村将北村透谷的浪漫主义中的"理想"置换为"现实"时，便已将自己导向了自然主义。换言之，自然主义作家岛崎藤村产生自浪漫主义诗人岛崎藤村。

但是上述观点并不否定"自然主义是写实主义的必然的、彻底的深化"的论断，反倒是对其补充，即"自然主义同时吸收了浪漫主义的自我要素"。

第十九章 • 反自然主义文学

　　自然主义文学为近代文学的确立作出了巨大贡献，但是很快便陷入了困境，因为自然主义文学所描写的世界是毫无希望的，人生充满了阴暗潮湿，人物都成了在无望世界中蠕动的无药可救的兽类一样的存在。于是便涌现出各种反自然主义的流派，他们努力克服自然主义的缺陷。

　　反自然主义的各个流派的文学，并非绝对排斥自然主义，而是都从不同方面不同程度地吸收了自然主义的要素。性爱往往能够集中体现人物个性的独立、尊严及其价值，是文学永恒的话题。以《蒲团》为代表的自然主义文学中，性爱是一种难以逾越而又欲罢不能的心理扭曲的病态之爱，表现的是自我的消极性侧面。而以《刺青》为代表的耽美派文学，与自然主义文学一样热衷于描写肉体与官能，热衷于描写近乎变态的爱情。耽美派文学聚焦于性欲、官能的积极性侧面，由恶中发现美。

　　以《在城崎》为代表的白桦派文学吸收了自然主义自我告白的表现模式，从世界观上克服了自然主义的局限性和耽美派的颓废倾向。以《鼻》为代表的新思潮派文学则进一步克服了自然主义的丑恶之真，耽美派的颓废之美和白桦派的虚伪之善。而明治两大文豪的创作跨明治大正两个时代，保持着理智伦理和超然态度，按照各自的步伐，在各自的领域坚持着独自的文学尝试，在近代文学史上发挥了巨大的作用。

第一节　耽美派小说

浪漫主义发展到 1908 年后，变质为注重异国情趣和颓废情绪，这种倾向被称为耽美派或新浪漫主义。

一、耽美派代表作家

耽美派第一人是永井荷风，接班人是后来成为耽美派大家的谷崎润一郎。谷崎润一郎的代表作品，如《疯癫老人日记》（1961—1962）、《春琴抄》（1933）、《细雪》（1943—1948）等等，都体现了对官能美的侧重。这种倾向从其处女作《刺青》（1910）中便已经显露出来。

《刺青》将故事发生的时代设定为中世时期，年轻的刺青师清吉在美女背上刺出毒蜘蛛图案，而令美女转变成为自信的王者。故事娓娓道来的是高贵道德名义之下的对官能美的追求，其文字确实具有不一般的魔力，读者很容易被谷崎润一郎文学的美所魅惑。

该作品以肉体为主题，描写了刺青所代表的色情、施虐、受虐的世界。"一切美的东西都是强者，一切丑的东西都是弱者"[1]，拥有极美肉体却不自信的女性，通过刺青手段，获得了强者的精神，并将以男性为养料来保持永远的美丽。肉体的美丑与拥有肉体的女人的社会身份和阶级无关，以刺青曲折表达的性爱关系赋予其肉体以价值。

这与近世的浮世草子有所关联，但是井原西鹤的《好色一代男》代表的好色物，从《源氏物语》的物哀物语形式中脱离出来，从肉体层面来理解"性"却"几乎没有具体的肉体描写"[2]，因为"平假名体"作品受到传统的约束，无法做到。近代文学制度的确立，近代自我的解放，给予谷崎润一郎以极大的自由，他通过否定身份和阶级，赋予肉体以价值，通过隐晦的性爱描写表明了近代价值观。

如《刺青》所示，谷崎润一郎为代表的耽美派看到性欲、官能的美的侧

---

① 古桥信孝著，徐凤、付秀梅译. 日本文学史 [M]. 南京大学出版社，2015:180.
② 古桥信孝著，徐凤、付秀梅译. 日本文学史 [M]. 南京大学出版社，2015:179.

面，可以说是将自然主义看到的自我的消极性彻底积极化的文学。毕竟，与由恶中发现丑相比，由恶中发现美是积极的。

谷崎润一郎此后在《麒麟》（1910）等作品中大量渗透了对女性肉体的跪拜与敬畏、对女性肉体"恶魔美"的刻画，于邪恶中展现妖娆的美，在肉体的施虐与受虐中体会变态的快感，但是这种变态的世界却充满了迷人的美感，诡异、光怪陆离、美轮美奂。

《恶魔》（1912）的女主人公照子同样也是妖女形象，承袭了《刺青》中以征服和玩弄男性为目的恶魔形象。作者认为，与"善"相比，"恶"与"美"更加一致，当然其"善"与"恶"问题，只是停留在对伦理世俗的认知和叛逆层面，并未上升到哲学高度。毕竟，在近代日本政府对文艺创作的高压控制之下，作家通过对世俗伦理的叛逆来追求近代自我的确立，也是无奈之举。

二、耽美派小说的特色

耽美派小说本为反自然主义而产生，但是其所关注的焦点却与自然主义高度重合，只不过是自然主义看到了肉体之丑恶，而耽美派却看到了肉体之魅力。耽美派的作家们对肉体官能不但没有厌恶感反而热衷于官能享乐的渲染，藉此表现人性的自然与个性生命意志的追求，强调人生的意义在美的享受和创造，追求官能上的陶醉。耽美派主张为了艺术而艺术，即艺术只以美为目的，是自律性的存在，不应该由其他任何目的给予规定。他们对抗自然主义而几乎与之同时并进，在都市新浪漫主义的旗帜下，展示了他们的反俗精神。

虽然永井荷风、谷崎润一郎、佐藤春夫等人的艺术修养深厚，但其追随者却流于肤浅通俗的享乐，色情趣味泛滥，耽美派文学渐渐引发批评家和其他作家的不满，其文坛主流地位也逐渐为白桦派所取代。当然，这并不意味着耽美派文学的终结，永井荷风等人的创作一直持续到战后。此外，在诗类方面，北原白秋、木下杢太郎代表了这种耽美主义倾向，他们也各自开创了一片新天地。然而，日本的新浪漫主义者未尝在根源上与基督教有过交锋的经验，所以容易陷于单纯的享乐主义，与法国的新浪漫主义者不尽相同。

第二节　白桦派小说

继耽美派登场的反自然主义文学是白桦派文学，从世界观层面上彻底克服了自然主义。白桦派以创刊于 1910 年的文艺杂志《白桦》（1910—1923）为中心的作家和美术家组成，是大正文学的代表流派。代表作家有武者小路实笃、志贺直哉、有岛武郎等。1914—1918 年间白桦运动全盛期，《白桦》杂志周边拥有几十家卫星杂志，响应者遍布全日本，并且波及海外。白桦派的中坚作家是志贺直哉，领军人物是武者小路实笃。

一、白桦派代表作家

武者小路实笃向往合理的生存方式，一战期间发表反战作品《一个青年的梦》（1916），1918 年创设"新村"乌托邦，大力倡导并亲自参与新村运动。代表作有五幕剧《他的妹妹》（1915），小说《友情》（1920）。武者小路实笃等大正的青年们，毕业于贵族学校——学习院，具有良好的教养，他们不仅从西方文化、文学中择取思想武器与文学技巧，而且将西方文化精神融汇于自己的生存方式与文学创作之中。他们尊重自己的肉体的自然，因此与封建性的"家"产生对立，大胆地宣示自我中心主义，做出了各具特色的尝试。

志贺直哉具有极强的个性，其所持有进步思想与现实之间的冲突表现为父子间的矛盾，而他活用了自己与父亲的冲突，完美表现出个人与社会的冲突，即"私"与"公"的冲突，并将其作为自己作品的主题。明治文学主张"公"的意识，与之相对，大正文学主张"私"的意识，大正文学的出发点便在自我的资质、感情、生理机能、肉体等等全体的实感的基础之上。大正文学的这种公私对立，在志贺直哉的人生和作品里得到了很好的体现。

青年时代为了理想而与父亲决裂，经历了生死考验后，志贺直哉开始与父亲和解，与世界和解。其代表作《大津顺吉》（1912）、《清兵卫与葫芦》（1913）对应着对父权发起进攻的时代，《在城崎》（1917）、《和解》（1917）、《暗夜行路》（1921—1937）对应着与父亲和解的时代。与父亲和解后，志贺直哉放弃了年轻时代的极端自我，悟到在东方泛神论意义上，与自然保持和

谐，张扬个性之余，也需要尊重他人的自我，从此开始对所有生命个体都抱
持宽容态度。志贺直哉寻求剧烈变革的混沌世界中，个人内心的"和谐"与外
部的"调和"。

志贺直哉一生不断寻求写作上的形式创新，形成了自己独特的文体和艺
术风格。他的作品多为心境小说，大多以自己为主人公，书写身边琐事，远
离社会。如小说《和解》描写自己和父亲由对立到和解的过程。作家风格叙事
简洁明快，描写细腻、生动形象、高度凝练、结构紧凑，情节起伏，因此被
美誉为"小说之神"。

有岛武郎是白桦派中异质性的存在。白桦派成员几乎都不参与社会变革，
而志向调和个人与自然、社会的矛盾，以无抵抗作为其文学的中心思想。唯
有有岛武郎探求美丽的精神乐园，将自己的大片农场无偿送给农民，创办共
生农园；为爱欲而创作，以与情人殉情的方式完结了爱的生涯。其实践无一
不是直面现实的和参与社会变革的，但是其阶级出身束缚了革命的实践，阶
级局限性最终毁坏了他的精神家园，这些令有岛武郎痛苦而自杀。其代表
作有《某个女人》（1911—1913）、《宣言》（1915）、《该隐的后裔》（1917）、
《爱是恣意劫夺的》（1920）等。

有岛武郎长篇小说《某个女人》以细腻的笔触刻画了主人公早月叶子的新
时代女性形象。她追求个性解放，但是在明治社会的政治和性压迫下，却一
步步滑向了精神和肉体的双面破灭。早月叶子以国木田独步的妻子佐佐城信
子为原型，并借鉴了安娜·卡列尼娜的人物形象，反映出作者所持有的托尔斯
泰人道主义情怀。小说集中表现了人物性格与环境之间的矛盾冲突，人物的
弱小与命运的崇高的强烈对比，塑造了有价值的个性毁灭给人看的悲剧。该
作品成为日本现实主义文学的一座里程碑式作品。

二、白桦派小说的特色

白桦派反对自然主义的无理想，主张恢复理想。他们坚持新理想主义，
为了实现理想而奋斗。对于自然、现实，总要基于一些理想观念来考量，施
以美的、伦理的调和之后再表现出来。白桦派主张人生至上，肯定人生，以
善为本，主张为人生的艺术。他们反对耽美派为艺术而艺术的人生虚无主义，

反对耽美派追求享乐、逃避人生的颓废享乐主义。白桦派强烈相信人的本质自由，尊重人的个性和自我肯定，主张人的价值是艺术的源泉。与夏目漱石的"则天去私"相反，其信条是"则天立私"。

白桦派由于其阶级局限性，看不到阻碍实现自我尊严的严酷现实，无条件相信自我解放的可能性。其人生至上主义割裂了人生与社会，其作品中洋溢的是未体验过社会艰辛的公子哥儿的一派天真的乐观色彩。

第三节　新思潮派小说

新思潮派是 19 世纪末至 20 世纪初，继白桦派之后，在日本兴起的又一重要的文学流派。通常指第三次和第四次复刊的《新思潮》（1914、1916）杂志的同人。代表作家有芥川龙之介、菊池宽、久米正雄等。他们反对自然主义表现丑陋之"真"的纯客观描写，反对耽美派表现颓废之"美"的新浪漫主义，反对白桦派表现虚妄之"善"的新理想主义。

一、新思潮派代表作家

新思潮派的作家有久米正雄、成濑正一、松冈让、土屋文明、山本有三等人。代表作家主要是芥川龙之介。"他集新理知派和新技巧派文学特征于一身，不论是在对人物人格心理的透彻展现，还是在叙事技巧的建构上，芥川龙之介的作品都可谓是具有划时代意义的"[①]。

芥川龙之介是夏目漱石的弟子，以《鼻》（1916）登上文坛。在此之前，他的作家之路并不平坦。芥川龙之介的处女作是《罗生门》（1915），因初恋女友身份低微遭到养父母的反对，失恋的痛苦让他深刻体会到父母之爱名义下人性的虚伪与自私。芥川龙之介从《今昔物语集》中选取《罗城门》创作了历史小说《罗生门》，刻画了经不住试炼的人性，表达了对人性自私的批判。不过遭到了久米正雄和松冈让等同人的一致贬抑，令他险些丧失创作的信心。芥川龙之介又创作了《鼻》，获得夏目漱石的激赏，以此为契机登上了文学的中心舞台。

---

① 张龙妹、曲莉. 日本文学 [M]. 高等教育出版社，2012:473.

《鼻》是以说话文学为题材创作的历史小说，取材自《今昔物语集》和
《宇治拾遗物语》中的长鼻僧人故事。《鼻》开篇写道：

　ぜんちないぐの鼻と云えば、池の尾で知らない者はない。長さは五六寸あって上唇の上か
ら顎の下まで下っている。形は元も先も同じように太い。云わば細長い腸詰のような物が、ぶ
らりと顔のまん中からぶら下っているのである。

　五十歳を越えた内供は、沙弥しゃみの昔から、内道場供奉の職に陞った今日まで、内心で
は始終この鼻を苦に病んで来た。勿論表面では、今でもさほど気にならないような顔をしてす
ましている。これは専念に当来の浄土を渇仰すべき僧侶の身で、鼻の心配をするのが悪いと思
ったからばかりではない。それよりむしろ、自分で鼻を気にしていると云う事を、人に知られ
るのが嫌だったからである。内供は日常の談話の中に、鼻と云う語が出て来るのを何よりも惧
ていた。（青空文庫）

　提到禅智内供的鼻子，池尾地方无人不知无人不晓。长度足有五六寸，从上唇的上边一直垂
到下颚的下边。形状从头到尾一般粗细，像香肠一样从脸正中垂落下来。

　内供已年过半百，从往昔的小沙弥升到如今的内道场供奉，他因这鼻子而烦恼的内心就没有
停歇过。当然，面色上他却总装作毫不在意。因为他知道，作为专心渴求往生净土的和尚，担心
鼻子的事情是不对的。不仅如此，更重要的是，他非常害怕别人发现他一直把鼻子放在心上的事
情。日常聊天的时候，他最怕的是出现"鼻子"这个词语。

接下来，小说以幽默诙谐的笔调写道，内供偷偷地想方设法将长鼻子变
短，却不能如愿。终于有一天弟子从中国和尚那里学到了治疗方法，立刻向
内供建议。内供压抑着立刻依方治疗的冲动，作出若无其事的姿态，拒绝了
弟子的建议。弟子深知内供的小心思，便不厌其烦地展开游说，内供则再三
地惺惺作态，毅然拒绝。若干回合后，内供装作受不了弟子聒噪，保持着不
情不愿的表情，开始接受治疗。鼻子终于变短，令内供又害羞又欣喜，掩饰
不住笑容。

不过，没有开心多久，周围人的异样令内供郁闷起来。内供发现人们不
仅没有接纳他的短鼻子，反而肆无忌惮地嘲笑起来，这是未曾有过的冒犯。
内供变得暴躁易怒，动不动便责骂甚至痛打弟子。内供开始后悔改变，开始
怀念长鼻子的往昔。终于，鼻子因为发病再次变长，内供的心情却爽快得如
同初升的朝阳。

芥川龙之介非常注重人物内心世界的变化，笔墨不多却细微传神，极富
层次感。小说批判了自私者，他们笑谈中对不幸的内供给予同情，通过同情
贬低高僧，从而获得了一种优越感。内供摆脱不幸后，人们的优越感遭到剥
夺，不由得失落而生起恶意，故意嘲笑他人的幸运以重新获得优越感。最后

他们如愿以偿，内供又恢复了不幸，而且达到了不幸的极致：他已经将不幸当作了幸运。对他人不幸境遇中的挣扎保持幸灾乐祸的注视，集中表现了人性之恶。没有自我而顺从他人意识的内供，注定要在恶意的注视下迷失自我。

芥川龙之介把肉体承载的近代自我意识融进说话故事中展开叙述，可以说这是依据近代社会的肉体关注，重新创作充满新意的说话故事。比起描写现实社会，作者更多将焦点置于故事本身，令说话故事作为语言艺术而获得了独立存在的机会。从这一点可以看出芥川龙之介是奉行艺术至上主义的。

此后，芥川龙之介又创作了《芋粥》（1916）、《戏作三昧》（1917）、《地狱变》（1918）、《奉教人的死》（1918）、《枯野抄》（1918）、《蜜柑》（1919）、《竹林中》（1922）、《蜃气楼》（1927）、《河童》（1927），可谓佳作不断。其作品渐渐脱离来源于书本的历史小说，开始转向现实世界，但是死亡的阴影笼罩着他的晚年。其遗作《某傻子的一生》（1927）以对黑暗的现实的认识为基调，描写了无法支撑起现代人个性或人格的价值观。

芥川龙之介的文学是有良心的小资产阶级的文学，因芥川龙之介自身的软弱性而成为败北的文学。芥川龙之介从夏目漱石处学到了文学家为人处世的态度和道义感，后来菊池宽、久米正雄等作家纷纷转向大众通俗小说创作时，芥川龙之介依然严守老师教诲，并未改变初衷。芥川龙之介最后以自杀谢幕，究其原因，恐怕有如下几个：

（1）夏目漱石过早去世，令芥川龙之介丧失了导师；

（2）无产阶级文学席卷文坛，芥川龙之介看到了无产阶级文学的未来，却不能突破阶级局限性加入其中；

（3）现代主义文学兴起，却不能帮助芥川龙之介打破芥川文学所面临的困局；

（4）母亲、亲戚、朋友的发疯令芥川龙之介担心自己也会发病而毫无尊严地活着。

芥川龙之介选择了自杀，他的离世却造成了文坛的轰动，象征着大正文学的休焉，也对他的崇拜者造成了冲击，如太宰治。

《地狱变》是艺术至上主义的作品，是依据《宇治拾遗物语》中"佛家画师良秀目睹房屋被烧毁而内心大悦"的故事写成的历史小说。值得注意的是，芥川龙之介的历史小说主旨不在于再现历史，而是穿上历史外衣，讲述现代故事，他笔下的历史人物表现的都是已经预先拥有的主题，其中最常见的主题便是批判人性的自私自利，其晚期作品中则充满了对现实世界更为辛辣的揭露和讽刺。

芥川龙之介并未将艺术至上主义贯彻到底。"晚年的作品《河童》（昭和二年，1927年），假借古老传说'鼠净土'①等地下世界访问谈的故事类型，设定进入河童之国的情节，然后反观人类社会"②，通过河童国与现实社会的种种矛盾之处，来批判资本主义社会的吃人本质。

二、新思潮派小说的特色

新思潮派作家"反对自然主义刻板的纯粹客观描写，也不赞成白桦派天马行空的理想主义与'目空一切'的自我肯定与个性解放，他们认为文学作品可以虚构，主张采用理性哲理的视角来考察人的心理和生存的意义，探究人性的真实，提倡表现手法的精巧，追求艺术形式的完美"③，新思潮派更多地从历史现实中寻求题材，做出近代解释，以古讽今，着眼于当下现实。

他们主张从知性出发观察和解释现实，主题侧重于表现平凡的人生，揭示平凡人生片段的丑恶和黑暗，用知性诠释现实。他们注重批判现实，但是缺少变革现实的积极性，常常与现实妥协。他们在肯定自我、张扬自我中寻求自我精神的觉醒。他们讲究写作技巧，注重艺术形式的完美。其中最具特色、因而使之成为新现实主义流派的，是对人性的深刻解剖与发掘。

新思潮派的文学也称为新理智主义文学。他们持有西欧近代个人主义、自由主义为中心的人类观，不满足于单纯地再现现实，而倾向于发挥主体性，把握现实的本质，对本质进行表现。他们尊重个性，有意识地运用分析综合的方法探讨人性。从大正中期至昭和初期，新思潮派作家们由于自我意识的分裂而不再相信理想的个人，有些作家抓住现实的片段，试图再行解释，出现了以理智的、技巧的态度进行深入搜索个人心理的做法。

---

① 《古事记》中有大国主命进入鼠世界的情节，日本昔话中有老爷爷进入鼠穴获得财宝的故事。

② 古桥信孝著，徐凤、付秀梅译．日本文学史 [M]．南京大学出版社，2015:183.

③ 张龙妹、曲莉．日本文学 [M]．高等教育出版社，2012:473.

新思潮派不像耽美派那样沉溺于唯美、追求个人主义的享乐性，不像白桦派那样狂热于理想、追求个人的功利性，而是以知性代替感情，冷静地直面人生和谛观现实，用个性和知性的力量，挖掘复杂的人心和揭示复杂的世相。新思潮派折衷了自然主义、新浪漫主义和新理想主义，拒绝自然主义的丑陋之"真"、新浪漫主义的颓废之"美"、新理想主义的虚妄之"善"，调和了文艺作品中真善美之间的关系，具备了融知性、写实、浪漫、理想于一身的近代文学精神。

第二十章 • 两大文豪的小说

　　夏目漱石与森鸥外是明治两大文豪，在自然主义旋风席卷文坛之际，他们静坐喧嚣而不为所动，在各自的领域坚持着各自的文学道路。在自然主义被奉为最高价值判断标准时期，他们的作品常因拒绝告白、拒绝阴暗情调而遭到贬抑，他们余裕与高踏的态度，也成为诟病的对象。他们都具有深厚的和、汉、欧三门文学素养，深刻地掌握了西欧的思想与文学艺术的精髓奥义，这令他们的文学蕴含着深刻思想和纯熟的艺术造诣。

一、夏目漱石

　　夏目漱石是小说家、评论家、英美文学者。原名夏目金之助，笔名漱石取自"漱石枕流"。夏目漱石对东西方文化均有很高造诣，既是英文学者，又精通俳句、汉诗和书法。其深厚的人文修养，令其作品充溢着伦理性、理智性的批评精神，既有基于儒学、禅宗、东方美学传统的感性流露，又兼具强韧的西方理性思维。夏目漱石的文学总结为一句话，即"饱含文明批评，不断对近代日本提出质疑的大知识分子的文学"①。

　　夏目漱石的小说结构严整、情节生动、描写细腻、笔力遒劲，具有极强的魅力，他至今人气不衰。夏目漱石一般划归余裕派，所谓"余裕"，是对现实保持一定的距离，避开世俗杂务，以轻松、闲适、从容、优雅的心态审视人生，徜徉于日本诗歌境界之中的美学态度，余裕派包括初期的夏目漱石为中心的写生文系统的作家、高浜虚子、铃木三重吉等人。

---

　　① 高洁、高丽霞. 日本文学概论近现代篇 [M]. 上海外语教育出版社，2022:85.

1.《我是猫》

1904 年前后，正是日俄战争时期，夏目漱石患上了严重的神经衰弱。正冈子规的弟子高浜虚子建议夏目漱石写写小说，以脑力运动滋养精神。夏目漱石接受建议，便写了一章《我是猫》（1905），发表在俳句杂志《杜鹃》（1897—）新年号上。

1905 年 1 月，《我是猫》这部小说立刻引起了日本国民的兴趣。夏目漱石最初打算只写一章，但是读者的积极反响和高浜虚子的催促，令夏目漱石又写了一章。更多读者来信给予积极评价，高浜虚子便继续催促。夏目漱石不得已又写了一章。读者和作者之间的良性互动，令夏目漱石一章接一章地续写了下去。我们会发现，小说每一章都可以作为终章，毕竟每一章都是夏目漱石当作最后一章来写的。《我是猫》连载到 1906 年 8 月，最终变成了一部长篇小说。小说开篇写道：

わがはいは猫である。名前はまだ無い。

どこで生れたかとんと見当がつかぬ。何でも薄暗いじめじめした所でニャーニャー泣いていた事だけは記憶している。吾輩はここで始めて人間というものを見た。しかもあとで聞くとそれは書生という人間中で一番獰悪な種族であったそうだ。この書生というのは時々我々を捕えて煮て食うという話である。（青空文庫）

我是猫。名字嘛还没有起。

到底哪里是出生之地我全然无从推知，最初的记忆碎片也仅仅是薄暗潮湿之地喵喵地叫着的画面。我在这里第一次见识了人这种东西。而且据后来传闻方知，人类中最为狞恶的种族便是书生，他们会时不时地捕捉我们煮来吃。

作品以"わがはいは猫である。名前はまだ無い。"（我是猫，名字嘛还没有起）开篇，把猫设定为故事的讲述者。刚出生不久的小猫"我辈"被中学教师苦沙弥先生（以夏目漱石为原型）救起，并饲养在家里。第一人称讲述，似乎意味着私小说式的文学世界，但是其实本质不同。

小说把故事的讲述者设定为自由活动的猫，获得了全面描写人物活动和内心的客观视角。猫能够同等距离地观察主人苦沙弥和其他人，这种设定对夏目漱石来说更方便，他能方便地借猫之口把对社会、文化、文学等等方面的思考写进作品，从而展开对文明的批判。

《我是猫》的出发点是俳谐的写生文，像这样带有讽刺和幽默因素的作品，往往容易像俳谐一样流于低级趣味，但是作者深厚的艺术修养、深刻的现实批判精神和高尚的人格保证了这部作品的高雅有趣的格调。

《我是猫》确立了夏目漱石的作家地位，是一部决定作家命运的作品。夏目漱石从日俄战争到 1916 年去世，短短 10 年间创作出了大量的传世作品，作为近代最杰出的知识分子，他细致地解剖了明治近代化的肤浅要素，给同时代以及后世带来了巨大影响。

夏目漱石文学一般分为前后两期。前期代表作如《伦敦塔》（1905）、《幻影之盾》（1905）、《恍若琴声》（1905）、《哥儿》（1906）、《草枕》（1906）等。

在《草枕》等早期作品中，夏目漱石排斥自然主义文学所标榜的文学观念，更不喜欢其阴暗潮湿的隐私暴露、沮丧抑郁的自我告白，在漱石文学中构建了一个不拘泥于现实窠臼、重视低徊之美的异色宇宙，即便对社会黑暗冷嘲热讽，仍不失俳人的从容优雅。1907 年，夏目漱石陆续发表了《虞美人草》（1907）、《坑夫》（1908）、《梦十夜》（1908）、《三四郎》（1908）、《其后》（1909）、《门》（1910）等一系列作品。

其中《三四郎》《其后》《门》是其写作前期的三部曲。无论是《三四郎》中的广田老师，还是《其后》中的长井代助，他们对社会都持有明晰的洞察力，但是他们缺乏现实基础的文明意识、批判意识，在与现实的矛盾冲突中总是面临着崩溃的危机。

自《我是猫》以来，夏目漱石一直手持锐利的笔锋，刺向明治维新肤浅的文明开化。探究人心荒芜的社会问题，追寻确立近代自我的可能性，一直是夏目漱石小说的重要课题。联系《我是猫》，我们发现全部作品中都活跃着受过人道主义与个人主义熏陶的夏目漱石，他的众多分身独立个性惨遭摧残，在屈辱中进行着苦闷的挣扎。"猫"所最为不齿与担忧的就是个性的丧失，"猫"所最为期盼的就是一个洋溢着人道温馨的个性世界。夏目漱石的整个创作生涯都是这种"猫"论的延伸。

2.《心》

夏目漱石患有胃溃疡，1910 年他在修善寺疗养期间胃病复发，吐血不止，甚至一度濒危。这一段生死线上挣扎的经历进一步深化了他的人生观与文学观。文学创作从此由批判现实转向了对人性的思考，开始对隐藏在人们内心

深处的个人主义、利己主义的主观世界进行解析与披露，表现这些主义如何与东方温情相融，如何重构日本近代精神文明，成为他后期创作的课题。此后的作品《过了春分时节》（1912）、《行人》（1914）、《心》（1914）、《道草》（1915）、《明暗》（1916）等代表作品均围绕此课题展开。其中《心》是夏目漱石作品中备受欢迎的一部作品。小说开篇写道：

私はその人を常に先生と呼んでいた。だから此所でもただ先生と書くだけで本名は打ち明けない。これは世間を憚かる遠慮というよりも、その方が私に取って自然だからである。私はその人の記憶を呼び起すごとに、すぐ「先生」と云いたくなる。筆を執っても心持は同じ事である。余所々々しい頭文字などはとても使う気にならない。（青空文庫）

我习惯称呼他为先生。所以在这里我也只以先生指代而不署其真名。与其说担心引起世间纷骚，倒不如说这样做更为顺其自然。每次浮现关于他的记忆时，我都不禁要脱口喊先生。即便以笔言说，心情也是无甚差别的。对于使用姓名第一个字母的方法，因其漠然而了无情谊，我根本动不起使用的心思。

《心》由三个部分组成，分别是上篇"先生与我"、中篇"双亲与我"和下篇"先生与遗书"。大学生"我"在镰仓海岸度暑假时，偶遇"先生"。先生大学毕业后没有固定工作，与夫人过着半隐居的优雅生活。先生每月都到朋友的墓地去纪念一番，我对先生的私生活感到困惑，先生却总是避而不答，偶尔还说些高深难解的话。父亲病重，我返乡之前，先生突然嘱咐我要早早把家产分好。

在看护父亲的漫长日子里，某一天，我突然收到了先生的遗书，便抛下临终的父亲踏上了去往东京的火车。

遗书中，先生回答了我的疑问。原来先生遭遇了亲人的背叛，不再相信人心，却因为寄宿处的房东夫人与小姐而感到了人世的温暖，并感受到了小姐的爱情。此时，先生唯一的朋友 K 正遭遇如何生存下去的大问题，先生便邀请 K 一同借宿。不想 K 也喜欢上了小姐并且为此烦恼。K 不知道先生的心意而无所顾忌地向先生倾诉着因思恋小姐而产生的苦恼。

先生感受到了危机，将 K 视为大敌，为了能在求偶斗争中战胜 K，便抢先向夫人求婚并定下了婚事。K 大受刺激，默默地走上了绝路。虽然先生最终与心爱的小姐走入了婚姻殿堂，却从此背负上了道义的负担，一直痛苦地自责着。明治天皇去世，象征着明治精神的完结，先生决定追随明治精神而结束了自己的生命。

创作《心》的契机是明治天皇的去世和乃木希典大将的殉死。明治天皇的死让夏目漱石感到了自己精神世界的终结，乃木希典大将的殉死则以物质形式象征性地完成了夏目漱石为明治精神殉死的冲动。由于殉死的共通性，夏目漱石对乃木西典的死大为感动，便将这份感动写进了《心》里。在作品中，主人公自始至终进行着彻底的自我否定，洞察了伤人害己两败俱伤的利己主义，对其恨之入骨，却最终也活成了自己痛恨的样子。

夏目漱石文学的根本主题是爱与利己主义，《心》中的逻辑是知识分子们为爱与利己主义而苦恼甚至自我否定，其精神世界产生自明治开化，也应该让它终结于明治年间。由此可见夏目漱石独特的伦理性和对时代精神与人性的洞察。

夏目漱石的作品中经常表现困惑之爱，导致这种爱之困惑的不是软弱得不能自立的个性，相反，尽管有所犹疑，但个性意志相当顽韧；也不是面目可憎的封建专制家长或腐朽道德，而是于情于理都让人难以断然舍弃的道德力量内化为人格中的"超我"，同"本我"的自然欲求与"自我"的个性意志之间的纠葛。简言之，即利他与利己的冲突。其结果，有的"超我"占了上风，有的两军对垒、相持不下，有的"本我"获得胜利，但并不意味着今后风平浪静。

个性的独立、尊严及其价值的实现，不仅体现在性爱方面，而且体现在个体与社会的复杂关系之中。如《哥儿》的主人公虽说有点憨直、莽撞，但却单纯、善良，保持着独立自主的人格，决不向庸俗、腐败的外部世界让步。这种性格较之19世纪90年代文学中的人物性格无疑大大迈进了一步。

作为对利己主义思想的超越，晚年夏目漱石提出"则天去私"的儒家理想，并在最后一部作品《明暗》中加以实践。所谓的"则天去私"，即顺应天道法则，去除小我私欲和利害计较，从而实现人心与自然的和谐共处。今天站在争取全人类解放的共产主义立场来看，我们可以断言，依赖于"天"的恩赐，"人"其实很难在夏目漱石的文学中获得胜利，解决人的问题的方法途径，还是要从人的自身之中寻求从必然王国走向自由王国的道路。

我们不能苛求夏目漱石懂得马克思主义的道理，但是在他身后不久便兴起了无产阶级文学运动，由他的精神继承者芥川龙之介见证了这场革命性的

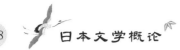
洗礼。芥川龙之介认识到了无产阶级文学的强大生命力和创作未来的伟大革命性，却无法突破自己小资产阶级的局限性，以败北告终，间接表征着夏目漱石在某些方面的失败。

二、森鸥外

日本的高踏派往往指的是森鸥外，其作品兼有浪漫主义、实证主义和象征主义特色。1910 年，森鸥外重新执小说之笔，发表了《性生活》(1910)。森鸥外对自然主义追寻真实与自由的武器"性欲"作了界定，让其回归在人生中本该占有的部分。森鸥外从浪漫主义转向实证主义，深层原因与其人格有着密切联系。

森鸥外虽然身为统治阶级的一份子，作为最高军医官，拥有高高在上的社会地位和名誉，但是他并不是某些评论家所说的"人民的敌人"。关于幸德秋水大逆事件，许多文学家沉默不语，森鸥外却在《沉默的塔》(1910) 中写道：

自然主義の小説というものの内容で、人の目に附いたのは、あらゆる因襲が消極的に否定せられて、積極的には何の建設せられる所もない事であった。この思想の方嚮を一口に言えば、懐疑が修行で、虚無が成道である。この方嚮から見ると、少しでも積極的な事を言うものは、時代後れの馬鹿ものか、そうでなければ嘘衝きでなくてはならない……（青空文庫）

所谓自然主义小说的内容上，惹了人眼的，是在将所有因袭，消极的否定，而积极的并没有什么建设的事。将这思想的方面，简括说来，便是怀疑即修行，虚无是成道。从这方向看出去，则凡有讲些积极的事的，便是过时的呆子，即不然，也该是说谎的东西。（鲁迅译[①]）

因篇幅所限，这里只引用日文原文的一部分。接下来仅引用鲁迅的中文译文：

其次，惹了人眼的，就在竭力描写冲动生活而尤在性欲生活的事。这倒也没有西洋近来的著作的色彩这么浓。可以说：只是将从前有些顾忌的事，不很顾忌地写了出来罢了。

自然主义的小说，就惹眼的处所而言，便是先以这两样特色现于世间；叫道：自己所说的是新思想，是现代思想，说这事的自己是新人，是现代人。

这时候，这样的小说间有禁止的了。那主意，便说是那样的消极的思想是紊乱安宁秩序的，那样的冲动生活的叙述是败坏风俗的。

恰在这时候，这地方发生了革命党的运动，便在带着椰瓢炸弹的人们里，发觉了夹着一点派希族的无政府主义者的事。于是就在这 Propagande parle fait（为这事实的枢机传道所）的一伙就缚的时候，也便将凡是和社会主义共产主义无政府主义之类有缘，以至似乎有缘的出版物，都归在社会主义书籍这一个符牒之下，当作紊乱安宁秩序的东西，给禁止了。

---

① 森鸥外著，周作人、鲁迅译. 现代日本小说集 [M]. 沉默之塔. 新星出版社，2006:45.

这时禁止的出版物中，夹着些小说。而这其实是用了社会主义的思想做的，和自然主义的作品全不相同。

但从这时候起，却成了小说里面含有自然主义和社会主义的事。

这模样，扑灭自然主义的火既乘着扑灭社会主义的风，而同时自然主义这一边所禁止的出版物的范围，又逐渐扩大起来，已经不但是小说了，剧本也禁止，抒情诗也禁止，论文也禁止，俄国书的译本也禁止。

于是要在凡用文字写成的一切东西里，搜出自然主义和社会主义来。一说是文人，是文艺家，便被人看着脸想：不是一个自然主义者么，不是一个社会主义者？（鲁迅译①）

森鸥外对于"压制学术与文学自由的、不恰当的检查制度，表示了无法忍受的心情，进行了批判……从身居高官的鸥外来说，说出这样大胆的话，也许是作了豁出一切的准备"②。森鸥外试图唤起社会舆论，拯救大逆事件中的被告，使他们免于死刑，但是幸德秋水等人还是被残酷地处死了。大逆事件在森鸥外心灵上投下了深刻的阴影，顺应现存制度书写现代小说，令森鸥外越来越痛苦，从此转向了历史小说的创作。

1912 年，森鸥外以明治天皇去世为契机，从浪漫主义转换为实证主义，开始写历史小说。明治天皇的去世，对民族精神内核包含着浓重的神道教要素的日本人来说是一件精神大事件，与夏目漱石深受刺激一样，森鸥外也大受刺激。1912 年，森鸥外发表了《兴津弥五右门的遗书》（1912），对乃木希典大将的殉死大加赞赏。可以说这时的森鸥外由于激情偏离了理智。

1913 年他在《阿部一族》（1913）中描写了阿部因未获许为主君殉死而悲愤自杀，反而导致全族灭门的悲惨结局，森鸥外批判了作为武士道伦理道德的殉死已经徒有其表、蹂躏人性。这表明作者由激情而恢复了理性。

1915 年发表了《山椒大夫》（1915），1916 年发表了《大盐平八郎》（1916）、《寒山拾得》（1916）、《高濑舟》（1916）等等历史小说杰作。其中《高濑舟》探讨的知足常乐与安乐死话题，到目前为止依然具有前沿性。《高濑舟》中写道：

いつの頃であったか。多分江戸で白河楽翁侯が政柄を執っていた寛政の頃ででもあっただろう。智恩院の桜が入相の鐘に散る春の夕に、これまで類のない、珍らしい罪人が高瀬舟に載せられた。それは名を喜助と云って、三十歳ばかりになる、住所不定の男である。固より牢屋

---

① 森鸥外著，周作人、鲁迅译．现代日本小说集 [M]．沉默之塔．新星出版社，2006:46-47.

② 中村新太郎著，卞立强等译．日本近代文学史话[M]．北京大学出版社，1986:145.

敷に呼び出されるような親類はないので、舟にも只一人で乗った。（青空文库）

　　不知何时的事了，大概白河乐翁侯执政的宽政年间吧。智恩院的晚钟敲响，樱花飘落的春天日暮时分。一个难得一见其类、世间少有的犯人被押上了高濑舟。犯人名叫喜助，三十左右年纪、居无定所的中年男人。没有到牢房探视的亲戚，不用说，乘上高濑舟的也只他一人。

　　历史小说《高濑舟》以言文一致体写就，讲述了德川时代高濑舟上的舟子庄兵卫与罪犯喜助的故事。庄兵卫是高濑川上负责摆渡的小官吏舟子，以禄米支撑着一家七口的生活。其妻经常因花钱无度而偷偷向娘家索要生活费以填补亏空，这令庄兵卫与妻子矛盾不断，常怀隐忧。

　　有一天庄兵卫执行押送任务时，遇到了犯人喜助。喜助处于赤贫状态，居无一间，饮食不继，没想到被流放后却有了立锥之地，还领到了 200 文遣送费，喜助感觉到了未曾有过的幸福。此前庄兵卫遇到的犯人，无不凄凄惨惨地与送行的亲属彻夜长谈，表现得追悔莫及。而喜助孤单一人，却如游山玩水般气定神闲，脸上洋溢着喜悦之色。了解到喜助的经济状况后，庄兵卫不由得肃然起敬，感佩于喜助知足常乐的精神。

　　喜助父母双亡，与胞弟相依为命。胞弟不幸患病丧失劳动能力，为避免两人同时饿死，胞弟趁喜助外出做工之际，以剃刀割喉自杀，因力量不足而迟迟不能死去。喜助回来立刻便要施救，却已经回天无力，忍悲拔出剃刀割断胞弟喉咙，胞弟面露喜悦撒手人寰。喜助因杀人罪而被判刑流放。庄兵卫听罢喜助的讲述，陷入了对安乐死是否有罪的困惑之中。

　　在这部小说里，森鸥外不仅探讨了知足常乐和安乐死的问题，从历史角度探索着安心立命的世界。森鸥外以现代观点来重新评价历史事件，对自然主义弃之不顾的伦理道德问题表示了强烈的关心。其实森鸥外的作品中始终贯穿着的理性思考便是个人与国家的伦理关系，这与他早年留学德国，切身体会到了东西文明的冲突密切相关。在试图超越利己主义这一点上，他与夏目漱石是相通的。

　　1916 年森鸥外以《涉江抽齐》（1916）为契机开始写史传。《涉江抽齐》（1916）、《伊泽兰轩》（1916）、《北条霞亭》（1917—1920）等三篇均为长篇史传，虚构较少。其中《涉江抽齐》为最杰出的作品，为小说开辟了新领域。该作比起想象力，更注重的是知性。森鸥外的短篇数量较多，杰作集中于历史小说，如《阿部一族》（1913）、《山椒大夫》（1915）、《最后一句》（1915）、

《寒山拾得》（1916）等等，均为传世名篇。

森鸥外后期的作品，相对于自然主义情绪化的偏重自我，大都从社会人际关系的观点，洞彻而深入描写人类本性，尤其在历史小说的领域，在极为精致的逻辑架构下，创造了鲜明的人物形象。

高洁教授在其教材《日本文学概论近现代篇》[①]中论述道：

> 森鸥外的文学创作可以说是他对自己终身所处俗世的一种自我救赎。初期以《舞姬》为代表的作品以及以《即兴诗人》为代表的译作呈现出浪漫主义倾向，进入大正时期以后，他采取一种超脱的姿态，在文学创作中与俗世中的权威相对峙，并最终在历史研究中找到能够充分发挥自己资质的领域。特别是森鸥外创作的史传开创了一种前无古人、后无来者的文学体裁。

确实，森鸥外这位巨人不但怀有西欧的才识，对东方文化也有惊人的造诣，称之为近代文艺的最高代表也不为过。不过他在追求人性的奋斗时，只能在资本主义社会中进行，不得不令人感到其局限性。

---

① 高洁、高丽霞. 日本文学概论近现代篇 [M]. 上海外语教育出版社，2022:77.

课后练习 ✿

一、简答题

1. 日本古典文学与近代文学的生长点分别是什么？

2. 日本近代文学改良表现在哪些方面？

3. 请简述言文一致运动。

4. 写实主义理论家和作家都有哪些人？写实主义理论和作品都有哪些？

5. 日本浪漫主义具有什么特色？

6. 自然主义的特点有哪些？自然主义的代表理论家、作家都有谁？自然主义的代表作品都有哪些？

7. 耽美派文学有哪些特色？

8. 白桦派文学有哪些特色？

9. 新思潮派文学有哪些特色？

10. 夏目漱石与森鸥外的文学都有哪些特色？

二、思考题

1. 日本古典文学到近代文学，为什么必须要经历巨大的转折？

2. 从写实主义、浪漫主义，到自然主义、反自然主义，西方思潮在日本文学界的接受呈现什么特色？

4. 如何评价两大文豪在日本文学史上的重要作用？

5. 如理解价芥川龙之介在大正文学史中的重要地位？

第六编 现代小说概论

（1919—至今）

日本现代文学的背景是世界资本主义的大发展令各种矛盾激化，世界大战的爆发打破了人们的资本主义幻想，传统价值观念崩溃。现代科学也改变了人们对世界的看法，非理性主义占据上风。现代文学的任务是致力于『自我』的解放，人们的『自我』因资本主义剥削压迫不但没能够成功确立起来，同时趋于异化与消解。作为对此历史任务的回应，无产阶级文学积极谋求政治变革，书写革命的文学，希图从物质层面实现无产阶级和人类的解放；；而现代主义文学则打破传统设定式，令艺术形式和风格花样翻新，并选取长期遭到忽视甚至被视为禁忌的题材，对传统的文化价值观念和信仰提出了挑战。

无产阶级文学因其强大的革命性而自诞生之日便遭受着反动政府的镇压，席卷文坛14年后以失败告终。现代主义文学也是磕磕绊绊地前行，从新感觉派到新兴艺术派再到新心理主义，屡败屡战，也显示着顽强的生命力。日本反动政府虽然曾一度给予文坛以自由，令文艺得到短暂复兴，又以侵华战争的理由对文学界进行了严厉管束，造成了战争期间文坛的空白状态。

日本投降之后，遭受压迫的各流派文坛大家们重新获得了创作自由，开始重建文坛。民主主义文学继承了无产阶级文学的理念和做法，并扩大了文学统一战线，马克思主义者努力成为战后文学的指导者。现代主义文学，与战前的现代艺术派相比，明显更注重思想和理念的革新，但是也继承了反无产阶级文学的传统，表现出反民主主义文学的特点来。即便如此，现代主义文学还是认同了马克思人类全面解放的主张，只不过他们更多是通过肉体的解放来追求被异化的自我的解放。现代主义文学成为文坛的主流，从战后一直延续下来，其中产生了第二位诺贝尔文学奖获奖者大江健三郎。日本文学发展到当代，出现了后现代主义倾向，文学也走向了多样化。

第二十一章 · 无产阶级文学

所谓无产阶级文学，指的是受第一次世界大战、俄国十月革命后欧洲的影响，以及日本国内无产阶级不断壮大、社会主义革命氛围高扬的影响，急速发展起来的阶级革命的文学。

第一节　无产阶级文学的盛衰

日本无产阶级文学有其文学土壤，可以回溯到砚友社的深刻小说、观念小说，以及德富芦花的《黑潮》（1902），儿玉花外未能发表的《社会主义诗集》（1903），木下尚江发表的社会主义小说《火柱》（1904）。虽然与此前文学的指导思想不同，却可以算是同道文学。

第一次世界大战期间，1916年民主主义立场的民众诗派勃兴，歌唱工人、农民的劳动或生活。无产阶级文学运动从兴起到转向，一直处于斗争与繁荣的螺旋上升态势之中，彰显着的强大生命力，在反动政府的一再压抑之下仍然存续了14年，席卷了日本的整个文坛，对日本社会各个领域都产生了巨大影响。

无产阶级文学内部的流派斗争不仅仅是文学观念的斗争，也是与资本主义斗争的不同观念在运动内部的显现，其百家争鸣的良好态势实际上促进着无产阶级文学的发展。

一、前期无产阶级文学

俄国十月革命后，1921年《播种人》（1921—1923）创刊，迎来了无产阶级文学的前夜，第一次形成包括马克思主义派、自由派、无政府主义派在内的广泛的文艺统一战线，日本无产阶级文学得到快速发展。理论家有平林初之辅、青野季吉等人。1923 年社会主义运动遭受残酷镇压，又加之内部出现对立意见、趋向分裂，《播种人》停刊，无产阶级文学一时停顿。

1924 年文艺统一战线性质的《文艺战线》（1924—1932）创刊，迎来无产阶级文学第二次繁荣期。代表作品有叶山嘉树的《卖春妇》（1925）、《水泥桶里的信》（1926）、《生活在海上的人们》（1926）。

令旧文坛终于承认无产阶级文学的成立，打开活跃的局面的作家便是叶山嘉树。叶山嘉树从事过各种职业，从 1917 年开始投身劳工运动，曾三次入狱。1922 年至次年，在名古屋监狱时，写出了《卖春妇》和长篇小说《生活在海上的人们》。他的《水泥桶里的信》给文坛带来了巨大的冲击。《水泥桶里的信》确立了叶山嘉树新进作家的地位。无产阶级文学中出现了过去未曾见过的艺术个性。这篇作品流露了对被摧残的人们的怜悯与同情，但又抑制了政治思想内容的外露，把阶级的怒火溶化进幻想的浪漫的世界，给读者带来新鲜的印象。

《生活在海上的人们》是叶山嘉树的长篇小说，讲述了第一次世界大战期间，冒着暴风雪进出室兰港的运煤船万寿丸号，无视遇难船的求救信号，也不顾负伤伙计长的伤势，便开往横滨。在这非人的海上生活之中，下级船员们的阶级意识渐渐觉醒，开始团结起来勇敢地进行罢工斗争，并取得了胜利。但是到达横滨后，罢工领导者们便遭到秋后算账被捕入狱。

这是作者以自己下级船员生活的实际经历为原型，在狱中创作的作品。该作品以现实主义为基调，表达富有幽默感，文体充满新鲜味。作者精准地捕捉到海上劳动者的生活、阶级意识与其成长的过程，通过对劳动者不屈不挠的乐天性的描写，把作者对工人阶级未来的信赖传递给了读者。这部作品作为崭新的阶级文学而大获成功，不仅是那一时期的杰作，也是整个日本无产阶级文学乃至近代日本文学的代表作之一。小林多喜二的《蟹工船》深受这部作品的影响。

无产阶级文学代表作家除叶山嘉树外还有黑岛传治、平林泰子、林房雄等。1925 年"日本无产阶级文艺联盟"成立，翌年又改组为"日本无产阶级

艺术联盟""，创办了《无产阶级艺术》杂志。这次改组接受了共产党内福本主义的影响，福本主义高喊通过理论斗争来纯化和集结先锋队，非马克思主义者因此被排斥在外，统一战线出现了第二次分裂。

1927年日本共产党内部出现山川主义和福本主义的尖锐对立，与福本主义主张必须从外部给劳动者灌输革命分子的阶级意识相对，山川主义重视培养劳动者自然发生的阶级意识。受指导思想斗争的影响，"无产阶级艺术联盟"分裂，"劳农艺术家联盟"成立，后又由"劳农艺术家联盟"再次分裂出"前卫艺术联盟"，出现了"无产阶级艺术联盟""劳农艺术家联盟""前卫艺术联盟"三足鼎立的局面。这是无产阶级文艺统一战线的第三次和第四次分裂。

二、后期无产阶级文学

1928年无产阶级文学运动形势要求团结统一，以及文学家、评论家们认识到并且极力主张统一，文艺统一战线"全日本无产者艺术联盟"成立，机关杂志《战旗》（1928—1931）创刊，各文艺团体大团结，迎来了前所未有的无产阶级文学繁荣期。后该联盟又改组为"全日本无产者艺术团体协议会"，作为其下属团体，"日本无产阶级作家同盟"于1929年创立。此时期《文艺战线》（1924—1932）同人有青野季吉、叶山嘉树、金子洋文、平林泰子等。《战旗》同人中理论家有藏原惟人，作家有小林多喜二、德永直、中野重治、村山知义等人。此后新作家陆续登场，无产阶级文学席卷了整个既成文坛。代表作有小林多喜二的《蟹工船》（1929）、德永直的《没有太阳的街道》（1929）等。

《蟹工船》是小林多喜二的中篇小说，1929年发表于《战旗》。二战之前，日本的检查制度非常严格，因此该小说因敏感词被划掉而多出许多空白，1968年才得以恢复原样。

作者以在北洋作业的蟹工船上发生的事件为依据，意图揭露资本主义对殖民地的入侵史。作为季节劳动者被雇佣的无组织的劳动者们，在发扬国威的美名之下，遭受残忍毒辣的剥削压榨，他们自发地站出来展开斗争，并在斗争之中逐渐觉醒了阶级意识。

作品对握有权力的坏蛋的描写失于类型化，但是其集团描写对黑暗现实进行了历史的把握和深刻的揭露，在当时一举提高了无产阶级文学理论和实践的水平，堪称是一部代表了时代精神的具有划时代性质的伟大作品。《蟹工船》写道：

「おい地獄さ行ぐんだで！」

二人はデッキの手すりに寄りかかって、かたつむりが背のびをしたように延びて、海をかかえ込んでいる函館の町を見ていた。——漁夫は指元まで吸いつくした煙草をつばといっしょに捨てた。巻き煙草はおどけたようにいろいろにひっくりかえって、高い船腹をすれずれに落ちて行った。彼はからだいっぱい酒臭かった。

赤い太鼓腹を幅広く浮かばしている汽船や、積み荷最中らしく海の中から片袖をグイと引っ張られてでもいるように、思いッ切り片側に傾いているのや、黄色い、太い煙突、大きな鈴のような赤いブイ、ナンキン虫のように船と船の間をせわしく縫っているランチ、寒々とざわめいている油煙やパンくずや腐った果物の浮いている何か特別な織物のような波……。風の具合で、煙が波とすれずれになびいて、ムッとする石炭のにおいを送った。ウインチのガラガラという音が、時々波を伝ってじかに響いてきた。（青空文学）

"喂，下地狱喽！"

两人靠着甲板栏杆，眼望如蜗牛伸背一样拥揽大海的函馆市区。渔工连同唾液扔掉一直吸到指尖的烟头。烟头调皮地翻着筋斗，擦着高高的船舷掉了下去。他一身酒气。

轮船有的整个浮起大红肚子，有的似乎正忙着装货，朝一侧倾斜得很厉害，样子就好像被人从海中猛拉一只袖口。加上黄色的大烟囱、仿佛巨大铃铛的浮标、如臭虫一般在船与船之间匆忙穿梭的汽艇、冷冷轰鸣不已的油烟，以及漂浮着面包屑和烂果皮的宛如特殊纺织品的波浪……由于风的关系，烟紧贴波浪横飘过来，送来呛人的煤味儿。绞车的"嘎嘎"声不时掠过波浪真切地传来耳畔。（林少华译[①]）

《蟹工船》是小林多喜二根据 1926 年真实发生的蟹工船事件，又经过大量的走访调查而创作的中篇小说。资本家为了牟取高额暴利，打着国家产业的旗号，将大批农民、学生、矿工和渔夫骗上蟹工船博多丸，在帝国海军驱逐舰的护卫下，远赴苏联海域捕蟹。在海上，这些劳动者从事着沉重的劳动，同时遭受着监工浅川的非人奴役，他们连生命安全都无法保障。因为忍受不了浅川的残酷迫害，劳动者们终于团结起来举行罢工。可惜海军驱逐舰上的水兵抓捕了罢工组织者，罢工行动也因此失败。然而，已经觉醒的蟹工们决心吸取教训，团结起来继续斗争。

作品对帝国主义榨取殖民地剥削的罪恶进行了揭露，描写了国家、财阀与军队三方勾结的丑恶社会现实，对在斗争中成长起来的劳动者群体的觉醒进行了歌颂，是无产阶级现实主义文学的代表作。

---

① 小林多喜二著，林少华译. 蟹工船. 青岛出版社，2018:1.

《蟹工船》的成功，除了深刻的主题，还得益于其出色的文体或语言风格。林少华评价："《蟹工船》的语言极有特色，鲜活生动，可感可触，极富艺术感染力。时而如石锅蹦豆，简洁明快；时而如响鼓重槌，声震屋瓦。尤其比喻修辞，信手拈来，而自出机杼。大量拟声拟态词的运用，又使文体充满了生机和动感。"[①]

小说以客观的笔触、多元化的表现进行了个性化的描写，心理变化的把握细微传神，对警察之残忍做了深刻揭露。

小林多喜二遭到治安维持法的检举，同时，因《蟹工船》的内容涉及不敬罪而被起诉入狱。保释出狱后，小林多喜二于1931年10月加入日本共产党，开始了地下党员生活，并与宫本显治等人为重建无产阶级文化团体而积极奔走。他根据这一段时间的亲身经历创作了小说《党生活者》（1933）。

1928年以来，无产阶级文艺运动的领导人物接连遭到举报、弹压。1931年为了加强与反动政府的斗争力量，"全日本无产者艺术团体协议会"改组为"日本无产阶级文化联盟"，机关杂志《无产阶级文化》创刊。但是遭到了更加猛烈的镇压。小林多喜二与宫本显治潜入地下指导运动，努力克服运动的右倾倾向，但是1933年小林多喜二被日本特高警察虐杀，宫本显治也被投入了牢狱。

1933年，无产阶级文学的许多作家都被迫宣布转向。1934年作家同盟解散。旧同盟成员的努力终于因为二战爆发而失败。战后的民主主义文学运动继承了无产阶级文学运动，并吸取了经验教训。

《党生活者》是小林多喜二牺牲前的作品，这部作品可以说是共产党员艰苦卓绝的革命斗争与文学创作实践的完美结合。小林多喜二因被特高警察虐杀而令作品中绝。作品1933年4至5月以《转换时代》的伪装题目，在《中央公论》杂志上发表。《党生活者》是小林多喜二以自己地下斗争生活的体验为基础而创作的，却并不是私小说，因为该作品经过艺术概括，典型地反映了社会的巨大冲突和矛盾，揭示了纷繁复杂的现象之下的历史规律。

小说中的故事发生于九一八事变后的1932年上半年。仓田工厂的资本家

---

① 小林多喜二著，林少华译. 蟹工船. QQ阅读 青岛出版社，2018:1.

使用种种伎俩欺骗和残酷地剥削工人，"我"、须山、伊藤等日共党员在工人中进行着艰苦的组织发动工作，同资本家、反动青年团、社会法西斯分子展开激烈的斗争。最后，斗争被残酷镇压，但是日共党组织却撒播了革命的种子。

小林多喜二血淋淋的死亡悲壮地阐释了为党生活的人的伟大人格，可以看做是小说的后半部的完成。鲁迅在评价小林之死时说"日本和中国的大众，本来就是兄弟。资产阶级欺骗大众，用他们的血划了界线，还继续在划着。但是无产阶级和他们的先驱们，正用血把它洗去。小林同志之死，就是一个实证。我们是知道的，我们不会忘记。我们坚定地沿着小林同志的血路携手前进"。

三、转向文学

日本无产阶级文学在经历了政府的思想镇压，全日本无产阶级艺术联盟的解散，小林多喜二惨死狱中，共产党主脑纷纷转向等一系列事件之后，1933 年，日本共产党的总书记在狱中发表转向声明，宣布放弃共产主义，随后大部分文学同盟成员也都表明了转向意愿，被关押者相继保释出狱。以描述狱中经历、转向经历为主的转向文学作为一种新的文学形式诞生。代表作如德永直的《冬枯》（1934）、中野重治的《村家》（1935），都以私小说风格描写了在政府胁迫下被迫转向而遭受的良心苛责，无产阶级文学家们"在转向文学中流露出深刻的苦恼，积攒再起的能量"①，战后民主主义文学的崛起可以说正是这股能量的释放。

德永直是无产阶级文学代表作家之一。他创作的长篇小说《没有太阳的街》以亲历的共同印刷斗争为素材写就，作品获得文坛认可，巩固了其劳动者作家的地位。同年德永直加入日本无产阶级作家同盟。由于政府对无产阶级文学的镇压，德永直转向并发表了转向小说《冬枯》。转向后德永直一直承受着苦恼，这苦恼成为其文学的灵感源泉，他以自己的转向为素材，描写劳动者的苦恼和革命者的转向的小说《冬枯》。其后，由于反动政府对无产阶级文学的持续镇压，德永直陷入妥协、屈从的窘境，甚至写过国策小说《先遣队》。战后，德永直重新回到了无产阶级文学中，并致力于日本劳动者文学的发展。

侵华战争全面爆发之前，转向文学大量问世，二战中，所有文学作品都

---

① 高洁、高丽霞. 日本文学概论近现代篇 [M]. 上海外语教育出版社，2022:126.

被战时政策所限制，不再能够自由创作与发表，日本文坛进入黑暗期。转向文学中的佼佼者，当属中野重治的《村家》。

《村家》是中野重治的短篇小说，讲述了左翼作家高畑勉次因违反治安维持法而被投入监狱，两年时间，与疾病、发狂的恐怖、转向的诱惑进行着不懈的斗争，并终于挺过来获得释放。高畑的老父亲孙藏是一个温和正直的劳苦之人，多次上京来看望儿子，并不断地将写着村里生活的信件寄往监狱中，抚慰着儿子走过来。父亲对获释的儿子说，村里的家，不论过去还是现在，所有的一切都走到了尽头。转向的话，就要旧丢掉作家的笔，成为平民百姓。儿子听懂父亲的鼓励，勉强说"我很懂，还是继续写下去吧"。可以说，中野重治正是从自己的转向获得生存的依据，吸取了能量，并再次出发，写出了《村家》这部转向佳作。

从 1934—1945 年日本反动政府的文化高压统治，令新文学发展暂时停滞。1945 年，随着侵华战争的失败，日本投降，社会主义和现代主义便再一次在日本文学领域活跃起来。战后的民主主义文学、战后派文学都表现出深受无产阶级文学影响的痕迹，而民主主义文学可以说是社会主义文学的继续。

第二节　无产阶级小说的特色

"志贺直哉在致小林多喜二的信中，把无产阶级文学称作有主人的文学"①，其主人便是无产阶级。无产阶级作家的作品触及了传统作家避开的社会和阶级问题，提高了读者的阶级觉悟。把工人农民等广大群众当做读者，使文学获得了前所未有的解放。

日本无产阶级文学运动是世界无产阶级运动的一环，与中国、朝鲜等国的无产阶级文学运动是一体的。日本无产阶级文学首先是广泛的统一战线，尽管内部斗争不断，却也先后团结了马克思主义派、自由派、无政府主义派等各个文学流派，团结了小说、戏剧、诗歌、美术、音乐等各个艺术领域的作家、诗人、艺术家，团结了工人、农民、知识分子等各个阶层的先进人士。

---

① 中村新太郎著，卞立强等译. 日本近代文学史话 [M]. 北京大学出版社，1986:404.

日本无产阶级文学运动培养了大批理论家、艺术家，创作了大量的艺术作品。它在法西斯政权的镇压和文化围剿之下，能取得这样不朽的成绩，本身就是一件值得称道的事。

无产阶级文学准确地把握住了 20 年代末到 30 年代日本社会复杂的阶级关系，以工农大众的生活和斗争为基本创作题材，如实反映了斗争的失败和成功，运用大众喜闻乐见的艺术形式，注意文学的大众化，展现未来斗争的胜利，饱含着革命浪漫主义精神。

以上为无产阶级文学的积极特色。当然，日本无产阶级文学也存在其不足和弊端。

据《日本近代文学史话》①所载藏原惟人等理论家的观点，他们认为应该以无产阶级的眼睛去观察世界，以严格的现实主义去反映世界，不以主观去歪曲或粉饰世界，这样才能让文学真正为无产阶级服务。要建立解放无产阶级的文学，没有高级的艺术与大众的艺术之分，都是无产阶级的艺术，都面临着如何大众化的问题。

但是在实践中，由于领导人机械地要求文学从属于政治，令文学创作违背其本身规律；轻视传统文学和近代文学，丧失了文艺立足之基。无产阶级文学具有鲜明的思想性，目的是以革命精神教育大众。但是多数作品局限于工农题材，缺乏多样性，以文学代替政治宣传，往往创作概念化、公式化，人物形象苍白，只表现了作为阶级的人的共性，而忽略了作为社会人的个性，缺乏艺术的典型化。而且，创作中采用现实主义单一创作方法，表现手段不够丰富，缺乏戏剧性的叙述法、多层次的结构和人物的内心独白等现代文学表现。之所以有如此缺陷，是因为突出了文学的社会功能，限制了文学的多功能作用，乃至排斥文学的认识作用和审美作用。

由于宗派倾向主义作祟，未能团结更为广泛的作家，误把思想不同但有可能成为同道的作家当做资产阶级作家进行攻击，而且内部斗争不断，造成了多次的分分合合。而宗派倾向主义也令作家们给本来中性的创作题材、表达技巧、表达手段贴上了敌对的标签而予以放弃。

---

①　中村新太郎著，卞立强等译. 日本近代文学史话 [M]. 北京大学出版社，1986:350-352.

第二十二章 · 现代艺术派小说

现代主义思潮，从 1926 年起，随着对布鲁斯特、乔伊斯等人作品的翻译研究的展开，日本出现了横光利一的《机械》（1930）、川端康成的《水晶幻想》（1931）、堀辰雄的《圣家族》（1930）、伊藤整的《感情细胞的断面》（1930）、石川淳的《普贤》等等试验作品，现代主义思潮逐渐扎根、发展和趋向成熟。日本引进现代主义后出现的新感觉派、新兴艺术派、新心理主义文学等，统称为现代艺术派。

第一节　现代艺术派分支

现代艺术派主要是新感觉派、新兴艺术派和新心理主义文学，这些流派的文学一面与传统文学做着抗争，另一面与无产阶级文学做着抗争，随着无产阶级文学被镇压下去，也趋向于低落。

一、新感觉派小说

受到第一次世界大战后现代主义的影响，新感觉派登上日本文坛。相对于紧贴时代的自然主义文学的写实文学，新感觉派以新的感觉创作小说，否定私小说式的既成写实主义，但新感觉派有意依赖所谓感觉再现都市的世态，借以恢复小说本来的"虚构性"；新感觉派相较无产阶级文学十分脆弱，并无系统理论，难以持续，以失败告终，被既成文坛吸收。

1924 年，横光利一、川端康成、片冈铁兵、岸田国士、中河与一、今东光等 14 人，对抗无产阶级文学运动的《文艺战线》杂志，创刊《文艺时代》（1924—1927）杂志。这些人中大多数人当时都默默无闻，但受到菊池宽的知遇。《文艺战线》的口号是"革命的文学"，横光利一、川端康成等人则以"文学的革命"为口号，即以艺术改革为目标。新感觉派文学的代表作如横光利一的《苍蝇》（1923）、《日轮》（1923）、《拿破仑与顽癣》（1926），和川端康成的《伊豆的舞女》（1926）、《浅草红团》（1929—1930）等。

二、新兴艺术派小说

以反对无产阶级文学为共同目标，以维护文学为准则的艺术派作家们集结在一起，于 1930 年组织了"新兴艺术派俱乐部"，其成员共 32 人，几乎汇集了所有非无产阶级作家，被称为"新兴艺术派"。

新兴艺术派抨击无产阶级文学，把文学扯离政治看作是他们的必然使命。但是他们的文学，充满色情、猎奇和无意义、无责任的小资产阶级情调，追求享乐主义成为作家的价值观。抵御无产阶级文学是新兴艺术派的政治理念，而他们的文学理念却只停留在模糊而抽象的概念上，并没有一个明确的文学主张，没有强大的理论做后盾，同时作为一个流派也缺乏创作思想和风格的统一性，而在对文学表现人生这一文学真谛的追求上，则体现出了消极的人生态度，因此俱乐部在经历了短暂的表面繁荣后，终归昙花一现。新兴艺术派为新心理主义所替代。

新兴艺术派代表作家主要有井伏鳟二、舟桥圣一、堀辰雄、林芙美子、阿部知二等。新兴艺术派的代表作品是井伏鳟二的《山椒鱼》（1929）。

三、新心理主义小说

1927 年《文艺时代》停刊，1928 年新感觉派解体，横光利一、川端康成等成员们开始尝试新心理主义创作。新心理主义文学本是 20 世纪初兴起的，是利用精神分析学探究人的深层心理的一种文艺思潮。乔伊斯、沃尔夫、劳伦斯、普鲁斯特等大作家都是这一流派的先驱。在日本率先将这一文艺思潮通过翻译和评论的形式介绍推广的是伊藤整等作家。伊藤整、堀辰雄等掀起新心理主义运动。

新心理主义文学广泛借鉴西方现代主义惯用的象征、隐喻、内心独白、意识流等手法，对人物描写上升到内心的审美层次。以现实生活为基础，人物心理反映现实，具有一定社会内涵。从探索人生意义出发，描写了人物心灵的孤独痛苦、心理的变态等。比起新感觉派、新兴艺术派，更有意识、更自觉和更系统地引进了西方小说的新方法，在日本创造出正式的新文学。新心理主义的代表作有川端康成的《水晶幻想》、横光利一的《机械》、堀辰雄的《圣家族》等作品。

《圣家族》确立了堀辰雄在昭和文坛上的地位。在《圣家族》中，堀辰雄把芥川龙之介的死亡和个人的失恋经历结合起来。以生与死为衬托，讲述了两代人的爱情故事。文学青年河野扁理是小说家九鬼的弟子，在老师的遗物中，扁理发现了细木夫人和九鬼之间的恋情。此后扁理与夫人的女儿娟子相识，并发现自己爱上了这个和母亲同样冷漠的女儿。为了使自己不至受到九鬼那样的伤害，于是在苦恼中与舞女交游，放纵自己。不久扁理彻底摆脱了九鬼的死带来的阴影，向绢子表明心迹。落入情网的绢子也开始正视自己的感情。

1927年芥川服毒自杀，他的死亡给当时的文坛乃至整个社会带来了强烈的震动，象征着大正文学时代的结束。无独有偶，次年私小说的权威人物葛西善藏离世，1930年自然主义文学巨匠田山花袋辞世。这些文学大家的相继离世昭示着文坛的新旧交替，文学从大正走向了昭和。

第二节　现代艺术派小说的特色

日本现代艺术派文学以新感觉派的《伊豆的舞女》为代表。《伊豆的舞女》代表了新感觉派的特色，也代表了现代艺术派文学的主要特色。

一、代表作品《伊豆的舞女》

川端康成的处女作是自传性的作品《十六岁的日记》（1925），写于1914年，发表于1926年。进入东大后，川端康成作为第六次《新思潮》的同人，开始了创作活动。其作品《招魂节一景》（1921）得到菊池宽的赏识，同横光利一共同被吸收为《文艺春秋》的同人。川端康成发表在《文艺时代》上的

《伊豆的舞女》是自传性的作品。《伊豆的舞女》开篇写道：

　　道がつづら折りになって、いよいよ天城峠に近づいたと思うころ、雨脚が杉の密林を白く
染めながら、すさまじい速さで麓から私を追って来た。／私は二十歳、高等学校の制帽をかぶ
り、紺がすりの着物に袴をはき、学生カバンを肩にかけていた。一人伊豆の旅に出てから四日
目のことだった。修善寺温泉に一夜泊まり、湯ケ島温泉に二夜泊まり、そして朴歯の高下駄で
天城を登って来たのだった。重なり合った山々や原生林や深い渓谷の秋に見とれながらも、私
は一つの期待に胸をときめかして道を急いでいるのだった。そのうちに大粒の雨が私を打ち始
めた。折れ曲った急な坂道を駆け登った。ようやく峠の北口の茶屋に辿りついてほっとすると
同時に、私はその入口で立ちすくんでしまった。余りに期待がみごとに的中したからである。
そこで旅芸人の一行が休んでいたのだ。①

　　道路曲曲折折，接近天城山山顶时分，雨脚把茂密的杉林染成白花花的一片，以惊人的速度
从山脚追了过来。我二十岁，头戴高中学生帽，上穿藏青色和服，下配裤裙，肩背书包，独自一
人踏上伊豆之旅。那是第四天的事情。修善寺温泉一夜，汤岛温泉两夜。然后脚踩高齿木屐往天
城山登来。一路上陶醉于重叠的群山、原始森林或幽深溪谷的秋色，一边鞭策于澎湃的期待而赶
着路。不久，大颗的雨滴便开始打在我身上。我沿着曲折陡峭的坡道向上奔跑。赶到山顶北口的
茶屋，我终于松了一口气，同时呆在当场。因为期待实现得太过于完美：巡游艺人一行人正在那
里休息。

　　《伊豆的舞女》广为人知，曾被多次搬上银幕。主人公"我"是一个孤独的二十岁的高中生，孤身去往伊豆的旅途中遇到了一群江湖艺人。其中身背大鼓长着一双美丽大眼睛的舞女深深吸引了"我"，于是和他们结伴从天城同行到了下田。旅途中体味着因舞女而生的感情波动，或烦恼或喜悦，舞女也逐渐对"我"生起淡淡的爱慕之情。但是，"我"的盘缠已经用尽，决定跟艺人们分手。舞女独自默默地来为"我"送行。当舞女的身影消失时，"我"躺在船舱里，任由眼泪滴落在书包上。

　　这篇作品文体明快、清新，像一支纯洁的青春之歌，是日本文学中少有的"青春文学"。川端康成以《伊豆的舞女》和收集在《感情装饰》（1926）中的《白花》（1923）、《二十年》（1925）等短篇小说而巩固了作家地位。此外，《浅草红团》也是他的现代艺术派代表作品。

二、现代艺术派小说的特色

　　第一，强调主观内心、非理性。现代艺术派文学感悟和表现内心痛苦，反对传统的反映论，即反对如实地描写现实。以新感觉派为代表，"他们原封

---

① 转引自周平．日本文学作品选读 [M]．上海市外语教育出版社，2022:231-232.

不动地肯定现实，用感觉这一摄像机去反映现实"①，现代艺术派文学主张主观是唯一的真实，否定现实世界的客观性，强调表现自我。

现代艺术派文学把感性、知性放在理性之上，以感觉代替理性认识，将感性与理性割裂开来。如新感觉派认为与其抽象地讲述人生道理让人看不到真实，倒不如具体地描写一些琐碎的生活片段和瞬间的情感更能让人看到人生的真实，可以说新感觉派的心理功能对氛围、情调、神经、情绪等方面拥有强烈的感受性。

《伊豆的舞女》便是这种感受性极强的作品，从主观、非理性出发，以琐碎的旅途见闻和感受来表现生活中的自我，以第一人称来叙述，从头至尾描写的是舞女一行人激起的"我"的瞬间心象，诸多心象连缀到一起便构成了平平淡淡生活中的波涛汹涌，结尾处"我"的肆意流泪宣泄，象征着"天涯孤独"的"人"，因温暖的亲情、友情、爱情而获得救赎。

从《伊豆的舞女》可以窥见，早期的川端康成对"异化"的自我的救赎还是抱有幻想的，其新感觉派作品语体明快清新，朴素地反映着风俗人情之美。但是在他随后的作品中，开始转向描写人工之美，"日益浓厚地表现出一种对人的厌恶的感情，正如接着所写的《禽兽》（1933）等作品中所看到的那样，他常常想到死，简直是以死为邻"②。诺贝尔获奖作品《雪国》中则描写了人的命运不可征服之悲哀。以川端康成为代表，现代艺术派文学对"异化"的态度其实是无奈悲哀的。

再如横光利一，虽然在结构和表现技巧方面进行了大胆地创新和尝试，但是他的目光就像《苍蝇》中的苍蝇一样，"虽然很好地抓住了现象，但不能触及本质"③。继承了新感觉派的新兴艺术派的文学，面对异化已经放弃了抵抗和批判，他们不敢描写现实的黑暗，作品中充满颓废的享乐主义描写。

新心理主义则深深地逃避到人的内心中去，虽然也描写外部现实，却着重描写外部现实在内心产生的映像。总之，现代艺术派面对异化，根本没有解决之策，只能停留在对异化的表现上。

① 中村新太郎著，卞立强等译. 日本近代文学史话[M]. 北京大学出版社，1986:410.
② 中村新太郎著，卞立强等译. 日本近代文学史话[M]. 北京大学出版社，1986:414.
③ 中村新太郎著，卞立强等译. 日本近代文学史话[M]. 北京大学出版社，1986:411.

第二，大量运用现代主义手法。现代主义故意打破时空顺序，大量运用心理时间、梦境、意识流、意象、象征等诸多手法，表现异化的生活和人。新感觉派用到了象征，从很小、很琐碎的片段去窥探人生，表现刹那间的感觉。

如《伊豆的舞女》中有许多水的意象，追赶舞女一行人时的雨水，倾听荣吉悲哀身世的河水，看到舞女裸体时的泉水，告别时的泪水，共同构成"洗涤"的象征。伊豆之旅，便是洗净心灵污垢的旅行，是一种神圣的施洗仪式，表征着"我"的成长。

再如横光利一的《日轮》、《头与腹》（1924）等作品，也都用到了意象、象征等手法，表达出一种崭新的瞬间感觉。

可以说新感觉派文学是以感觉为中心的文学，其运动是语体革命运动。其后继流派走的是同样的道路。从艺术角度来看，新心理主义文学创造出了真正意义上的现代文学。川端康成的《雪国》便是新心理主义手法的杰作。

第三，反无产阶级文学。现代艺术派中新感觉派相较无产阶级文学十分脆弱，并无系统理论，以反对无产阶级文学为凭依之处。无产阶级文学杂志《文艺战线》的口号是"革命的文学"，横光利一、川端康成等新感觉派作家则以"文学的革命"为口号。

新感觉派匆匆谢幕后，新兴艺术派继续以反对无产阶级文学为目标，努力将文学和政治分裂开来，他们只是模模糊糊地抵御着无产阶级文学，其文学表现出消极的人生态度。其后的新心理主义文学，与新感觉派同样致命的弱点便是脱离日本的现实和人民的思想感情，盲目反对代表人民利益的无产阶级文学，其生命大部分寄托在反对无产阶级文学之上。

第二十三章 · 文艺的短暂复兴与战时小说

九一八事变后，对中国的掠夺，为日本社会的暂时稳定输入了新鲜血液，到七七事变前夕日本文坛出现了短暂的文艺复兴局面。随后由于战时文化统治政策，作家们要么被迫歌颂战争，要么主动逃避战争，文艺创作遭到了严重破坏。

一、文艺的短暂复兴

1934 年 2 月，无产阶级文学由于受到日本政府的镇压而迅速瓦解。无产阶级文学退潮以后，长期以来受到无产阶级文学压制，受到反传统的现代艺术派风潮夹击，被迫退到文坛角落里的作家们，如德田秋声、永井荷风、谷崎润一郎、岛崎藤村、志贺直哉等人，相继复出而空前活跃。

1935 年设立的芥川、直木两大文学奖项为大批新作家登上文坛提供了舞台。石川达三、太宰治、石川淳、坂口安吾、织田作之助、石板洋次郎等人都开始崭露头角，他们在战后大多成长为一线的实力作家。

与此同时，九一八事变后对中国的掠夺成为日本帝国主义经济的后援，整个社会暂时稳定。从 1933 年至 1937 年卢沟桥事变的前夕，日本文坛上呈现出前所未有的繁荣，对传统文学的重新认识和对日本古典的回归带来了纯文学复兴的机运，这一时期被称为"文艺复兴时期"。

这一时期，老作家活跃，发表了大批优秀的作品，如岛崎藤村的《黎明之前》（1929—1935），德田秋声的《假妆人物》（1935—1938），永井荷风的《墨东绮谭》（1937），谷崎润一郎的《春琴抄》（1933），志贺直哉的《暗夜行路》（1921—1937），等等。他们的作品在日本全面酝酿侵华的紧张的备战氛围里，体现了和时局背道而驰的抵抗，表达了对战争风潮的良心抵抗。

曾经的无产阶级文学家、新兴艺术派作家及传统派作家纷纷超越各自的立场，联手创办杂志，聚集在一起，力图捍卫文学自立。《文学界》（1933—1944）的创刊，拉开了文艺复兴的序幕。此外，《日本浪曼派》（1935—1938）、《行动》（1933—1935）、《人民文库》（1936—1938）等杂志也得以创刊。由于时局的影响，《日本浪曼派》逐渐变成鼓吹战争的反动杂志，左翼杂志《人民文库》与《日本浪曼派》抗衡，《行动》欲树立新的自由精神，都因为日本国内整体右倾化而不得不偃旗息鼓。

二、战时小说

1937 年七七事变之后，日本国内思想文化上的国家专制登峰造极，甚至于人道主义文学也遭到打压和否定，左翼作家被禁止创作，大部分作家作为战地报道员被派遣到战区，国策文学应运而生。所谓国策文学，即国家政策指导下的文学，只能歌颂战争，鼓吹国家主义，文学在这个特殊的历史阶段陷入了空白期。

1. 歌颂战争的文学

1942 年日本在内阁情报局的指示下成立了"文学报国会"和"言论报国会"，会长由德富芦花的兄长、帝国主义的鼓吹者德富苏峰出任。保田与重郎、林房雄和那些趋炎附势的文人，还包括一些奉行自由主义的作家，可以说大部分作家都加入了"文学报国会"。在不为战争唱赞歌即被视为罪人的军国主义猖獗时期，文学家们难以做到洁身自好。

国策文学的代表作有石川达三的《活着的士兵》（1938），作品描写了士兵们如何从一个普通的青年蜕变成丧尽天良的杀人不眨眼的刽子手的全过程。"发表当时，作品中有关杀害无辜南京市民的场景、士兵们对于战争的悲观情绪等近四分之一的篇幅都被删除，但仍然因'具有反军队的内容，不适合当前的时局'，在发表第二天即被禁止发售。"①这部小说暴露了侵华日军南京大屠杀的暴虐行径，令日本国内报道的关于大东亚圣战的所有谎言不攻自破。作品遭到禁发后，作者本人也被判监禁四个月，缓刑三年。

此后石川达三彻底蜕变为国策文学作家，开始粉饰战争、颠倒黑白，将

---

① 高洁、高丽霞．日本文学概论近现代篇 [M]．上海外语教育出版社，2022:183.

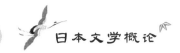
侵华日军描写成了拯救中国百姓的救世主。战后，石川达三被追究战争责任。

火野苇平1938年发表了《麦与士兵》（1938）。作品采用日记体，"虽然是从军记录，但几乎没有激烈的战斗场面和战场上英雄事迹的描写，而是以淡淡的笔触描写士兵的日常生活、在一望无垠的小麦地里行军的士兵的身影及中国民众的身影、农村的风景等。小说结尾处描写作者看见日本士兵要斩杀中国士兵，条件反射地扭过头去，不由得为自己做出了作为一个人应有的反应而略自安心"[①]。

火野苇平完全站在侵略者的立场上，通篇充满了对侵略军的敬意和同胞之爱，同时表达着对中国士兵强烈的愤恨。他对侵略军的兽性熟视无睹，信口雌黄侵略军的"人性"，强调战争的残酷性，却避开对战争罪魁祸首的追问。《麦与士兵》恰恰迎合了当时一般的日本国民的心理，火野苇平成了所谓的"民族英雄"。

战后，火野苇平作为战犯作家，却至死不肯认罪，撇清侵略行为与自己的责任关系。这是作家本人出卖灵魂的悲剧，也是日本人和日本文学为虎作伥的悲剧。

2. 逃避战争的小说

同时，许多富有良心的作家坚持不写国策文学，继续创作逃避战争的文学作品。正是这些作家留下了脍炙人口的佳作，勉强填补了文学的空白期。如川端康成、横光利一、伊藤整、坂口安吾、堀辰雄、太宰治、石川淳等作家，他们虽然没有对战争做出批判和抵抗，却也基本上做到了文人的自律。石川淳在卢沟桥事变前，以《普贤》（1936）而获得第四届芥川奖。

《普贤》讲述了一个埋头于撰写中世纪法国女诗人传记的主人公"我"，终日颓废地活着，却难掩对老友妹妹由佳丽的暗恋。某日由佳丽躲避特高警察的追捕而出现在"我"面前，将"我"卷入其中。1938年石川淳的《军神之歌》（1938）因疑似具有反战思想而遭到当局的禁发令，他转而潜心于《森鸥外》的创作和对江户文学的研究。

太宰治也是在日本侵华战争全面展开之后保持了异常的冷静。1939年发

---

① 高洁、高丽霞. 日本文学概论近现代篇 [M]. 上海外语教育出版社，2022:190.

表了《富岳百景》（1939），以轻松的风格和诙谐的语调，为苟活于令人窒息的战争恐怖时代的读者带来一丝光亮。太宰治一贯的自嘲、揶揄的笔调，即使在非常时期也没有改变。

这一时期，太宰治在文学报国会的指示下创作歌颂"日中亲善"的作品，他自己选题，以鲁迅在日本的留学生活为素材写了《惜别》（1945）。作品以第一人称"我"，即鲁迅昔日同窗老医生来描写当年在仙台医学专科学校学习的鲁迅的事迹，追忆了鲁迅、藤野先生和"我"之间的友好往来。这部作品虽然是在文学报国会要求下所作，但是太宰治在创作准备阶段收集了大量详实的资料，创作时忠实于自己的文学理念，忠于史实展开情节，没有堕落为御用文人。

石川淳与太宰治的作品都具有私小说性，可以说是与国策文学相距甚远的。战争时期私小说和历史小说的创作是留给作家自由的狭小空间。作家们抓住这少有的出气口，执着于身边琐事和个人心理，为日本精神荒漠吹进了一丝清凉之气。私小说作家如尾崎一雄、上林晓、伊藤整、外村繁、德永直等，他们在这一时期也都有不凡之作。

历史小说也给读者们疲惫的身心提供了暂时的栖息之地。历史小说作家如武田泰淳、竹内好、中岛敦等，他们即便没有借古讽今之意，其纯粹而洁净的文学内容，已然与那些御用文人有天壤之别了。

在日本军国主义暴走的条件之下，很难有真正意义上的抵抗文学发表。那些真正具有抵抗精神的文学家，已经早早地就被军部强制封笔了，如中野重治和宫本百合子等无产阶级文学家。

中野重治即便转向，对以往树立起来的革命信念也是仍然充满了坚定的决心的。其作品《村家》、《与歌告别》（1939）、《空想家和剧本》（1939）都隐晦地表达了反战思想。

而宫本百合子则保持了鲜明的斗争姿态。作为无产阶级作家，宫本百合子在20世纪30年代多次被捕入狱，在转向风潮之下，也不曾丧失斗志，始终充满着乐观主义精神。宫本百合子明确指出，文学不可追随民族主义或屈从于法西斯专权，坚信反战是正义的，而正义的必然会胜利。其评论《昭和的十四年》（1940）中对战时的文学提出了质疑和否定。

第二十四章 ● 战后文坛重建

1945 年日本进入现代文学的战后文学期。维持了近 10 年的战争体制和政治秩序，随着投降而瞬间崩溃。既存价值体系的垮塌、生活的动荡不安使得日本人在思想和精神上产生极大的混乱，如无赖派的作家们，其人生与文学都充满迷惘与绝望。而更多的作家和文艺批评家们决定正视战败、反思战争，致力于重建内心世界。各流派的大家们首先重返文坛，令战后文学呈现出多样性。其中川端康成重归日本传统，完成了诺贝尔奖获奖杰作《雪国》的创作。但是作家们更多地将关注的焦点放在了自身的生存体验和生活心情的表述与记录上。

一、各流派大家重返文坛

1945 年日本被美国为首的联合国军占领，占领军最高司令部在日本施行民主化和非军事化的政策，日本政府对文学的战时文化统治宣告结束。人们重新获得人性的解放、思想与言论的自由，新闻出版业复兴，文艺刊物如雨后春笋般涌现，不约而同地向既成作家们约稿。

战争期间进行艺术的抵抗或者保持沉默的传统文学大家们，战后迸发出强烈的创作热情。主要作品有耽美派作家永井荷风的《舞者》（1946）、《沉浮》（1946）、谷崎润一郎的《细雪》（1946—1949），白桦派作家志贺直哉的《灰色的月亮》（1946），自然主义作家正宗白鸟的《战灾者的悲哀》（1946），私小说作家上林晓的《在圣约翰医院》（1946）等。其中《灰色的月亮》用凝练的笔触描写了少年工人饥寒交迫的形象，反映了战争对平民百姓造成的伤害。《在圣约翰医院》则以私小说形式，通过自己的病痛来体味战后的种种危机，以及面对生命意识的严重挑战。

此期重返文坛的其他作家中有中间小说作家，如石坂洋次郎、田村泰次郎、舟桥圣一、丹羽文雄、井上友一郎等。所谓中间小说，即位于纯文学与大众文学之间的小说。代表作品如田村泰次郎的《肉体的恶魔》（1946）、《肉体之门》（1947），石坂洋次郎的《青色山脉》（1947），丹羽文雄的《讨人厌的年龄》（1947），舟桥圣一的《雪夫人画卷》（1948）等。这些作品大多缺乏思想性、社会性，只描写战后混乱和颓废的世态人情与风俗的表面现象，甚至以放荡的性风俗来讨好读者。

除上述作家外，川端康成、井伏鳟二、伊藤整、石川达三、石川淳、太宰治、坂口安吾等等诸多流派的作家也都重新开始创作。既成作家的作品可以说均显示了其较高的文学功力，对精神世界荒芜的读者来说不愧是文学盛宴。但是既成作家的文学，除无赖派外，多脱离生活实际，具有一定的落后性、贫弱性。

二、川端康成回归传统

既成作家中的最具代表性的是川端康成，他的作品《雪国》（1935—1947）创作于战前，遭受战时文化统治的压制而中断发表，作家便以对抗国策文学的态度，默默地进行艺术创作，表达对战争的无声抵抗。该作品1948年才得以刊行完整本，为川端康成1968年诺贝尔文学奖的获奖作品之一。《雪国》开篇写道：

国境の長いトンネルを抜けると雪国であった。夜の底が白くなった。信号所に汽車が止まった。

向側の座席から娘が立って来て、島村の前のガラス窓を落した。雪の冷気が流れこんだ。娘は窓いっぱいに乗り出して、遠くへ叫ぶように、

「駅長さあん、駅長さあん。」

明りをさげてゆっくり雪を踏んで来た男は、襟巻で鼻の上まで包み、耳に帽子の毛皮を垂れていた。

もうそんな寒さかと島村は外を眺めると、鉄道の官舎らしいバラックが山裾に寒々と散らばっているだけで、雪の色はそこまで行かぬうちに闇に呑まれていた。①

---

① 川端康成. 雪国. 新潮文庫100册，Illustration by Yusei Kakizaki Copyright ©2023 SHINCHOSHA All Rights Reserved.

　　那县界长长的隧道，钻过之后，便是雪国。夜空下，白茫茫一片。信号灯前，火车停了下来。

　　对面座位上的姑娘站起身子，落下岛村前面的玻璃窗。冰凉的雪气流淌进来。姑娘将身子大大地探出窗外，仿佛向着遥远的彼方似的呼唤道：

　　"站长先生——，站长先生——！"

　　手拎着提灯，男子慢慢踏雪而来，用围巾将下颌到鼻子上方都包了起来，耳边耷拉着帽子的毛皮。

　　已经这么冷了吗？岛村想着望向窗外，只见铁路宿舍模样的木板房冷冷清清地散立山脚，白雪通向那里，却在还未到达之前早早被黑暗吞没了。

　　《雪国》以这段非常精彩的描写开篇，其第一句话使用了过去时"であった"，若按事情发生在过去理解，这句话便表明接下来的故事都是书斋里的回想。若按对"这里是雪国"的一种确认，则表明雪国已是岛村熟知之地，白茫茫一片也是他对已知事物的印证。而读者往往是将两种理解综合起来的，便产生了一种带有层次感的意识流体验。第一句话中的"长长的隧道"，类似《古事记》中黄泉国比良坂的通道，连接着生死两境。其后对雪国白茫茫一片的描述，表明雪国是纯洁的异界，岛村每次到这异界里都会获得新生。

　　小说中，终日无所事事、优哉游哉生活着的岛村，是个有家室的中年知识分子。每当倦怠不安时，他就会到访雪国以安抚内心，在这里他与艺妓驹子相识。驹子认真却徒劳的努力令岛村生出别样的情愫，与她保持着肉体关系却并不太在意。驹子虽然知道不论怎样去爱岛村都会归于徒劳，却停不下对岛村的恋慕。她以每个瞬间都保持正直的态度生活着，不愿留下任何懊悔地奋斗着，也早早就觉悟到爱上一个人就一定会被抛弃的心痛。驹子身边有一个名为叶子的高贵美丽的少女，一直吸引着岛村的注意。他的每次到访雪国，更像是为了叶子。小说结尾叶子因为火灾殒命，岛村便从此断了再去雪国的念头。

　　《雪国》是一部具有象征意义的中篇小说，以作者在日本列岛西北岸的新潟县越后汤泽的实际体验为素材，刻画了真爱与付出都是徒劳的情节，寄托了作者对战后时代缺乏生存意义的情感表达。作品中的驹子是凝聚着日本风土特色的理想人物，具有鲜活的生命色彩，厌倦了生活的岛村每次都通过与驹子的幽会来恢复活力，这一设定寄托了作者讴歌日本感性美的文学理想。

　　《雪国》之后，川端康成继续挖掘日本古典美，刻画日本人的心灵家园，代表作有《山音》（1949—1954）、《千只鹤》（1949—1952）和《古都》

（1961）等。此外有耽美风格的《睡美人》（1960—1961）等。1968年，川端康成以《雪国》《古都》《千只鹤》三部代表作获得诺贝尔文学奖。

川端康成文学的三大特色是，继承日本传统审美体验并与自然风土相结合的唯美主义；以卓越的感受性表现日本民族精髓的抒情色彩；以现代主义表现技巧构筑起来的反传统的意象化、象征化、意识流化、散文化的小说结构。

三、无赖派小说表达绝望

1945年的战后民主化浪潮摧毁了既成权威和秩序，在这混乱之中，太宰治、坂口安吾、织田作之助等无赖派（也称作新戏作派）的作家们发表了破灭型的作品，他们颓废的生活也非常引人注目。如坂口安吾的《堕落论》（1946），太宰治的《斜阳》（1947），以及1948年太宰治的自杀等等都给予大众以强烈的冲击。

而其实这些作家早在1935年左右便已登上文坛，他们出道之初便已经呈现出了反世俗、反秩序的无赖态度。他们旺盛的创作能量在战后一举喷发，大致呈现两种倾向。一种是破灭倾向，包括太宰治、坂口安吾、织田作之助、田中英光；另一种是反现实主义倾向，包括石川淳、高见顺、伊藤整。破灭倾向为无赖派的主流。

战后初期，既成作家与中间小说家的作品，从主题素材到方法理念都基本上延续了战前的风格，有意无意地避开了"战败"和"战后"所蕴含的深刻命题。无赖派同样延续了该派战前既有的无赖风格，但是他们敏锐地捕捉到了"战败"带给日本全体国民的心理打击和精神创伤。"战后"的虚无主义、迷茫与困惑、幻灭与绝望，他们将这些作为心像风景诉诸文字，以半真半假的话语来表现混沌的人生，以幻化的美丽来抵御灵魂的缺失，以浸淫沉沦来谋求生命的自救，从颓废中实现艺术的升华。

无赖派的杰出代表作家是太宰治。在《人间失格》（1948）中，太宰治将自己的人生经历，诸如情死、吸毒、嫖妓、转向等等毫无保留地装置在主人公大庭叶藏身上，并对其灵魂进行了深刻的剖析，诉说着对爱的渴求、对人世的绝望以及对罪孽的忏悔，同时也批判着人世间的虚伪和罪恶，表达着对人世间的反抗精神。

　　《人间失格》的主人公身心病弱，厌恶人群，唯有通过装傻逗笑来营造一个可供自己生存的空间，一旦苦心经营的脆弱空间崩溃，就会无可救药地堕落，自责丧失为人资格。主人公为没能沦为芸芸众生而自责，为无法理解复杂的人性而自责。其实应该自责的并非叶藏，而是整个社会。错的不是主人公，而是这个世界。太宰治的《人间失格》反过来解读便发现其反讽意味和编入其中的对社会绝望的暗码。

　　日本战后社会动荡不安，思想观念、价值观念产生动摇之时，无赖派文学的流行成为一种客观的必然，他们对传统观念、传统道德的反叛精神给人们以启迪，他们的自甘堕落与毁灭是对社会黑暗强烈的控诉和警示。

第二十五章 • 民主主义小说

一、民主主义运动特色

1945 年，宫本百合子、中野重治、藏原惟人等原无产阶级文学家、理论家们组织了"新日本文学会"，以机关杂志《新日本文学》为根据地，开始推动民主主义文学运动。民主主义文学运动的主体是无产阶级作家，为适应时代变化，他们继承了战前的无产阶级文学，组织了一个更为广泛的文学统一战线，以民主主义为目标，提出其宗旨：

（1）创作和普及民主主义文学；

（2）团结和发挥人民大众创造性的文学力量；

（3）同反动文学和文化作斗争；

（4）争取进步文学活动的完全自由；

（5）加强同国内外进步文学和文化运动的联系和合作。

志贺直哉、广津和郎等文坛老作家，荒正人、平野谦等《近代文学》（1946—1964）派的作家、理论家，以及其他各流派作家、理论家等三百多人参与到民主主义文学运动中来。从战后民主主义文学运动发展的脉络来看，在建立新的文学理论和进行新的文学实践方面，它都取得了豪不逊色于无产阶级文学运动的成果。

新日本文学会中，无产阶级文学派作家多主张继承和发扬战前无产阶级文学的传统，但是《近代文学》派作家则多坚决抵制将文学置于党派政治之下，另有居中调停双方冲突的作家，总之运动之初便已经出现了各派作家间

或左或右的意识形态摩擦，其后又不时泛起宗派主义、政治主义、艺术至上主义争风吃醋的种种不和谐现象，民主主义文学后期遭受巨大挫折，与此不无关系。

二、民主主义小说代表作家

民主主义文学的代表作为宫本百合子的《播州平原》（1946—1947）。《播州平原》为中篇小说，1946 年到 1947 年在《新日本文学》《潮流》杂志上分四回发表。《播州平原》第一章中关于玉音放送后广子与伸一的对话的描写：

伸一が、日やけした頬をいくらか総毛立たせた顔つきで、父親の方からひろ子へと視線をうつした。

「おばちやん、戦争がすんだの？」

「すんだよ」

「日本が敗けたの？」

「ああ。敗けた」

「無条件降伏？ほんと？」

少年の清潔なおもてに、そのことは我が身にもかかわる屈辱と感じる表情がみなぎっているのを見ると、ひろ子はいじらしさと同時に、漠然としたおそれを感じた。伸一は正直に信じていたのだ、日本が勝つものだと。――しばらく考えていてひう子は甥にゆっくりと云った。

「伸ちやん、今日までね、学校でもどこでも、日本は勝つとばかりおそわったるう？おばちやんは、随分話したいときがあったけれど、伸ちやんは小さいから、学校できかされることと、うちできくことと、余り反対だと、とっちが本当かと思って困るだろうと思ったのさ。だから黙っていたのよ。」（青空文庫）

伸一被太阳晒黑的脸颊上寒毛倒竖起来，他把视线从父亲那里移向了广子。

"姑姑，战争是结束了吗？"

"结束了的"

"日本战败了？"

"啊，战败了"

"无条件投降？真的吗？"

少年纯洁的脸上满是深感屈辱的表情，广子心疼的同时，又生起了莫名的恐惧。伸一从未怀疑过日本会打赢啊。――广子想了一会儿，缓缓地对侄子说：

"阿伸，此前，无论是学校还是哪里，教给你的都是日本会赢？姑姑非常想告诉你，但是又怕你还小，学校里听到的和家里听到的互相矛盾的话，你可能会不知谁对谁错而苦恼，就一直没有跟你说。"

《播州平原》的女主人公广子在福岛迎来 8 月 15 日的日本投降，本来打算前往网走监狱探望丈夫，却因为小叔子在广岛失踪而改往丈夫的老家山口县。然后再次前往东京，因为洪水，播州平原上的铁路不通，她只好一步一步地走着前行。作者如其所是地描绘出日本战后的世相，由南到北，战争不仅毁坏了大片国土，也残忍地破坏掉人心的完整。

《播州平原》是日本战后民主主义文学的第一部作品。小说主人公群体既包括一直未转向的寻子、重吉等人，也包括不知道怎样抵抗而陷入屈辱和失意的普通群众。小说自始至终洋溢着对群众的爱和信赖，表达了只有人民才是国家的主人，人民才能创造历史的思想。小说以现实主义的社会洞察力分析了日本帝国主义投降后的政治形势。

宫本通过对主人公寻子和重吉的亲身经历和坚定信念的描写，来强调其反战意识。宫本百合子从人性的角度出发，对深受战争之害的人民怀着深深的同情。在与天皇专制和独裁政府进行抗争的同时，也不断地在马克思主义信仰支撑之下安慰和鼓舞着战败的国民。宫本百合子作为杰出的女性作家，是极为耀眼的存在，在日本近现代文学史上受到很高的评价。

民主主义文学的代表作家，除了宫本百合子，还有德永直、小田切秀雄、花田清辉、中野重治、佐多稻子、壶井荣等人，代表作品除了《播州平原》，还有德永直的《我妻安息》（1946—1948）、中野重治的《五勺酒》（1947）、佐多稻子的《我的东京地图》（1946—1948）、壶井荣的《妻子的座位》（1949）等。

1950年朝鲜战争爆发，文学迎来战后的大转换期。民主主义文学运动内部分裂以及国民文学论争反映着这种大转换。因为日本共产党内部的对立而产生了《人民文学》杂志。

1965年，新日本文学会再度分裂，被新日本文学会除名的共产党员们组织了"民主主义文学同盟"，继承了民主主义文学的传统。

但是1965年后，战后文学史意义上的民主主义文学运动便自然告终了。当然，更广泛意义上的民主主义文学的传统却仍然保持着生命力，2003年民主主义文学同盟更名为"日本民主主义文学会"，至今仍在开展活动。

第二十六章 ● 现代主义小说

现代主义文学，在二战前尚处于探索期，新感觉派也好，新心理主义也好，都不具备抗衡无产阶级文学的实力。在二战后，现代主义文学获得了长足进展，能够与无产阶级文学延长线上的民主主义文学分庭抗礼，并且最终成为文坛主流。现代主义文学建立了稳固的大本营（《近代文学》），培育了一代又一代的骨干力量（两次战后派、第三新人、内向的世代等）。其中第四五代战后作家大江健三郎作为战后派的传承人，继承了前辈的累累硕果，写出了经典杰作。

第一节 《近代文学》

战前遗留下来的文学具有落后性和贫弱性，已不能满足战后时代的要求，新时代在呼唤一种新的文学。在提倡新的文学理念方面，平野谦、荒正人、本多秋五等《近代文学》派的评论家们发挥了巨大作用。

《近代文学》派的作家评论家们整体加入了"新日本文学会"，却因与无产阶级文学派意见的根本对立而保持着距离和独立性。《近代文学》派评论家特别强调文学的主体性和独立性，强调功利与审美的差异，坚决抵制将文学置于党派政治之下。而无产阶级文学派则主张继承和发展战前的无产阶级文学传统，文学为党性服务，于是两者间于1946年到1947年间掀起了"政治与文学"的论争，如何保护过去的纯文学不受政治、组织或大众传媒干扰，如何把握纯文学或者自我，成为战后文坛主流理念。

《近代文学》派主张通过对战前革命运动的批判和检讨来倡导自我的再建，成为文学中现代主义的领导者。政治与文学的论争，思想的多维交流，观点碰撞产生的火花，产生了积极影响，为战后文学的崛起开辟了道路。

而在文学实践方面，占据主流地位的则是战后派的作家们。战后派文学重新审视战前左翼体验或战争体验的意义，创作出从人类全体进行把握的规模巨大的观念性小说。

第二节　历代作家

一、战后派

《近代文学》通过两次扩招，集结了大批同人作家，而第一次扩招的野间宏、梅崎春生、椎名麟三、武田泰淳、埴谷雄高、中村真一郎等人被称为第一次战后派作家。

第一次战后派的作家们在《近代文学》派理论家的指导下，进行了大量的创作，成为新文学的骨干力量。野间宏率先在《黄蜂》杂志上发表了《阴暗的图画》（1946），受到文坛和读者的极大关注。接着从 1946 年至 1947 年，先后问世了中村真一郎的《死亡的阴影下》（1945—1947）、梅崎春生的《樱岛》（1945）、埴谷雄高的《死灵》（1946）、椎名麟三的《深夜酒宴》（1947）、武田泰淳的《蝮蛇的后裔》（1947）等，作品具有强烈的社会性、鲜明的自我意识、新颖的表现方法，超越了以往的写实主义传统，在内容和方法上赋予文学以全新的概念。

第一次战后派作家大部分有共同的经历，即曾经参加过共产主义运动，被捕入狱又被迫转向放弃信仰，经历过挫折和痛苦体验，关心政治，希望在极限状态下寻找生存的答案，在更广阔的视野里追求新的现实主义，可以说战后的文学主要出自战后派作家之手。

战后派文学的代表作为野间宏的中篇小说《阴暗的图画》。主人公深见进介对左翼学生运动遭到镇压一事十分憎恶，却又不能坚持抵抗，陷入了无法排遣的不安、孤独和痛苦之中。布鲁格尔的"阴暗的图画"、战争和社会黑暗

的痛苦、自己的性欲叠加起来，隐喻地表现了从自我丧失到自我完成的挣扎，以明快平易的文体，迈出了日本语新表现的重要一步。

野间宏从生理、心理、社会三个方面揭示人的存在，主题之一便是利己主义，同时涉及个人与社会、个人的自我革命等等问题，具有鲜明的存在主义特征。存在主义以人为主体，强调人的自由与责任，认为存在即伴随着孤独、不安与绝望，应该通过文学艺术来把握存在，给战后作家的创作提供了理论依据。

二、第二次战后派

以 1950 年朝鲜战争爆发为界，战后派文学迎来了重要的转折。《近代文学》招募的第二批作家，三岛由纪夫、大冈升平、安部公房、堀田善卫、岛尾敏雄、井上光晴等人，被称为第二次战后派。这些《近代文学》的同人们与第一次战后派一样，以政治与文学，马克思主义与存在主义，主体性论与世代论为共通主题，都具有存在主义倾向。

第二次战后派的经典作品数量庞大，如三岛由纪夫的《金阁寺》（1956）、《丰饶之海》四部曲（1969—1971），大冈升平的《野火》（1948—1951）、《莱特战记》（1967—1969），安部公房的《墙—S·卡尔玛氏的犯罪》（1951），堀田善卫的《广场的孤独》（1951），福永武彦的《死鸟》（1966—1971）等。

大冈升平以自己在菲律宾战场被俘并被关押在莱特俘虏营前后的生活体验写了《俘虏记》（1948），描写了一个日本兵在俘虏营回忆被俘前与敌人对峙的瞬间，为什么没有向一个漫不经心地向自己走过来的美国兵开枪，以及希求生存的种种复杂感情。这部充满纪实性的小说得到了评论家小林秀雄的高度肯定，并荣获了第一届横光利一文学奖，大冈升平在不惑之年跻身文坛并成为中坚作家。他基于自身战场经历创作的《野火》，对《俘虏记》中描写没有向美国士兵开枪的心理进行了深入追究，并对吃人肉的情节展开了极具压迫力的描写，求生的种种复杂感情、人性的光辉与个体的脆弱跃然纸上。

第二次战后派作家中，安部公房幼少时期在沈阳度过，后来加入日本共产党，马克思主义对其创作影响很明显，但是其创作风格色彩更为浓厚的是存在主义，在其存在主义传承的延长线上是诺贝尔文学奖获奖者大江健三郎。

安部公房的创作生涯始于 1947 年，以自身被遣返的经历创作了《无名诗集》（1947），同年发表了长篇处女作《黏土围墙》（1947），翌年更名为《终道标》（1948）出版发行，以存在主义作家身份登上文坛。此后创作了大量作品，如《赤茧》（1951）、《墙—S·卡尔玛氏的犯罪》（1951）、《野兽们朝向故乡》（1957）、《沙女》（1962）、《箱男》（1973）等。

安部公房受到西方存在主义思潮的影响，作品中常有变形、异化等元素，情节怪诞而富有寓意，其作品的超前性在战后文坛独树一帜。《沙女》完美表达了安部公房的存在主义思想。安部公房在《沙女》这部作品中设定了沙洞这样一个特别的环境，刻画了生活在沙洞中的砂女以及后来被骗到沙洞中的顺平的生活状态。顺平从最开始想尽一切办法逃出沙洞，到最后放弃离开沙洞的机会，外在原因是性欲的诱惑、死亡的恐惧，以及新生命的孕育，内在原因是发现了沙洞内外生活的本质是一致的，永远无法脱逃。安部公房通过这样的设置巧妙地批判了战后日本社会现状的荒谬和人们无处可逃的处境。

《沙女》发表时安部公房被共产党除名，从作品的解决方式可以看出其非马克思主义化的倾向，他不是通过革命来改变社会、改变自己，而是直接令自己屈服，令自己被社会规训来实现名为自由实际是囚禁的生存方式。这种存在主义的解决方式，最终只能停步在主人公斗争意识的不断堕落之上。

三、第三新人

"第三新人"指继第一、二次战后派后登上文坛的新人群体，这些新人并没有组成文艺团体或者刊行同人杂志，只是由于登上文坛时间相近，文学风格类似，才被统称为"第三新人"。代表作家如安冈章太郎、吉行淳之介、小岛信夫、庄野润三、远藤周作等人。

1953—1955 年是"第三新人"作家登上文坛的重要时期，芥川奖替代文艺团体和同人杂志成为他们登上文坛的契机。1953 年，安冈章太郎的《坏伙伴》（1953）和《阴暗的喜悦》（1953）获芥川奖后，吉行淳之介的《骤雨》（1954）、小岛信夫的《美国学校》（1955）、庄野润三的《游泳池畔小景》（1954）、远藤周作的《白种人》（1955）也相继获得芥川奖。

第三新人中最具代表性的作家是安冈章太郎，其代表作为私小说《海边的

光景》（1959）。《海边的光景》是以作家本人的经历为原型写就的私小说。主人公信太郎去往海岸的精神病院看望母亲。母亲已经不能恢复正常，处于临终状态，信太郎在她的身旁回忆着一家人的生活。信太郎为独生子，是参军归来的带病之身；父亲是兽医，升至少将军官，却因为战败而失去工作，一家丧失经济来源；在即将脱离苦难过上好一些的日子时，母亲却精神失常了。

安冈章太郎的作品大多聚焦弱势群体，从弱者立场出发，揭露社会的不合理性，带有很强的批判现实性，他在作品中摒弃了一切思想与理论，突出日常性，潜在着非现实性幻想和劣等生意识。

《海边的光景》产生的时代背景也是第三新人的文学产生的背景。1953年朝鲜战争终于结束，社会环境相对安定，但是也偶有流血事件发生，这对第三新人的文学产生了较大影响，他们的作品描写了安定形势中隐藏着的社会危机。第三新人亲历过战争期间的匮乏和饥饿，对政治和意识形态抱持厌恶和反感，但是他们自幼接受军国主义教育，不具备反战争、反社会和反现实的意识。

与前两次战后派相对，他们更忠实于个人的感觉体验，更重视日常性的生活琐事，不喜欢描写战争极端状态下的"人"，而是回归日常生活中的"人"，回归私小说传统，有着朴素的现实主义倾向，在表现形式上从不标新立异，形式和内容均以小巧玲珑为特点。他们脱离社会革新一类的重大主题，而热衷于小市民生活的描写，依据小市民式的真实情感进行创作，描写小市民、劣等生、残疾人生活等等。

四、第四、五代作家

1. 代表作家

时代变迁，战争的记忆已经远去，人们已经走出了战争的阴影，因1955年的经济景气，1956年大众传媒开始宣传"已经不再是战后"的思想。第四、五代作家作为新生代，远离战争，其文学中也了无战争阴影，代表作家有石原慎太郎、开高健、大江健三郎等人。

1956年，石原慎太郎的《太阳的季节》（1956）获得了芥川奖。此次获奖与大众传媒的宣传和影响密切相关，成为了当时轰动一时的社会事件。石原慎太郎的作品多表现"理想、信仰丧失后的青年的反叛抵抗与失落绝望"①，《太阳的季节》中的男主人公则是一个彻底的反叛者，他疯狂反抗既成道德，一切都是为了反抗而反抗。《太阳的季节》荣获芥川奖一事引起世间舆论纷纷，大众传媒的异常发达令作家艺人化，文学的演艺化现象醒目，文坛显示出崩坏迹象，该作品可以看作文坛崩坏的预兆。

1957 年开高健的《裸体国王》（1957）获得芥川奖。开高健视野宏大，善于描写集团中的人，他以客观的语体"抨击现代社会的秩序体制，赞美个性的价值、歌颂野性自由的生命个体的革命性"②。

1958 年大江健三郎的《饲育》也获得芥川奖，此后逐渐成长为现代文坛非常重要的作家。

以上三位作家作为一代文学新人的代表登上文坛，被视为战后世代的旗手。"第三新人"的作家们关注普通的日常生活，却仍然难以抚平战争所带来的青春伤痕。而第四、五代作家的文学中，"人"终于重新作为单纯的生命个体而得到表现，大江健三郎和开高健的文学，都对人的生存与社会状况进行了深刻探索。

2．大江健三郎的小说

大江健三郎被认为是超越第三新人而继承战后派文学的最后一人，其作品处在安部公房存在主义的延长线上，表现更为高超，于 1994 年获得诺贝尔文学奖，是第三新人以来的佼佼者。

大江健三郎在东京大学就读期间发表《奇妙的工作》（1957）登上文坛，此后发表了《饲育》（1958），大江健三郎凭借此作获得了芥川文学奖。《饲育》的开篇写道：

僕と弟は、谷底の仮設火葬場、灌木の茂みを伐り開いて浅く土を掘りおこしただけの簡潔な火葬場の、脂と灰の臭う柔かい表面を木片でかきまわしていた。谷底はすでに、夕暮と霧、林に湧く地下水のように冷たい霧におおいつくされていたが、僕たちの住む、谷間へかたむいた山腹の、石を敷きつめた道を囲む小さい村には、葡萄色の光がなだれていた。僕は屈めていた腰を伸ばし、力のない欠伸を口腔いっぱいにふくらませた。弟も立ちあがり小さい欠伸をしてから僕に微笑みかけた。③

① 张龙妹、曲莉．日本文学 [M]．高等教育出版社，2012:567.

② 张龙妹、曲莉．日本文学 [M]．高等教育出版社，2012:572.

③ 大江健三郎．饲育．新潮文库 100 册，Illustration by Yusei Kakizaki Copyright ©2023 SHINCHOSHA All Rights Reserved.

我和弟弟来到了谷底临时搭建的火葬场，这火葬场十分简陋，仅仅在茂密的灌木丛里辟开一块空地，浅浅地挖掉表土而已。我们用木片搅拌着散发着油味的松软的灰烬。峡谷已经被暮色和夕雾笼罩，冷澈的夕雾像涌现于林中的泉水一样流淌着。而我们居住的小村庄，从半山腰向山谷倾斜着，环绕着铺满石板的小路，村里倾泻着葡萄色的光泽。我直起腰来，张大嘴巴打了一个无力的哈欠。弟弟也站起身来，微笑着冲我也打了一个小小的哈欠。

小说《饲育》讲述了太平洋战争末期，因洪水而与外界隔离的孤立的小山村里，突然坠落了一架美军飞机，逃生的黑人飞行员被大人们抓捕起来关在地窖里，报告上级政府等待处置指示。在未能与外界取得联系的时间里，少年们将飞行员当作宠物"饲养"起来，并逐渐爱上了这个充满热情的黑人士兵。对于少年们来说，黑人士兵的出现，给他们带来了节日的狂欢。

有一天当"我"发现大人们准备将黑人带走时，"我"不假思索地跑去通知黑人。黑人感觉大祸临头，将"我"劫持到地下仓库，扼住咽喉，几乎窒息。"我"的亲生父亲高举柴刀，不管"我"恐惧的眼神，向着"我"和黑人迎头砍下来。黑人的头骨碎了，"我"的手掌碎了。黑人死了，"我"活了下来。"我"那快乐的时光永远消失了，与那个孩子的世界已经无缘了。

黑人原本个性温和，没有带给村民们任何威胁，只是语言不通误以为自己将被杀掉而劫持"我"以自保，他对"我"并没有加害之心，不然在父亲的柴刀落下之前便会杀死"我"以陪葬。村民们原本对待黑人一直是充满善意的，如果没有上面的命令，战争的阴风或许不会袭来，村民们便不会有敌意，更不会沦为刽子手。人们的残忍兽性和疯狂的毁灭意识，就是这样被强行放置在敌对语境中而突然爆发的。温柔的黑人变成了绑架者，慈祥的父亲变成了杀人者，所有人为了杀掉他们认为的敌人而放弃了"我"的性命。终结了"我"快乐时光的，是黑人，是父亲，是村民们，更是让这些人丧失本性、变得狰狞可怕的战争。

《饲育》充满了封闭空间，如"我"居住的蚕房、关押黑人的地窖、被洪水隔绝的村庄，这些密闭空间象征性地体现着大江健三郎的"监禁状态"，无希望、无前途、无自由、无痛苦。但是当这种状态被强行打开时，处于监禁中的人接触到了外界的冷酷与残忍，便在不情愿中迈向成长。

"监禁状态"表现了二战前后心灵崩溃时期日本人的心理状态。军国主义教育、朝鲜战争、驻日美军将日本人牢牢地监禁在原地，有安全感却没有自由和希望。大江健三郎对"监禁状态"的描述贯穿早期作品全部，如《死者的奢华》《人羊》《感化院的少年》等等。

《饲育》之后，大江健三郎又发表了大量的作品，具有代表性的如《个人的体验》（1964）、《广岛札记》（1965）、《万延元年的足球队》（1967）等。其中《个人的体验》与《万延元年的足球队》为获得诺贝尔奖的代表作。

1959年的长篇小说《我们的时代》（1959）使用怪诞悖谬的手法，从性的角度表现了都市青年信念幻灭、孤独闭塞的内心世界，尝试打破时代、社会、人生的窒息现状。

1964年的长篇小说《个人的体验》和1965年的长篇随笔《广岛札记》探索了创作与个人心理的契合点，致力于表现对生死伦理的诉求、对生命个体的尊重、对再生的渴望。

1967年的《万延元年的足球队》是一部充满奇幻色彩的现实小说，深刻发掘了人性的不安。主人公蜜三郎因生下畸形儿而痛苦，弟弟鹰四则因安保运动失败而抑郁不得志。两兄弟同时陷入精神危机，他们为了从故乡求得救赎而回到四国的山村。然而山林之下，却是一个充满野性、通奸、乱伦和自杀等血腥暴力的疯狂世界。万延元年的农民暴动的历史传说、安保斗争的当下现实、土俗神话传说的虚构，以及战后精神与维新理想、万延元年与当代日本，通过空间并置和双线叙述的方式交织在一起。山林也变成了象征，象征着历史的迷局、现实的困惑、人性的复杂。

五、第六代作家

20世纪60年代经济的繁荣带来了物质生活的稳定和个人的异化。70年代初，随着大众传媒的发展，作家思想和文学观多样化、离散化。70年代登上文坛的第六代作家、评论家，坚持纯文学创作，把现代人的失落感和危机感细致入微地描写出来。在文坛上将这些作家称为"内向的世代"，代表作家有古井由吉、后藤明生、黑井千次、小川国夫、阿部昭、坂上弘等。

他们在少年时期经历了战争，成年时期经历了战后混乱以及经济崛起，养成了远离政治、思想、社会的基本态度，他们更趋向关心自我、关注生存的内在含义。他们具有存在主义倾向，后现代主义也已经初见端倪。

"内向的世代"代表作家为古井由吉，他的作品注重感性，善于捕捉日常生活片断，深刻把握幻想与疯狂之间的内在联系，借以表达处在精神疾患中的现代人的顾影自怜或对同病者内心深处的探求。1970年他以中篇小说《杳子》（1970），获得芥川奖。

《杳子》的主人公"他"与美丽而孤独的杳子相遇、相知、相恋，"他"发现杳子父母双亡，姐妹都患有精神疾病。与杳子交往过程中，"他"常常觉得距离杳子的心十分遥远。杳子具有强迫症的表现，总喜欢固定的路径、固定的座位，如果偏离了这些便会不知所措。但是杳子却不能接受姐姐那种就医治愈、结婚生子等等固定的活法，她总是要待在交界线上才能感觉到自己是在活着。这种莫名其妙的感觉正是青年人在社会异化中没有立足之地、无所适从的表现，在青年读者中引起广泛共鸣。古井由吉表现这种状况，以扩张内心世界来求得救赎。

六、新生代作家

"内向的世代"之后登上文坛的新生代作家都是战后出生的新人，其中中上健次、村上龙与村上春树较有人气。20世纪70年代，日本成为经济大国，人们的物质生活富裕，而精神生活走向多样化、个性化，新一代年轻人大多缺乏远大目标和社会责任感，他们开始放弃勤劳俭朴的传统，只是一味崇尚物质享受。这一世代作家的创作倾向多样化，作品中共存着民族性与世界性、传统性与现代性、乡土性与全球性。代表作家中，有追求海外风格的青野聪与宫内胜典，有追求乡土化的中上健次与立松和平，有追求都市风格的村上龙与村上春树。

关于追求海外风格的作家，由于编者所掌握资料甚少，在此从略。追求乡土化的作家中，较为著名的有中上健次、立松和平、多和田叶子、笙野赖子、川上弘美等人。其思想来源于反马克思主义思想，有日本学者论证了人世不过是创造出来的幻想世界罢了，追求乡土化的文学家们与之共鸣，大多接受并具象化了这一观点。

他们回归民俗世界，从民俗中取材，讲述民间故事，描写通灵者的世界。他们又从民俗世界继续拓展，进入神话般的世界。在他们的作品中，主角在人世间没有立足之地，只能在不同于人世间的幻想世界里寻找栖身之所。他们创造出民俗色彩浓厚的天堂和净土，创造出全新的魔法世界和高维宇宙。其实对他们和读者来讲，民俗世界也好，神话般的世界也好，在拯救灵魂，为自我开辟出一块立锥之地来这一方面，是具有同等效力的。因为丧失了马克思主义的战斗力，其拯救，只能以一种逃避的形式得以实现。

追求都市风格的作家，是三类作家中较为中国读者所熟知的一类。其中，村上龙的文学描写了日本年轻一代心灵空虚、行为放荡、生活无目的的现状。因为经济繁荣造成固有矛盾日益尖锐暴露，揭露和批判社会的社会派推理小说和批判现实主义的文学逐渐吸引了读者大众的注意力。

而村上春树则创造出日本此前没有的文体，以美国硬汉侦探小说简约冷酷的语体风格抒发日本式的柔情，使用"不是……不是……也不是……"的句式，表达出任何时间、任何场所、任何情景都没有立足之地的内心感受。他将现实世界与非现实世界并置，让主人公往返于两个世界，制造一种立足之地似有似无的迷幻感。

此外，女作家中较为杰出的，如吉本芭娜娜，她擅长描写与外部世界无关、毫无社会意识的内部世界，主人公对亲近之人无限温柔，对无关者毫不关心。通过对外界持有的防御态度暂且在世上创造一块立锥之地，给予读者心灵以治愈。伤口愈合之后，又会回到原来的辛苦世界，这并非本质性地解决问题。讲述者和听者便不得不反复承受现实的痛苦。

到了 20 世纪 70 年代末，在文学大众化这一总体背景下，这一时期拥有的读者群体最广泛的，还是以松本清张的作品为代表的推理小说、以司马辽太郎的作品为代表的历史小说，以及以星新一的作品为代表的科幻小说。石川淳等高龄作家的活跃也很引人注目；埴谷雄高、堀田善卫等战后派作家也仍然保持着旺盛的创作能力；大江健三郎走到了现代文学的最前端；小岛信夫之外"第三新人"的创作愈臻圆熟；筒井康隆等人的戏仿或科幻作品，对读者也具有一定冲击性；大庭美奈子、高桥隆子等女性作家也证明了女性作家群体不容小觑。诸如此类，不一而足，日本文学显现出了繁荣的景象。

日本 70 年代到 80 年代的文学，踏上了多样化扩散的道路，已经无法用固有的文学概念来把握，原本在近代文学中占据中心位置的作家流派，已经再难觅其踪影。

80 年代到 90 年代，日本步入高度发展的资本主义时代，日本小说的主题取向等关键方面也发生了一系列变化，无论是安部公房、大江健三郎等人的创作，还是村上龙、村上春树、吉本芭娜娜，以及 90 年代崛起的新锐作家的小说，都体现了国际化和多元化的基本特征。

日本文学，到了我们这个时代，仍然持续演进着。由于距离所观察对象的时间、距离不足，无法看清其全貌，要想准确描述其发展脉络，需要再经过足够时间的大浪淘沙和沉淀才可以吧。

课后练习 ✿

一、简答题

1.简述日本近代文学与现代文学划分的依据。

2.简述无产阶级文学的发展脉络。

3.简述无产阶级文学的特色。

4.简述现代艺术派文学。

5.简述文艺复兴与战时文学。

6.简述战后民主主义文学发展脉络。

7.简述战后存在主义文学的特色。

二、思考题

1.作为现代文学的无产阶级文学与现代艺术派文学，相对于此前的文学，体现出了哪些新意？

2.无产阶级文学在近代和战前、战后的发展经历了怎样的逻辑发展？

3.现代艺术派文学为何相较无产阶级文学表现欠佳？

4.川端康成与大江健三郎，为何可以获得诺贝尔文学奖？

5.村上春树的文学为何能够获得广泛的关注和持久的人气，却一直与诺贝尔文学奖无缘？

6.日本文学的未来应该是什么样子的？

第七编

近现代诗歌、戏剧、散文概论

（1868— ）

从写实主义开始，小说为王，诗歌因为其历史传承久远而屈居次位。而散文、戏剧则被挤到了边缘处。散文、戏剧的创作与文学创作密切相关，杰出的评论作家如坪内逍遥、北村透谷、龟井胜一郎、西田几多郎、藏原惟人、小林秀雄、平野谦等，可谓人才辈出，并对近现代文学的创作做出了重要的指导作用。再如散文中的日记、随笔代表作家如樋口一叶、石川啄木、永井荷风、德富芦花、柳田国男等等。又如戏剧方面的杰出作家有坪内逍遥、森鸥外、小山内熏、山本有三等等。但是相对于小说，诗歌、散文和戏剧的成就还是居于次要地位。

古典文学认为语言先于内心，歌谣可以令内心相通。近代文学则认为先有内心才有语言，主张言文一致体。近代文学致力于改变内心世界，再改变语言表达。近现代文学反映和表现在西方视角关照之下内心世界的苦恼。由于关注焦点的转移，并且由于明治政府通过行政手段解决了文字表记层面的语体问题，其后文学界的言文一致体运动进一步解决了文言文体与口语体的问题。此后作家们的语体表达便是其内心表达，他们只需考虑如何表达内心世界。正因为有如此变化，近现代文学部分关于语体的探讨也退居次位。并不是语体不重要，而是解决了表记和言文等具有共性的问题后，语音、语法、修辞等层面的语体表达千人千面，具有极强的个性色彩，在短短的篇幅内很难再对语体展开探讨。

第二十七章 · 近现代诗歌

　　由于自然主义的影响，近代诗歌也出现了言文一致体的口语自由诗，俳句出现自由律、无季题无定型俳句。短歌呈现写实倾向，书写生活的日常。戏剧则接受自然主义影响，将人生实际生活片断的真实样貌原原本本再现于舞台上。

第一节　俳句

　　俳句，俳谐连歌的发句独立出来，正冈子规称其为俳句，并对其进行了改革。近现代文学中的俳句分为传统俳句与现代俳句，现代俳句弃用了传统俳句依然保持的575音数律、季语和季题。

一、正冈子规改革俳句

　　而同样在启蒙思潮和自由民权运动的影响下，另有一部分诗歌界人士，以正冈子规为代表，在追求符合新时代要求的同时，坚持传统诗歌的音数律，并改良其创作方法。

　　传统诗歌中，首先得到改良的是俳谐。俳谐兴盛于近世，但是渐渐变成一种无意义的诙谐和即兴的文字游戏。文艺近代化波及俳坛，学者们讨论俳谐是否为文学，作为对此质疑的回答，正冈子规1892年在《日本》报上连载《獭祭书屋俳话》（1892），成为俳谐革新运动的先驱。代表作有《俳谐大要》（1895）、《俳人芜村》（1897）等。

　　正冈子规高度赞扬了松尾芭蕉的俳谐诗情，并将与谢芜村发掘出来，对其功绩予以肯定。他认为俳谐的连句并非文学，志向于将俳谐改造为自律的诗歌，强调俳谐中对自然进行写生的重要性，主张向与谢芜村学习绘画性的自由自在的句境。他还"主张放弃过去俳句的那种固定的题材和固定的观点，用写生的方法来表现自己的心情"[①]。

正冈子规、高浜虚子等人创办《杜鹃》（1897—   ）杂志，倡导短歌、俳谐的革新，强调写生的重要性。同人有河东碧梧桐、高浜虚子、坂本四方太、夏目漱石等。1898年前后，正冈子规提倡的写生，已经完全压倒旧宗匠们的俳谐。

二、子规门人的努力

正冈子规的一生短促，但是对俳谐与短歌的革新作用巨大，俳谐事业由高浜虚子、河东碧梧桐等人以及他们的弟子继承下来。1908年俳句新倾向运动开始。运动中心成员是河东碧梧桐。成员们接近社会现实生活，致力于依据心理性、感受性的描写表现实。在他们的努力下，新倾向运动风靡全日本。大正初年同为正冈子规弟子的荻原井泉水对新倾向运动做出批判，主张并实践了无定型和无季题的自由律俳句。

高浜虚子1912年在《杜鹃》杂志上质疑了新倾向运动，并提倡季题趣味、定型、平明调，举起了守旧的大旗。高浜虚子系列的俳人1917年从主观写生转向客观写生，追求通过俳句创作达到人生悟境，也就是说以人格养成为目标，追求自然现象的精细写生。

1927年起，高浜虚子站在反对无产阶级文学的立场，主张俳句是消闲的事业，是与人世纠葛无关的花鸟讽咏的文学，并获得了高野素十等众人的支持。高浜虚子的俳句如：

桐一葉日当りながら落ちにけり　　虚子[②]
闻说梧桐一片叶，沐浴阳光而飘零　虚子

高浜虚子的弟子水原秋樱子反对花鸟讽咏论，1931年左右开始领导新兴俳句运动，主张取材自由与人性复归，反对醉心于追求琐屑碎末的自然现象描写，重视想象力和抒情性。

---

① 中村新太郎著，卞立强等译. 日本近代文学史话[M]. 北京大学出版社，1986:51.
② 所引内容出自日本语料库"コトバンク"https://kotobank.jp/word/%E6%A1%90E4%B8%80%E8%91%89-53742#w-480383.

同为高浜虚子弟子的山口誓子则将取材范围扩展到都市，以蒙太奇手法描写无机人工素材，表现虚无的内心世界。水原秋樱子与山口誓子的俳句是有季题（表示季节的词语）的，同为高浜虚子弟子的日野草城、吉冈禅寺洞则主张无季题，将俳句的 17 个音节理解为现代诗歌，他们将新兴俳句运动又向前推进了一步。

1937 年因侵华战争爆发，新兴俳句运动中断。战争期间俳人们不得不避难于花鸟讽咏的俳句之中。

水原秋樱子的俳句如：

啄木鸟や落葉をいそぐ牧の木々　秋桜子 ①

秋之啄木鸟，牧场林间催叶落　秋樱子

三、大众化的俳句

1945 年，日本投降后，被战时体制规训的俳人的感性得到解放，但是却陷入了茫然若失的状态。1946 年桑原武夫发表《第二艺术论——关于现代俳句》（1946），质疑俳句的现代意义，并借机重审了日本文化的存在状态。1947 年，现代俳句协会结成，山口誓子等人追求现代俳句的根源性依据，金子兜太等人则标榜社会性推进前卫俳句。俳句结社超过 200 家，个人杂志纷纷创刊，女性也踊跃参与俳句创作。俳句已经前所未有地多样化、大众化了。

第二节　短歌

和歌作为文化素养而传承，正冈子规主张对和歌尤其是短歌进行革新，主张歌是用来表现感情的，不是讲理或表达概念的。他遵从内心，把简洁易懂的歌作为理想之歌来追求。近代短歌追求简单明了地表现内心感受到的东西，并发展出口语体的短歌。

一、正冈子规改革短歌

正冈子规在俳谐改革上取得成功后又试图对短歌进行革新。正冈子规的

---

① 所引内容出自日本语料库"コトバンク" https://kotobank.jp/word/%E6%B0%B4%E5%8E%9F%E7%A7%8B%E6%A1%9C%E5%AD%90-16848#w-1209100.

短歌理论创作，远比其短歌作品创作更有影响力，他主张"抛弃《古今集》中那种只注重技巧的和歌，尊重《万叶集》、《金槐集》（源实朝）的素朴、宏大的精神，在和歌中运用写生的方法"[①]。正冈子规主张"歌是表现感情的，不是'讲理'的，即不是表达概念的"[②]。他遵从内心，把简洁易懂的歌作为理想之歌来追求。

他组织了根岸短歌会，把伊藤佐千夫、长冢节等优秀的短歌诗人团结在自己周围，成为以后的阿罗罗木派的源流。正冈子规一生短促，但是对俳谐与短歌的革新作用巨大。俳谐事业由高浜虚子、河东碧梧桐等人继承，短歌事业由伊藤佐千夫、长冢节以及后来的岛木赤彦、斋藤茂吉继承。

另外，写生文对高浜虚子、夏目漱石、长冢节、铃木三重吉等众多作家的小说产生了影响。特别值得一提的是夏目漱石，他后来在《杜鹃》上发表写生文《我是猫》（1905—1906），成为从写生系统走出来的大作家。

二、《明星》派短歌

明治30年代（1900—1908）是浪漫主义的全盛期。此期占据文坛主流的是《明星》（1900—1908）的浪漫诗歌。1899年与谢野铁干创立新诗社，将尊重个性的精神奉为创作的圭臬，致力于独创性的诗歌创作。新体诗在新诗社得到发展，明治30年代迎来隆盛期。与谢野铁干等人的新体诗的源流是英德的浪漫派文艺，《明星》派作家，在倾注官能激情的表现上，可以说达到了日本浪漫主义的顶峰。而当这种洋溢的激情渗入古典的雅致时，就产生了薄田泣堇、蒲原有明的象征诗。

1900年，《明星》作为新诗社机关刊创刊。与谢野铁干跟正冈子规一样，也对短歌进行了改革，两人形成了两个不同的短歌流派。在《明星》创刊号上，与谢野铁干撰文表达了将短歌改革为"自我的诗"的主张。《明星》集合了一大批热爱诗歌的年轻人，与谢野晶子、山川登美子、水野叶舟、相马御风、薄田泣堇、蒲原有明、石川啄木、高村光太郎、北原白秋、佐藤春夫等等新星辈出。

[①] 中村新太郎著，卞立强等译. 日本近代文学史话 [M]. 北京大学出版社，1986:52.
[②] 古桥信孝著，徐凤、付秀梅译. 日本文学史 [M]. 南京大学出版社，2015:69.

《明星》为浪漫主义的发展作出了巨大贡献，浪漫诗歌成为歌坛主流。诗人们以奔放的热情谋求自我的解放、陶醉于恋爱至上和空想的唯美世界。

与谢野铁干的诗歌充满男性雄风，经常吟咏老虎，因此有"老虎铁干"之称，后转变为华丽诗风。薄田泣菫继岛崎藤村、土井晚翠之后成为诗坛担当，与蒲原有明并称象征诗诗人。石川啄木书写生活的诗歌，亲近社会主义思想，描写了未来日本社会主义社会的美好画面。而所有新诗社诗人中，最为出色的是与谢野晶子。

《明星》刊载的最为光彩夺目的作品是与谢野晶子的诗集《乱发》（1901）。青空文库中收录的《乱发》中的短歌如：

その子二十櫛に流るる黒髪のおごりの春の美くしきかな（《胭脂紫》第 6 首）
二十芳龄的她，那流淌过花梳的黑发，正是浓艳的春华吧。
なにとなく君に待たるるここちして出でし花野の夕月夜かな（《胭脂紫》第 75 首）
那时总觉得你在等待着我，便去了那花野之间，看过那夕月之秋夜啊。
春みじかし何に不滅の命ぞとちからある乳を手にさぐらせぬ（《春思》第 2 首）
这是青春短暂之物的，不灭的生命呀，一边想着，便轻舒玉手，探向力量之乳的秘境。

这里所选的三首短歌，集中代表了该诗集的特色，即明朗、华丽、充满幻想的诗风，自由奔放的格调，清新活泼的语言与挥洒自如的新体诗体。作者大胆无畏地宣泄了炽烈的青春热情，抒发了对肉感官能愉悦的赞美。"她把人性主要是当作一种本能，特别是作为狂热的爱情来加以肯定。作为爱情诗也极其明朗，感情热烈，很少有藤村《嫩菜集》中的那种悲伤与叹息。"①这是对封建因袭和陈旧的伦理道德发出的挑战，张扬了诗人真实的近代人格。

《乱发》之外，《明星》也刊载了翻译、小说、绘画等等多种领域的作品，构筑了一个超领域的浪漫主义广场。

三、短歌新动向

自然主义文学以小说为中心。但是诗歌仍然受到了自然主义的影响，短歌也开始避虚求真。1908 年正冈子规系统的歌志《阿罗罗木》（1908—   ）创刊。窪田空穗、若山牧水、前田夕暮、石川啄木等歌人咏唱内心的真实，告白自我的秘密，表达日常生活的感情，为短歌带来了新面貌。

其中石川啄木还发明了三行书写、添加标点符号的短歌表记法。如他的

---

① 中村新太郎著，卞立强等译. 日本近代文学史话[M]. 北京大学出版社，1986:50.

《悲伤的玩具》（1912）便是通篇采用了三行书写。如其中的第一首和歌：

> 呼吸すれば、
> 胸の中にて鳴る音あり。
> 凩よりもさびしきその音！（青空文库）
> 一呼吸，
> 胸中便有雷鸣。
> 比北风还要寂寞的声音！

　　1912 年，石川啄木因遭强权压迫，生活凄苦，罹患肺结核，每次呼吸都发出嘶嘶的声音，在他听来则如雷鸣、似北风，带着寒意和绝望。石川啄木"凝视自己贫困的生活，坦率地表现了自暴自弃的心情，以及对这种生活的怀疑、绝望和叹息"①。石川啄木的三行短歌充满了有生活气息的清新感。"歌颂生活"的主题的新鲜性备受歌坛内外的瞩目，确立了其第一线歌人的地位。

　　受到幸德秋水大逆事件的冲击，石川啄木开始接近社会主义思想，爱读幸德秋水和俄国思想家克鲁泡特金的著作，描绘了未来社会主义日本的蓝图。其东京生活时期创作的处女歌集《一握之沙》（1910），共收 551 首短歌。《悲伤的玩具》（1912）是石川啄木的第二歌集，共 194 首短歌。处女诗集《憧憬》（1902）、第二诗集《笛子与口哨》（1911）、评论《时代闭塞的现状》（1911）等杰作均产生自其对社会主义的思考之中，成为不朽的名篇。1912 年，石川啄木年仅 26 岁，便在出租屋里病死于肺结核，结束了孤独的、战斗的、先驱者的一生。

　　此外，北原白秋、吉井勇等歌人则陷入了耽美、颓唐的世界而自我陶醉。正冈子规系统的斋藤茂吉、岛木赤彦、土屋文明等歌人则呈现出追求真实的动向，并留下了颓唐派的痕迹。

　　大正初期，短歌杂志纷纷创刊，歌人们依流派结社，创作了自然主义、象征主义、生活主义等等倾向的短歌，呈现盛况，其中称霸歌坛的是《阿罗罗木》的写生派短歌。大正中期以后创作归于沉静。其中《日光》（1928）杂志的同人如北原白秋等人意图打开自由的窗子而集中到一起，但是未能形成反阿罗罗木的大规模短歌运动。昭和初期兴起无产阶级短歌运动、口语短歌运

---

　　① 中村新太郎著，卞立强等译. 日本近代文学史话[M]. 北京大学出版社，1986:123.

动，1928 年新兴歌人联盟结成，给既成歌坛造成巨大冲击。1935 年北原白秋创刊《多磨》（1935），提倡新浪漫主义、新幽玄体。随后迎来战争的暗黑期。

四、战后现代短歌

日本投降后，斋藤茂吉、释迢空等歌人完成了优秀的诗作，木俣修等新一代歌人从广阔的文学视野重新审视短歌，近藤芳美等人基于战争体验面对现实与思想，宫柊二在现实与思想基础之上，抓住"人间孤独"这一主题进行创作。以写实为基底的近代短歌作法逐渐发生变化，人们深化了问题意识，自觉地采用现代多种多样、充满个性的短歌作法。短歌结社的机关杂志、同人杂志超过 500 部，报纸和歌坛兴盛，短歌人口急剧膨胀，女性歌人发展显著。

第三节　诗

诗，指的是新体诗系列的诗歌。经过启蒙时期的《新体诗抄》（1882）、浪漫时期的《若菜集》（1897），到深受自然主义影响的口语自由诗《吠月》（1917），近代诗由文语定型诗发展为口语自由诗，"新体诗"也略称为"诗"。一战后，诗歌受到无产阶级与现代主义的影响，出现了无产阶级诗、现代主义诗、反战诗等具有强烈思想性的诗歌。二战后，诗歌创作逐渐进入个性化、多样化的时代。

一、新体诗

在启蒙思潮和自由民权运动的影响下，诗歌界人士追求符合新时代要求的诗歌，反对汉诗、和歌、俳谐等传统诗歌的创作方法，以《新体诗抄》为先导，一部分知识分子自觉地投入到改良日本诗歌内容和语体的实践中，他们翻译介绍西方诗歌，同时模仿其形式创作新体诗歌。

新体诗是在他们的实践中诞生的文语定型诗，多为七五调，和歌、俳谐等传统诗歌无法表现近代人自由清新的感情或者复杂深远的思想，新体诗则因胜任这项工作而成立。

新体诗由 1882 年的《新体诗抄》开始，《新体诗抄》为外山正一、矢田部

良吉、井上哲次郎共著的新体诗集，其中 14 编为英法诗歌的翻译作品，5 编
为创作诗歌，是明治新体诗的始祖。"虽然在《新体诗抄》中矢田部良吉等人
就诗歌的格律（如押韵）、诗型（长诗）和题材的拓展（政治思想的引入）等
方面均做了某些大胆尝试，但是经由他们之手翻译和创作的诗篇措辞生硬、
内容晦涩，读起来颇有几分佶屈聱牙之感"①，结构和选题也略显杂乱无章。即
便如此，近代诗还是从《新体诗抄》开始蹒跚起步了。

新体诗的探索，经过山田美妙的《新体词选》（1886）发展到森鸥外的译
作《於母影》（1889）。1889 年，森鸥外、小金井喜美子、落合直文等人翻译
的《於母影》，收录了歌德、拜伦等西欧诗歌，发挥了和文、汉语的特长，成
为提高新体诗的艺术性的契机，拉开了近代抒情诗的序幕。后又经过北村透
谷、岛崎藤村、土井晚翠、蒲原有明、薄田泣菫等人的创作努力而确立了近
代诗歌，"新体诗"也从此略称为"诗"。

二、浪漫诗

新体诗诗人们的创作十分活跃，他们歌颂朝气勃勃的青春热情，歌颂人
性解放。日本浪漫主义文学的先驱是森鸥外，随后举起浪漫主义大旗的是《文
学界》的北村透谷，他致力于更新文学理念，主张个性的自由解放，对岛崎
藤村等诗人产生了极大影响。

1. 岛崎藤村的诗歌

岛崎藤村是森鸥外、北村透谷之后的浪漫主义文学的先驱。在北村透谷
自杀后，岛崎藤村接过了浪漫主义的大旗，但是他的浪漫主义屈从于天皇制
的现实，"将透谷颂扬为人生伟大理想的爱情改换为肉体的感觉的美"②，"决心
不论发生什么事情也要坚定地活下去"③，执拗凝视人生，"他在以抒情的方式
直接碰到'天皇制的枷锁'不得不遭受挫折的自我的热情和希望的过程中，发
现了诗歌和生存的价值"④。

岛崎藤村接受《新体诗抄》的影响，自由地抒发情感，歌颂青春，虽然诗

① 张龙妹、曲莉. 日本文学 [M]. 高等教育出版社，2012:365.
② 中村新太郎著，卞立强等译. 日本近代文学史话 [M]. 北京大学出版社，1986:44.
③ 中村新太郎著，卞立强等译. 日本近代文学史话 [M]. 北京大学出版社，1986:43.
④ 中村新太郎著，卞立强等译. 日本近代文学史话 [M]. 北京大学出版社，1986:47.

句语法、诗法已然陈旧，但是洋溢在诗歌中的青春气息却仍然感动着现在的读者。岛崎藤村的新体诗还从英德浪漫派文艺吸收营养。

1897 年岛崎藤村发表了浪漫诗集《若菜集》。其中的《初恋》写道：

まだあげ初めし前髪の	那时刚刚挽起的发髻
林檎のもとに見えしとき	于苹果树下出现之时
前にさしたる花櫛の	那前发上插着的花梳
花ある君と思ひけり	一如花儿一般的你
やさしく白き手をのべて	温柔地伸出纤白的手腕
林檎をわれにあたへしは	将苹果递给我的瞬间
薄紅の秋の実に	因那薄红的秋果
人こひ初めしはじめなり	好像初懂了对他人的思恋
わがこゝろなきためいきの	我不解风情的叹息
その髪の毛にかゝるとき	挂向那发丝之时
たのしき恋の盃を	愉悦的爱恋之杯
君が情に酌みしかな	斟满的是你的情意吧
林檎畑の樹の下に	苹果林下那自成之蹊
おのづからなる細道は	是谁初踏的脚步
誰が踏みそめしかたみぞと	恰是那轻问之语
問ひたまふこそこひしけれ（青空文库）	分外令人思慕

这首诗歌以雅文体写就，共四段，每段四句，每句均为七五调式，形成同一节奏的反复。诗歌在回忆中层层展示初恋的甜蜜，渐次强化纯粹的情感，诗风温柔细腻，回忆起当初的不解风情而泛起苦涩。与北村透谷将浪漫寄托于理想不同，岛崎藤村的浪漫寄托在肉身之上，初挽的发髻青丝、纤白的双手所具有的色之诱惑，承载的是错过的初恋之痛苦。

《若菜集》之后，岛崎藤村又发表了《一叶舟》（1898）、《夏草》（1898）、《落梅集》（1901）等诗集，在优美流畅的七五调雅文体中，跃动着自我觉醒、爱情与肉体的苦恼、自然美、旅愁和思乡，以及对艺术的向往等浪漫的诗情。《落梅集》之后，那种充满抒情风格的青春气息已经枯萎，生活的现实推动着浪漫主义诗人向自然主义作家转变。

2. 土井晚翠的诗歌

明治诗人土井晚翠 1897 年从东京帝国大学英国文学部毕业，1899 年发表处女诗集《天地有情》（1899），一举成名，与岛崎藤村并驾齐驱，引起世人的注目。晚翠诗的特点是汉诗调，擅长史诗类的叙事诗。代表诗集有《晓钟》（1901）、《游子吟》（1906）等。

1898 年，东京音乐学校编辑歌唱集，土井晚翠便创作了《荒城之月》（1898）。《荒城之月》写道：

春高樓の花の宴	春高楼花宴
めぐる盃影さして	杯影投琼浆
千代の松が枝わけ出でし	千代松枝繁
むかしの光いまいづこ	昔光今何方
秋陣營の霜の色	秋阵营霜色
鳴き行く雁の數見せて	数见鸣雁行
植うるつるぎに照りそひし	植剑随相照
むかしの光今いづこ	昔光今何方
いま荒城のよはの月	荒城今夜月
變らぬ光たがためぞ	不变旧时光
垣に殘るはただかづら	垣残独蔓草
松に歌ふはただあらし	唯岚歌松冈
天上影は變らねど	天上影未变
榮枯は移る世の姿	世姿移枯荣
寫さんとてか今もなほ	今犹欲相映
あゝ荒城の夜半の月（青空文库）	夜半月荒城

该诗自由运用了汉诗调，使用雅文体，描写了明治维新时的战争，交战的壮烈场面与战败的殉死场景深深触动了土井晚翠。人世间的荣华在历史长河中都如一瞬，永恒者只有夜半的一轮明月。战争与和平、往昔与今日的鲜明对照，表现出了历史的苍凉和东洋式的无常观。

1899 年土井晚翠通过博文馆出版了诗集《天地有情》，其"星落秋风五丈原"等诗句，自由驱使汉诗语句，气势恢宏悲壮，讲述了诸葛亮六出祁山，病殁于五丈原的历史故事，表现了在无常面前人的无力感和人间亘古不灭的热情。

土井晚翠的诗倾向于创作雄浑的汉诗调，歌颂民族理想，充满叙事性，一贯气宇轩昂、格调雄浑，具有极强的男性气概，与日本明治初期的刚健进

取精神同调，是时代精神的产物。土井晚翠与岛崎藤村并列成为诗坛担当，从不同方面讴歌了明治时代的浪漫主义精神，被誉为当时诗坛"双壁"。

3. 象征诗与耽美诗

进入 20 世纪，上田敏发表了著名的翻译诗集《海潮音》（1905），在该诗集及西洋象征主义刺激之下，薄田泣堇发表了《白羊宫》（1906），蒲原有明发表了《有明集》（1908），他们的诗歌在浪漫主义之上又加入了象征意味，令新体诗达到了一个新的顶点。薄田泣堇继岛崎藤村、土井晚翠之后成为诗坛担当，与蒲原有明并称象征诗诗人，薄田泣堇的诗歌自由驱使古典用语，充满艺术至上的色彩。

这种象征主义诗风由北原白秋、三木露风进一步深化，具备了近代诗的风格。

1908 年，《明星》因北原白秋、木下杢太郎等诗人的脱离而停刊。同年 12 月，在木下圣杢太郎的提议下，北原白秋等诗人联合画家组织了沙龙聚会"潘神之会"。他们聚在一起，从隅田川发现塞纳河畔的情趣，以葡萄酒品味江户风韵，在和洋混合的欢娱中追求超脱日常的、颓废享乐的异国情调和江户情趣，提倡特立独行的艺术至上主义。

1909 年 1 月，在森鸥外的指导下，北原白秋、木下杢太郎、石川啄木等人创刊了文艺杂志《昂星》（1909—1913），以诗歌创作为中心，主张唯美主义思想，成员汇聚了北原白秋、木下杢太郎、石川啄木、高村光太郎等灵气十足、才华横溢的青年才子。他们的艺术至上主义追求，集中体现在了《昂星》杂志的诗歌上，与永井荷风、谷崎润一郎的耽美派小说也具有相通性。

《昂星》的作品大多洋溢着浓厚的异国情调与怀旧情绪。诗人们"从自然主义的虚无感出发，但是没有消极悲观，他们认为要通过感觉或官能的刺激，积极地享乐人生"①。如北原白秋诗集《邪宗门》（1909）追求官能美的刺激，具有颓唐倾向，充满了异国情调和南蛮文化的诗意精神。北原白秋歌唱被作为邪教的天主教，认为《昂星》的诗人们就是邪教徒，他们向往美好的生命的神域、反对世俗和旧道德。

除了耽美诗歌，还有民众诗派白鸟省吾等人以自然平明的口语创作的日

① 中村新太郎著，卞立强等译. 日本近代文学史话[M]. 北京大学出版社，1986:239.

常茶饭事的诗歌，也有室生犀星、武者小路实笃等人的人道主义、理想主义诗歌，还有以慈悲无私之心描写全人类的宫泽贤治的诗歌，进行诗歌革命的未来派、达达主义派诗歌等。

三、口语诗

进入 20 世纪，受自然主义影响，诗坛出现了口语自由诗运动。口语诗具有独特的音乐性，打破了七五调的拍子，表达则抑扬顿挫，具有旋律性。

1907 年川路柳虹在同人杂志《文库》上发表了《尘冢》（1907），这是口语自由诗的最早尝试。1908 年，作为口语自由诗运动的一环，相马御风发表了《御风诗集》（1908）。他们散文调的诗与自然主义小说几乎没有什么不同，诗的取材也是生活中令人感到丑恶和倦怠的一面。

在一段时间内，用文言写的自由诗还占据诗歌的主导地位。由于北原白秋、木下杢太郎、三木露风、高村光太郎等人的才华和努力，口语自由诗才获得了全面的发展。

1912 年进入大正期后，文语诗、定型诗迅速退潮。担当了口语自由诗指导者的是《吠月》的作者萩原朔太郎。《吠月》"是一部'以一种生理上的恐怖感为本质'的诗集，其中夹杂着一种敏锐的异常的肉感和病态的幻觉，而其最大的特色是运用白话非常熟练"①。《吠月》中的《竹》写道：

ますぐなるもの地面に生え、	笔直的东西在地面上生长，
するどき青きもの地面に生え、	翠青的东西在地面上生长，
凍れる冬をつらぬきて、	熬过了寒冬，
そのみどり葉光る朝の空路に、	绿叶闪着晨光的空路上，
なみだたれ、	滴泪，
なみだをたれ、	滴泪，
いまはや懺悔をはれる肩の上より、	现在从早早消散了忏悔的肩头，
けぶれる竹の根はひろごり、	笼罩着烟雾的竹根在扩张，
するどき青きもの地面に生え。（青空文库）	翠青的东西在地面上生长。

《竹》这首诗，每句都以连用形或连用修饰语结句，用词均为日常用语，

---

① 中村新太郎著，卞立强等译. 日本近代文学史话 [M]. 北京大学出版社，1986:256-257.

塑造出一种蓬勃生长的病态形象。该诗读起来有种高度的乐感。可以说《吠月》体现了萩原朔太郎对日语现代语的自由驱使。口语诗能够表达出无法用文语诗捕捉的自我的复杂内面，但是文语诗所具有的音乐性远优于口语诗。

萩原朔太郎重视口语独特的音乐性，追求塑造微妙的画面。他认为自由诗不是"拍子本位"而是"旋律本位"。文言定型诗，如短歌或俳句，均为拍子本位，每句话不是5拍就是7拍。而口语诗的表达则抑扬顿挫，具有旋律性。拍子本位会束缚口语表达所具有的旋律性，旋律本位则可以最大限度发挥口语表达的优势。新体诗原本便较少定型约束，只要打破七五调的拍子，就可以转型为自由诗。大正以后，"新体诗"慢慢淡出，"诗"占据了它的位置，用来指代近代诗，而近代诗则主要指口语自由诗。

四、现代诗

1925年进入昭和期后，现代主义诗歌和无产阶级诗歌逐渐盛行。春山行夫等人主张新诗精神，中野重治等无产阶级文学派诗人开始了革命诗歌的创作。儿玉花外以来的社会主义诗歌以战前暗黑的时代为背景进行了徒劳的挣扎。

进入侵华战争期以后，曾经的无产阶级诗人，三好达治等抒情派诗人丸山薰等《四季》（1933—　）派诗人，春山行夫等现代主义派诗人，草野心平、中原中也等《历程》（1935—　）派诗人，他们多多少少都写出了赞美战争的诗歌，更多时候或者保持沉默，或者采取暧昧立场，诗歌创作陷入了无力的漩涡之中。

少数诗人如金子光晴、小熊秀雄等则旗帜鲜明地坚持着其一贯的反战立场，在他们的作品中可以看到对侵略战争的抵抗和对天皇制度的批判。如金子光晴在其堪称日本现代诗集代表作的《鲨鱼》（1937）中，以鲨鱼象征国家机器，控诉了不惜牺牲众多年轻的生命也要推动侵略的法西斯当权者，充满了对战争的批判性描写；其战后诗歌《降落伞》（1948）、《蛾》（1948）延伸了反战主题的创作。再如小熊秀雄的叙事长诗《飞橇》（1935）则在讽刺和幽默中表达了对战争的憎恶。

日本投降后，诗人们一直遭受压抑的创作能量瞬间获得了释放契机，便又一齐写起诗来。与小说一样，诗歌也开始了对战时诗人软弱无力的反省，对歌颂战争的诗人责任的追究。诗人们抛弃了曾经的诗歌美学，将诗歌放置在生命与现实的交点之上，探讨语言的主体性。最有代表性的是《荒地》（第一次 1939 年，第二次 1947—1948 年，第三次 1951—1958 年）派诗人与《列岛》（1952—1955）派诗人。

战后的新世代的诗人们一般超越主义，而将重心放置在战争经验、社会关心、存在意识之上。1960 年前后，没有直接战争体验的新一代诗人登场，沉重性减轻，发挥其更为爽朗的、柔软的感受性，出现了不再高举主义，而表现气定神闲的诗人团体，如古川俊太郎、大冈信等《櫂》（1953）杂志的同人们。诗歌迎来了多样化的时代。进入 1970 年后，多样化进一步增强，进入诗歌个性化的时代，每位诗人都各自书写着背向现实世界的自闭性的诗作。

五、近现代诗歌的特色

1. 文化复合性

受启蒙思想影响，俳句和短歌开始改良，俳句一直注重自然与想象力的结合，短歌则既有对自然与内心世界微妙关系的描写，也有浪漫、象征、耽美等多种特色的浪漫主义描写，还有深受自然主义影响，注重生活实际的描写，俳句和短歌不断受到新思潮的影响，变得越来越大众化。而近现代诗歌中的诗，则诞生于文化启蒙，在生成和发展过程中吸收了和、汉、洋多种文化的滋养，造成古今东西多种文化冲突、变异、融合与共生的现象。三种形式的近现代诗歌，在吸收和、汉、洋文化滋养，冲突中共生而呈现出复合性，是共通的。

2. 口语化等倾向性

日本近现代诗歌有文语诗和口语诗两种形态，俳句、短歌以文语为准，但也有口语化倾向。新体诗则从文语诗不断向口语诗演进。在口语化演进的过程中，诗歌也与小说一样受到了各种主义的影响，因而呈现出各种主义思潮倾向。

北村透谷的《楚囚之诗》、森鸥外等人的翻译诗集《於母影》，具有浪漫主义特色。北村透谷的理论推动了诗歌的近代化。岛崎藤村和土井晚翠在北村透谷的基础上把浪漫主义诗歌推进一步，新体诗全面地发展起来。

继藤村之后，薄田泣菫、蒲原有明把新体诗的发展又向前推进一步，表现出象征主义倾向。明治时代的"社会主义诗"表现了社会性和人道主义思想，对形成日本近代诗歌的人民性倾向起了重要作用。

受自然主义文学影响，新体诗越来越脱离现实，北原白秋等诗人表现对现实不满和反战情绪，呈现耽美倾向。川路柳虹、相马御风、三木露风等人探索口语自由诗创作，萩原朔太郎确立了口语自由诗的制度。

3. 思想性

从浪漫主义诗歌、社会主义诗歌、现实主义诗歌到现代主义诗歌，承载的是诗人们的近现代思想。他们扩张自我，主张自我尊严，宣泄生命活力，憧憬美好生活。他们对阻碍自我扩张的天皇制，或者屈折表达反抗之意，或者直接予以批判，对侵华战争同样是或反战，或避战，或违心地表达一下对战争的不反对态度，其根底里都是对封建残余的革命需求和对近现代自我确立的急切愿望。如《荒地》派诗人厌恶侵略战争、反对侵略战争，却无力改变局面，他们在迷惘中探索，在愤慨中徘徊，在忧郁中憧憬。再如《列岛》派诗人们大部分是现实主义诗风的左翼诗人，他们以积极的态度进行社会批判，有着强烈的思想性。

第二十八章 · 近现代戏剧

一、戏剧改良

明治维新后，歌舞伎作为唯一的庶民现代剧，保持着持久的人气。但是受欧化思想影响，人们开始批评歌舞伎的诸多缺点。如歌舞伎故事中人物关系复杂；较多复仇、自杀、家族骚乱等内容；倾向赞美盗贼、凶徒、封建家长；情节往往荒唐无稽；其空中表演、迅速换装等外在技术，掩盖了剧本词章、配乐的光芒。

顺应明治政府文明开化的要求，有志之士连同歌舞伎界对歌舞伎掀起了改良运动，以建立适合中上流社会人士观看的演剧，甚至连政治家也参与进来。1872 年后，歌舞伎受到政府引导，演变为尊史实为第一的戏剧，主要讲述真实事件；受到西洋影响，出现了主要描写受到西洋文化影响的日本风俗、人情故事。歌舞伎社会地位提升，逐渐从庶民戏剧提升为高雅戏剧。此期，戏剧大家河竹默阿弥新创作品很多。

"演剧改良作为社会问题得到广泛关注是在《小说神髓》发表的明治十九年（1886）……末松提出要对日本的演剧进行改良，使其从市民文艺的低俗境地中脱胎出来，发展成为具有与西方的剧场交际文化相匹敌的文明程度"[①]，歌舞伎改良运动因而达到顶点。但是歌舞伎改良并不彻底，随后不了了之。1903 年，江户时代最后的作家默阿弥去世，歌舞伎剧本改由并无师承的作家来创作。

1893—1894 年，坪内逍遥发表史剧论《我国的史剧》（1893—1894），揭

---

① 张龙妹、曲莉. 日本文学 [M]. 高等教育出版社，2012:373.

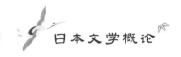

示了歌舞伎的前近代性，并创作了史剧《桐一叶》（1894—1895）、《牧之方》（1896—1897）、《沓手鸟孤城落月）（1897）等作品。其中，《桐一叶》大胆地在古典歌舞伎样式中融入莎翁剧的创意，具有崭新的首创意义，与后来的《役行者》（1917）并称逍遥的代表剧目。1904年坪内逍遥创作的《桐一叶》初演，以此为界，歌舞伎变为近代歌舞伎。

新派剧对抗歌舞伎而生。1888年，作为传播自由民权思想的手段，高举"日本改良演剧"大旗的"壮士戏剧"（壮士为主角的戏剧）成为日本最初的新派剧，新派剧多从当世风俗、人情、世相取材，注重写实。壮士戏剧缺乏表演技巧，而逐渐成熟的新派剧则没有思想。1895年，新派剧到歌舞伎座上演，巩固了新演剧的地位。1899年上演歌舞伎风格新派剧。1903年上演翻案剧，其简单的演出方法引起有识之士的反感，反而促进了新剧的产生。曾上演过《经国美谈》《哈姆雷特》《金色夜叉》《不如归》等等。

二、写实主义、自然主义戏剧

1906年经小山内熏推动，新剧登上历史舞台，新剧深受欧洲近代剧影响，奉行写实主义，为克服近代歌舞伎、新派剧的缺点而产生。同年新剧领域出现两大演艺团体，"文艺协会"与"自由剧场"。

坪内逍遥的弟子岛村抱月发起文艺协会与艺术座，1906年上演了《威尼斯商人》和《桐一叶》，1909年坪内逍遥亲自参与主持演剧研究和女优培养等事务。由女优松井须磨子主演的《哈姆雷特》《玩偶之家》大受好评。1913年，岛村抱月和松井须磨子因自由恋爱触犯了剧团严苛的戒律，与坪内逍遥决裂，退出文艺协会。两人组建的艺术座1914年上演了托尔斯泰的《复活》，获得大众好评。岛村抱月规划了新剧大众化与纯艺术化的二元道路，但是他1919年不幸死于西班牙流感，计划落空，松井须磨子悲痛难耐为其殉情，艺术座解散。

文艺协会分裂后，众多新剧团紧跟艺术座，如雨后春笋般接连组建，正宗白鸟、武者小路实笃、有岛武郎、菊池宽、久米正雄等自然主义或反自然主义的各流派作家也都踊跃参与剧本创作，令近代戏曲呈现出超越流派的倾向，大正戏剧文学呈现出一派繁荣景象。

小山内薰与二世市川左团次合作创设自由剧。1906 年新剧初登舞台，便深受欧洲近代剧的影响，不久接受自然主义影响，戏剧精神和表演形式都有了新的变化。自由剧场贯彻左拉的主张，意图表现生命的律动，将人生实际生活片断的真实样貌原原本本再现于舞台上。1909 年自由剧场首次公演了易卜生的作品《博克曼》（森鸥外译），与文艺协会一道致力于推进新剧运动。该剧团以介绍欧洲近代戏曲为主要活动，得到了森鸥外和岛崎藤村、田山花袋等自然主义文学家的强力支持。1919 年自由剧场解散。

总之，大正时期的新剧，在自然主义影响下，甚至是在自然主义评论家、作家的直接参与下，发生了有益的新变化，推动了日本近代戏剧的进步。

三、现代戏剧

1924 年土方与志为恩师小山内薰投资建设了筑地小剧场，这是日本最早的真正的近代剧场，发挥了重新将知识分子吸收到新剧中来的作用。筑地小剧场由小山内薰指导，开始真正地移植欧洲近代戏剧，提倡确立导演、养成俳优、更新指导理念等等，对新剧的进步发挥了重大作用。小山内薰被尊为"新剧之父"，作品有《第一世界》（1921）、《儿子》（1922）、《西山物语》（1924）、《森有礼》（1926）等。1920 年，无产阶级演剧运动拉开了帷幕，筑地小剧场内部的左翼势力亲近无产阶级，如小山内薰参加过俄国十月革命纪念活动，土方与志领导新筑地剧团（筑地小剧场分裂后成立的剧团）作为左翼剧场积极活动。

二战结束以后，受占领政策及民主主义文学运动的影响，剧场开始上演美国现代剧目，传统戏剧得到自由演出，其他外国戏剧也频繁登场。1955 年，能、狂言、新剧、歌剧的演员在同一个舞台上表演现代剧，加深了传统与现代的交流。从此日本戏剧在与世界戏剧的交流之中，走向繁荣。

四、日本戏剧的特色

日本戏剧的主要特色，根据《日本大百科全书》[①]，总结起来有如下五种：

层累性。 日本的各种艺能形式并非单线更新替代，而是继承旧有的艺能，

---

① 所引内容出自日本语料库"コトバンク"https://kotobank.jp/word/%E6%97%A5%E6%9C%AC%E6%BC%94%E5%8A%87-110080.

吸收旧有艺能的要素开创新的艺能形式，新旧艺能形式并存，如舞乐、能、狂言、文乐、歌舞伎各自产生时代不同，各有独立的历史和存在样式，但是都得到了较好的继承，各种戏剧样式之间进行着交流，实现了共存。这种现象在西方戏剧中是没有的。

仪式性。日本戏剧具有祭祀仪式性，节日里依惯例演出。虽然西洋戏剧在文艺复兴时期之后便放弃了祭祀功能，但是日本戏剧，不仅僧侣、舞女表演的艺能，连文乐、歌舞伎等戏剧也保持着其祭祀的仪式性，出现在城镇的飨宴之上，或者出现在因应季节的民间的祭祀之中。

综合性。日本戏剧乐器的种类和使用方法多少有些不同，但是传统戏剧基本上歌舞性很强，与西方戏剧相比，具有较强的综合性。西方戏剧分科白剧、歌剧、舞蹈剧等等，且各类都很发达，而日本戏剧是剧情、音乐、舞蹈浑然一体的。

自由动感性。日本戏剧在音乐舞蹈之上，表现梦幻、悲喜的视觉性的而非理论性的剧情，具有很强的自由动感性。

情感性。日本戏剧表演，不论是能、文乐还是歌舞伎，均归结于自然、人情或情绪。与西洋戏剧追求对立冲突、追求彻底的合理化相比，日本戏剧追求的是情感表达，视觉性氛围丰富，不以理而以情来净化观众。例如文乐或歌舞伎的英雄史剧中，高潮部分往往是为了主君而牺牲自己的孩子，双亲悲伤愁叹之类的悲剧场景，这与重视七五咏叹调的日本人普遍的偏好悲剧的审美爱好相关。

第二十九章 · 近现代散文

日本近现代文学领域的散文指代小说、诗歌、戏剧以外的所有文学形式，包含范围极广，本教材仅涉及其中的随笔。

随笔文学居于学问和创作之间，到了近代，形成了以作者个人感想为中心的文体。这种文学更多地关注自我与自然之间的关系，其作品包括写景抒情的文章、体验和追忆的回想录，记述个人思考和人生批判的短篇，以及轻松而富有学问的人生思索等等。其形式多样，自由灵活。作品数量庞大，最能体现近现代文学发展轨迹的是国木田独步、柳田国男、小林秀雄、日本浪漫派作家、吉本隆明等代表作家。近代随笔需要处理的是"新社会以什么为基础来书写自己的思想"[①]这一课题。

一、《武藏野》

国木田独步深受华兹华斯的影响，一直思索着自然与人的关系。资本主义将人与自然割裂开来，资本家强调科学和文化规范，实质便是征服自然、压迫自然，从而压迫人、剥削人。作为反抗，作家们强调大自然的伟力、荣耀和壮丽，以一种近乎宗教的方式对待自然，从自然界寻找健康情感和思想的来源。国木田独步正是在受到西方与自然关系密切的浪漫主义影响而关注自然并从自然中发现美的。

国木田独步秉持浪漫的爱情观，与梦想中的少女佐佐城信子恋爱期间，经常在武藏野的林中手牵手漫步。两人不顾家人反对步入婚姻。浪漫的婚姻

① 古桥信孝著，徐凤、付秀梅译. 日本文学史 [M]. 南京大学出版社，2015:318.

在生活的的现实面前很快落败下来，佐佐城信子因受不了贫困而逃离家庭。国木田独步消化了精神挫折，继续向浪漫主义进发，与友人合著了《抒情诗》（1897），发表了诗集《独步吟》（1897）和小说《源叔父》（1897）等作品。

最能体现国木田独步发现自然之美的作品是随笔集《武藏野》（1898——1901）。《武藏野》写道：

昔の武蔵野は萱原のはてなき光景をもって絶類の美を鳴らしていたようにいい伝えてあるが、今の武蔵野は林である。林はじつに今の武蔵野の特色といってもよい。すなわち木はおもに楢の類で冬はことごとく落葉し、春は滴るばかりの新緑萌え出ずるその変化が秩父嶺以東十数里の野いっせいに行なわれて、春夏秋冬を通じ霞に雨に月に風に霧に時雨に雪に、緑蔭に紅葉に、さまざまの光景を呈ているその妙はちょっと西国地方また東北の者には解しかねるのである。元来日本人はこれまで楢の類いの落葉林の美をあまり知らなかったようである。林といえばおもに松林のみが日本の文学美術の上に認められていて、歌にも楢林の奥で時雨を聞くというようなことは見あたらない。自分も西国に人となって少年の時学生として初めて東京に上ってから十年になるが、かかる落葉林の美を解するに至ったのは近来のことで、それも左の文章がおおいに自分を教えたのである。（青空文庫）

昔日的武藏野，原是一片漫无边际的萱草原，景色优美无比，一直受到人们的颂赞，相传不绝。可是，今天的武藏野则已变成一片森林。甚至可以说，森林就是武藏野的特色。讲到树木，这里主要是楢类。这种树木在冬天叶子就全部脱落，一到春天，又发出青翠欲滴的嫩芽来。这种变化，在秩父岭以东十几里的范围内，完全是一样的。通过春、夏、秋、冬，每逢霞、雨、月、日、雾、秋雨、白雪，时而绿阴，时而红叶，呈现着各种各样的景色，其变幻之妙，实非住在东北或西部地方的人们所能理解。原来，日本人对楢这一类落叶林木的美，过去似乎是不太懂得的，在日本的文学以及美术中，也没有见过像"楢林深处听秋雨"这一类描写。像我这样一个出生在西部地方的人，自从少年时来到东京上学，到现在虽然已经也有十年了，但能够理解到这种落叶林木的美，却还是最近的事情，而且也还是受了下列这一段文章的启发。

该作品使用了不太成熟的口语体、使用了很多汉字以及新式语法。其中新式语法，多处出现第一人称主语"我"（自分）和宾语"我"（自分），以及多处出现被动句式（如上述引文中的：その変化が~行なわれて；松林のみが~認められていて）。柳父章"将包含主语、被动句等语言形式的文体看作因接触西方文体而产生的崭新语体。由于拥有这些文体，才可能书写理论性的文章"①。

《武藏野》在处理人与自然关系上，并不是要描写恒久的自然，而是描写能够感受到美和诗趣的场所。把武藏野空间提取出来，作为美的对象，是对自然的新发现。《武藏野》讲述生活在武藏野的人们的故事，当然也是在人与

---

① 古桥信孝著，徐凤、付秀梅译. 日本文学史 [M]. 南京大学出版社，2015:320.

人的关系中重新理解自然。与自然共生的文化思想成为作家进行文学创作的
依据。

国木田独步以言文一致体描写武藏野的大自然，简短有力的西洋文脉夹
杂着汉文体的独特的文体书写，在砚友社系统华丽文体通行的时代并未被读
者所接受。《武藏野》全文，作者以武藏野为舞台，描绘了春夏秋冬的四季变
化，水流、落叶、野外、路边、村头等等，各种随处可见的自然景物得到了
多面立体的描写。陶醉于自然之美，在静寂、肃穆之中思索人生的永恒，人
与自然交融，虽不像自然主义的田山花袋那样直接书写自己的生活，但是他
的思想与感情却也都倾注到自然意象中去了。

二、其他随笔

柳田国男随笔　1908 年柳田国男成立了"乡土研究会"。1909 年出版
了《后狩词记》（1909），1910 年出版了《远野物语》（1910）、《石神问答》
（1910）等。

《远野物语》根据远野人口述的故事，以雅文体整理而成，共 119 则 / 首
故事 / 歌曲，每则 / 首篇幅不一，总体都很短小，情节往往缺乏完整性，故事
简洁朴素。故事首先介绍了远野的地理位置，接下来是远野地方口口相传的
山神、妖怪、狼、狐狸等等灵异事物或地方历史的神话、传说。故事里讲到
了神和妖怪的交涉、人与死者的交涉、人与人的交涉、日常生活的细节等等，
由此可以窥见柳田国男以山人的存在、高山文化、平地文化的交流等为主轴，
试图把握民俗文化的努力。

后来，柳田国男与聚集于其门下的青年才俊们一起建立了民俗学研究组
织，日本民俗学作为"在野之学"发展起来。近代社会学习西方，追求征服自
然，颠倒了人类对自然的从属关系，改变了人与自然的和谐关系。柳田国男
对此保持距离，"从人与自然的传统关系中重新发现价值"①。他发现那些维持
着日本人生活的各种风俗习惯、口头传承的各种民间传说和代代传承下来的
生产生活工具等事物，都可以对日本文化重新进行历史性的定位。

---

① 古桥信孝著，徐凤、付秀梅译．日本文学史 [M]．南京大学出版社，2015:323.

以往的历史都是由统治者书写，从统治者视角看历史，柳田国男反其道而行之，从普通人视角重新审视文化，得以思考日本人独立的生活。这种思考方式让柳田国男找到了与西方文化强加给日本的劣等意识抗衡的武器，他从日本人的日常生活出发，发现了日本文化自身的优越性，从而给日本人指出了文化自信的道路。

小林秀雄随笔　紧跟国木田独步、柳田国男的脚步，小林秀雄也致力于发现自然。他通过观察发现，日本的自然不是荒凉的沙漠，而是蔚蓝的海洋，水的世界给他以故乡的安宁。小林秀雄自觉地而不是自发地进行着近代文艺评论，在《各种各样的艺匠》（1929）中强调保持客观性的自觉的文艺评论。这种客观性和自觉是以固有的自我意识为依据的。"所谓固有的自我，是指排除与他人、与社会共通的部分之后所留下的部分"[①]，即所剩下的个人才有他人没有的部分。

这种自我往往用于观察其他事物，很难反过来观察自己，但是小林秀雄做到了同时也以固有的自我意识为研究对象。他对自我与他人进行精细的区分，发现了个人的内在意识，并因此拥有了新的世界观。小林秀雄的世界观从人与自然的关系，推进到人与人的关系、人与社会的关系。

日本浪曼派作家随笔　日本近代化的道路是西方化，全盘西化的急速发展与严重的封建残余带来了社会性的畸形扭曲，马克思主义、社会主义思想、无产阶级思想因应这种社会时代而广泛传播，人们希冀以革命思想解决社会问题。但是日本反动政府的军国主义、帝国主义色彩越发浓重，压制了所有有益于社会正向发展的思考和运动，将日本推向了侵略中国、资本扩张的深渊。在这种背景下，日本浪曼派从无产阶级文学变革现实的革命理念出发，"接受了与欧美对立的日本文化的价值化影响"[②]，走向了对抗欧美文化的道路，他们相信日本文化是优越的，于是倡导复兴古典精神和浪漫主义。

日本浪曼派的代表人物是保田与重郎，他在《日本的桥》（1936）中比较了征服自然的罗马人与融入自然的日本人。他说罗马人只会炫耀对自然的抹

---

① 　古桥信孝著，徐凤、付秀梅译. 日本文学史 [M]. 南京大学出版社，2015:324.
② 　古桥信孝著，徐凤、付秀梅译. 日本文学史 [M]. 南京大学出版社，2015:326.

杀和冒险，对自然只有征服和蔑视，而日本人则是努力实现着人工与自然的
和谐，对自然抱持歉疚之心并涌起淡淡的哀伤和自我牺牲精神。这种诗意化
的思想，包裹着鼓吹民族血统优越性和进行圣战的毒药，但是俘获了当时年
轻人扭曲而蒙昧的内心。

吉本隆明随笔 二战期间，知识分子们被迫支持侵华战争，1945 年日本
投降后，他们"又摇身一变接受了新社会。因此，在战争中度过军国主义少年
时代的吉本隆明，激烈地要求追究他们的战争责任……他以行动的主体作为
自己评论的中心点，并非外在地理解人与社会的所有方面，而是将其作为个
人的幻想和观念领域进行理论化的研究"①。

吉本隆明继承了柳田国男的民俗学的思想，以柳田国男的《远野物语》
为素材，构建了自己的"共同幻想"理论，写出了代表作《共同幻想论》
（1968）。他认为知识分子的变节不是来自政治高压，而是他原本就站在远离
大众的地方。他认为宗教、法制、国家等上层建筑并非决定于经济基础，而
是由自然人自身的"幻想"独立地发展/异化而来，天皇制国家正是日本人
的"共同幻想"，所以对民族国家的克服，也必须从派生于自然人身的"幻想"
领域本身着手。

三、日本随笔的特色

从勾勒内心世界的角度总结日本随笔的特色如下：

日本随笔自古题材多取于风花雪月，善于体味四季的微细变化，写景抒
情，笔致优美，而又常常带着淡淡的忧伤（以《枕草子》为杰出代表）。明治
维新后，随笔家们继承了古典随笔文学观察自然、人生、社会的传统，但是
内心世界得到了极大的扩张，与时代政治紧密相关。

明治时期随笔文学中充溢着自我和解放的思想，如德富芦花的《自然与人
生》、岛崎藤村的《千曲川素描》、国木田独步的《武藏野》等描写自然的随笔
佳作；大正时期在政府压抑之下，随便中充满着精神的苦闷，随笔代表作家
如夏目漱石、永井荷风、谷崎润一郎、柳田国男等；昭和时期战争的伤害与
随笔的解压作用，令随笔更为流行，代表作家如小村秀雄、小宫丰隆、河上

---

① 古桥信孝著，徐凤、付秀梅译. 日本文学史 [M]. 南京大学出版社，2015:327.

肇等；二战后民主主义思想、现代主义思想盛行，代表作家有吉本隆明、清冈卓行等。

本教材中重点介绍的几位作家或流派，他们勾勒出了近现代文学的主线，即日本近现代文学是由自然出发的，在处理与自然的关系中首先发现了实现浪漫主义的可能性。但是随后，时代的壁垒击碎了浪漫主义的梦想，他们发现了自然的日本人所形成的民俗文化，重新给日本定位，寻找到文化自信。接下来，他们将人与自然的关系推进到人与他人、人与社会的关系，在海洋的故乡立场上，剥离所有的累赘，以固有的自我观察自然、观察世界，更新了世界观。

但是从自然与人的关系中发现的日本文化的优越性，也会因为政府的反动性而走向反动，也会成为鼓吹圣战的工具。最后，他们反思为何会走向反动，在反思中发现知识分子的反动性来源于脱离自然、脱离大众，来源于脱离大众利益的共同幻想。

总之，我们会发现，日本近现代随笔灵动活泼，具有极强的思想性，粗线勾勒出日本近现代的内心世界的变化轨迹。

课后练习

一、简答题

1.简述近现代诗歌的发展脉络。

2.简述近现代戏剧的发展脉络。

3.简述近现代散文的发展脉络。

二、思考题

1.古典文学和近现代文学都如何看待语言与内心的关系的？

2.比较近现代诗歌与近现代小说，会发现西方思想在这两种体裁中的何种异同？

3.古典戏剧与近现代戏剧有何异同？

4.古典文学中的随笔和近现代的散文有何关联？

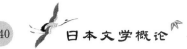

中文文献

童庆炳. 文学概论 [M]. 北京大学出版社，2007.

冯玮. 日本通史 [M]. 上海社会科学院出版社，2019.

高洁、高丽霞. 日本文学概论近现代篇 [M]. 上海外语教育出版社，2022.

王向远. 日本之文与日本之美 [M]. 新星出版社，2013.

严绍璗. 中日古代文学关系史稿 [M]. 湖南文艺出版社，1986.

叶渭渠. 日本文学思潮史 [M]. 经济日报出版社，1997.

张龙妹、曲莉. 日本文学 [M]. 高等教育出版社，2012.

苅部直、片冈龙. 日本思想史入门 [M]. 外语教学与研究出版社，2013.

古桥信孝著，徐凤、付秀梅译. 日本文学史 [M]. 南京大学出版社，2015.

吉留杉雄、王岗、方韵. 日本近代文学关键词 [M]. 东南大学出版社，2013.

家永三郎著，赵仲明译. 日本文化史 [M]. 译林出版社，2018.

小西甚一著，郑清茂译. 日本文学史 [M]. 译林出版社，2020.

中村新太郎著，卞立强等译. 日本近代文学史话 [M]. 北京大学出版社，1986.

日文文献

刘利国、罗丽杰 . 概说日本文学史 [M]. 大连理工大学出版社，2013.

家永三郎 . 日本文化史 [M]. 岩波新书，1996.

小西甚一 . 日本文学史 [M]. 讲谈社，1993.

中文资料出处

高洁、高丽霞 . 日本文学概论近现代篇 [M]. 上海外语教育出版社，2022.

吉田兼好著，王新禧译 . 徒然草 [M]. 北京联合出版公司，2018.

森鸥外著，周作人、鲁迅译 . 现代日本小说集·沉默之塔 [M]. 新星出版社，2006.

无名氏著，申非译 . 平家物语图典 [M]. 上海三联书店，2005.

张龙妹等 . 日本古典文学大辞典 [M]. 人民文学出版社，2005.

张龙妹、曲莉 . 日本文学 [M]. 高等教育出版社，2012.

小林多喜二著，林少华译 . 蟹工船 [M]. 青岛出版社，2018.

紫式部著，丰子恺译 . 源氏物语上 [M]. 人民文学出版社，1980.

周平 . 日本文学作品选读 [M]. 上海市外语教育出版社，2022.

周作人译 . 平家物语插图注释版 [M]. 北方文艺出版社，2018

日文资料出处

大伴家持 . 万叶集 . 写本，江户初 . 林罗山手校本 .

纪贯之等 . 古今和歌集下 . 旧藏者昌平坂学问所 . 天保 15 年 .

平家物语 . 写本 . 红叶山文库，江户初 .

舍人亲王 . 日本书纪 . 红叶山文库 . 写本，庆长 .

太安万侣 . 古事记·卷上 . 红叶山文库 . 写本，庆长 19 年 .

紫式部 . 源氏物语 . 写本，江户初，蜷川家藏 .

长崎健、桑原博史编 . 校注方丈记·徒然草 . 新典社，1984.

稻贺敬二译 . 现代语译枕草子 . 现代语译学灯文库，1982.

广幸亮三等 . 国语综合便览 [M]. 中央图书 . 1980.

斎藤均 . 用妖怪绘草纸和怪谈轻松学 . 门次出版社会社，2020 年 .

super 日本语大辞典古语辞典 ver.1.10，Copyright（C）1998 Gakken.

新潮文库 100 册，Illustration by Yusei Kakizaki Copyright · 2023 SHINCHOSHA All Rights Reserved.

哔哩哔哩 https://www.bilibili.com/video/.

日本学者博客アメバブログ https://ameblo.jp.

日本松尾芭蕉赏析网站芭蕉 DB https://www2.yamanashi-ken.ac.jp/.

日本语料库"コトバンク" https://kotobank.jp/.

青空文库 https://www.aozora.gr.jp/index.html.

日本艺能网站 The 能 .com https://www.the-noh.com/jp/.

日本《万叶集》赏析网站万葉集ナビ manyoshu-japan.com.